Non Indurmi in Tentazione

BROOKLYN CROSS

Traduzione Italiana

A Cura Di
IMMACOLATA SCIPLINI

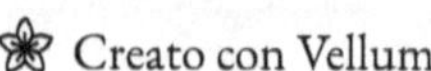 Creato con Vellum

Attenzione

Avviso per il lettore:

Questo libro contiene scene sessuali esplicite e un linguaggio adulto che potrebbe risultare offensivo per alcuni lettori. Questo libro è destinato alla vendita ai SOLI adulti, nel rispetto delle leggi del paese in cui viene effettuato l'acquisto.

Scene sessualmente esplicite possono includere rapporti completi, e scene di BDSM. Questo libro contiene violenza esplicita. Questo libro contiene riferimenti a disturbi post traumatici da stress e potrebbe provocare un episodio. Questo libro contiene riferimenti a violenza sui minori.

Ringraziamenti

È con la massima riconoscenza che vorrei ringraziare le seguenti persone. Se non fosse stato per questo gruppo di donne straordinarie, questo libro sarebbe rimasto un pensiero fugace e non sarebbe diventato una realtà.

A Ellen Ward, mi hai insegnato tanto e hai sopportato tutta la mia follia. Meriti un riconoscimento. Grazie per tutte le lunghe telefonate e per aver condiviso tanto della tua conoscenza con me. Mi hai spinta a dare il meglio di me e non potrò mai essertene abbastanza grata.

Alla mia straordinaria assistente personale, Julia, non so dove avrei la testa per metà del tempo se non fosse per te. Tu fai in modo che io rimanga concentrata sull'obiettivo; grazie a te sembra sempre che io sappia quello che sto facendo! Grazie per tutto il tuo supporto.

Vorrei anche concedermi un momento per ringraziare le donne che mi hanno aiutato a realizzare questo libro. È grazie al vostro incrollabile sostegno, alla fiducia che mi avete dimostrato e a sessioni di scrittura fino a tarda notte che Non Indurmi in Tentazione è nato.

Nei vostri confronti, provo un profondo rispetto, non solo perché siete autrici meravigliose, ma soprattutto perché siete persone anche migliori.

T.L- Hodel - La tua passione e il tuo entusiasmo per la vita e per la scrittura sono davvero fonte di ispirazione. Non fai prigionieri e nessuna eccezione in ciò che vuoi. Amo questo aspetto di te e tutti gli strepitosi personaggi che crei.

Sarò per sempre grata del fatto che siate entrate tutte nella mia vita. Grazie dal profondo del mio cuore.

Playlist

THE ONLY THING WE KNOW – BOB MOSES

RIVER – BISHOP BRIGGS

BLOOD IN THE CUT – K. FLAY

BAD THINGS – JACE EVERETT

PRAY – SAM SMITH

IN THE DARK – DEV

ENTER SANDMAN – METALLICA

LIKE A PRAYER – MADONNA

WHAT WOULD HAPPEN – MEREDITH BROOKS

YOU ARE THE REASON – CALUM SCOTT

HEAVEN – KANE BROWN

RENEGADES – X AMBASSADORS

A WOMAN LIKE YOU – JOHNNY REID

D ICIASSETTE ANNI PRIMA

Con le lacrime che le bagnavano le guance, Yasmine scese di nascosto in fondo alle scale e si accovacciò, osservando nascosta dietro la ringhiera del soggiorno. I genitori si stringevano l'uno all'altra, come a sorreggersi reciprocamente, mentre il volto dello sceriffo appariva di fronte al microfono sullo schermo del televisore.

Non avrebbe dovuto sgattaiolare fuori dalla sua stanza, ma aveva sentito i bisbigli, quando la polizia era arrivata alla loro porta: la sorella era stata trovata.

"Vi ringrazio di essere qui questo pomeriggio," esordì lo sceriffo. "È con enorme tristezza che annuncio il ritrovamento di Raquel Jacobs. Le operazioni di ricerca e soccorso si sono trasformate in una missione di recupero ieri sera, quando due escursionisti hanno trovato i resti. La famiglia è stata informata, e nei prossimi giorni eseguiremo un'autopsia completa."

"È stata uccisa?" chiese un uomo; Yasmine conosceva la risposta, anche prima che lo sceriffo rispondesse.

"Crediamo si tratti di omicidio, ma ne sapremo di più quando avremo terminato le indagini."

"Si tratta dell'opera di un serial killer?" domandò una donna. "Gli abitanti della zona devono avere paura per i loro figli?"

"Non disponiamo di sufficienti prove, in questo momento, per stabilire se esista una connessione tra questo caso e quello degli altri bambini scomparsi."

Yasmine si aggrappò più forte alle sbarre di legno.

"Questo non è un no. I cittadini nella zona hanno il diritto di sapere," esclamò la stessa voce.

"Come ho detto, al momento non possiamo dire se si tratti dell'operato di un serial killer. Prossima domanda."

"Lei ha detto che sono stati degli escursionisti a trovare il corpo. Ma dove si trovava esattamente?" chiese una voce maschile.

"La signorina Jacobs è stata trovata sulla riva di Buck Reservoir."

La madre di Yasmine crollò a terra come un sasso; un solo lamento le sfuggì dalle labbra, mentre il marito, inginocchiatosi immediatamente, tentava di consolarla.

Yasmine cadde in preda ai sensi di colpa, ripensando alla notte in cui la sorella era stata rapita dalla loro casa.

Continuava a rivivere quei momenti con terribile chiarezza, e sentiva ancora il fetore dell'uomo che si era introdotto nella loro stanza.

"Sceriffo, potrebbe dirci se la signorina Jacobs è stata violentata?"

Yasmine bloccò il labbro inferiore, tremante, tra i denti, provando con tutte le sue forze a non emettere alcun suono. Lo sceriffo tacque per un istante, distogliendo lo sguardo dalla telecamera, poi si schiarì la voce.

"Sebbene crediamo che ci sia stata violenza sessuale, non disponiamo di ulteriori dettagli al momento." Un numero indefinito di persone iniziò a rivolgersi allo sceriffo, sparando domande a destra e a manca, ma l'uomo sollevò la mano per azzittirle.

"Ci sarà un'altra conferenza stampa tra qualche giorno, per aggiornarvi, quando ne sapremo di più. Vi chiediamo di lasciare che la famiglia viva il proprio dolore. Grazie."

Yasmine si precipitò su per le scale. Quando fu in cima, le lacrime divennero singhiozzi rantolanti. Chiuse la porta della stanza che una volta condivideva con sua sorella, e corse sul letto di lei. Era esattamente come la notte in cui era stata rapita, come se fosse rimasto congelato nel tempo. Saltò sul piumone rosa acceso dai motivi floreali e pensò a quanto sembrasse allegro, in netto contrasto con il suo stato d'animo del momento.

Yasmine seppellì il viso nel cuscino della sorella, respirando l'odore della gemella, della sua migliore amica. Le piccole mani afferrarono i lembi di piumone, mentre la rabbia montava dentro di sé, sostituendo la tristezza nel petto dolente.

Non era giusto.

Non era giusto che fosse viva e sua sorella fosse morta. Stringendo il cuscino tra le braccia, lo portò al petto, lasciando cadere le lacrime. Poteva avere solo otto anni, ma comprendeva la morte meglio di chiunque altro conoscesse.

Vivendo in una sede di pompe funebri, conosceva benissimo la morte. Talvolta, la morte era il mostro sotto il letto e, talvolta, era un semplice fiore che cessava solo di vivere. Ad ogni modo, la morte restava sempre la stessa e faceva schifo.

In breve gli occhi le divennero pesanti per tutte le lacrime versate e sprofondò ancora di più nel cuscino.

Quando riaprì gli occhi, era buio e non aveva idea di che ore fossero. Prosciugata ed emotivamente provata, osò lasciare di nuovo la stanza, per andare a cercare i genitori. Odiava ammetterlo, ma aveva bisogno di mangiare. Aveva evitato di farlo per giorni, ma i morsi erano ormai troppo evidenti per essere ignorati.

Yasmine sentì dei lamenti accennati, uscendo in corridoio e si voltò seguendo quel suono. Trovò la porta della camera degli ospiti socchiusa e la spinse gentilmente. Un forte cigolio ruppe il silenzio della casa. Scrutando all'interno, la bambina vide la madre, seduta su un divanetto, con lo sguardo puntato fuori dalla finestra.

"Mammina?" Tentò, appoggiando timidamente una mano sulla spalla della mamma. La donna non si accorse della sua presenza. Yasmine temeva per lei: era diventata un'altra persona dopo il rapimento di sua sorella. La madre continuò ad emettere strani lamenti, con gli occhi fissi nell'oscurità fuori.

"Mammina, vuoi che ti prepari un tè?"

Un paio di gonfi occhi rossi si voltarono nella sua direzione. "Perché l'hai lasciata sola?" chiese la madre di Yasmine, che indietreggiò di un passo, cercando di sottrarsi allo furia dello sguardo materno.

"Ho dovuto," sussurrò, con gli occhi che bruciavano per le lacrime. La madre sollevò una mano, puntando dolorosamente un dito sul petto della figlia.

"Dovevi essere tu. Esci. Non riesco nemmeno a guardare il suo viso sul tuo corpo." Yasmine si immobilizzò, con gli occhi spalancati per la durezza delle parole pronunciate dalla madre. "Ti ho detto di uscire!"

Yasmine corse fuori dalla stanza, con il cuore che le batteva forte nel petto. Anche dopo aver chiuso la porta dietro di sé, sentì la madre riprendere a lamentarsi.

Yasmine scese di corsa le scale, passando davanti al padre, mentre scendeva di sotto.

"Yasmine, dove stai andando? Che cos'è successo?"

La bambina stava soffocando sotto il peso del senso di colpa; il dolore per ciò che era accaduto la stava schiacciando di nuovo.

Corse alla porta d'ingresso, uscì lasciandola sbattere, senza preoccuparsi di richiuderla, e poi fuggì lungo il viale fino al marciapiede.

"Yasmine, torna indietro!"

Sentì il rumore dei passi del padre sul marciapiede alle sue spalle ma era più veloce e, presto, lo avrebbe seminato. Non si voltò. Non le importava se la seguiva. Doveva solo allontanarsi da casa, per quanto le gambe le avrebbero permesso. Col petto dolorante, Yasmine crollò sulla soglia della casa di Mabel. Lei era l'unica che non l'avrebbe incolpata dell'accaduto; non le avrebbe certamente detto che meritava di morire. La sua mente e il suo corpo desideravano solo spegnersi, mentre giaceva lì, con la guancia premuta contro il duro cemento dei gradini grigi. Sollevò una mano, e con l'ultimo frammento di energia, bussò alla porta di legno di Mabel.

Lei era viva, e sua sorella era morta, ed era tutta colpa sua. Sua madre aveva ragione, avrebbe dovuto essere lei.

"Ma che cosa... oh, poverina," la voce di Mabel era affettuosa e dolce, proprio come la sua casa; Yasmine fu avvolta dal suo profumo quando la porta si aprì.

"Coraggio, vieni dentro." Le braccia di Mabel scivolarono sotto il suo corpo e la sollevarono, stringendo Yasmine al petto.

Quella fu l'ultima cosa che ricordò prima di svenire.

———————————

Una settimana dopo

Yasmine si svegliò di soprassalto, a causa di un forte rumore. Si era addormentata nel ripostiglio, dove poteva chiudere a chiave la porta: lì nessuno avrebbe pensato di cercarla. Si rialzò dallo scaffale angolare sul retro, su cui si era raggomitolata a dormire. Quello spazio limitato era buio, ma il lieve bagliore della luce della cucina filtrava sotto la porta, facendola sentire più al sicuro.

Non era più riuscita a dormire una notte intera dalla morte di Raquel. Qualcosa o qualcuno finivano sempre per svegliarla.

Yasmine si morse il labbro, con mani tremanti raggiunse la maniglia per scoprire quale fosse la fonte di quello strano rumore. La casa era grande, ma sentiva ogni cigolio, lamento e colpo nel silenzio della notte. La maniglia stridette leggermente, come se protestasse, quando la girò.

Yasmine infilò la testa fuori, ma non vide né sentì nulla. Avanzò in punta di piedi fino alla cucina e iniziò a cercare. Si era autonominata guardia della casa e sgattaiolava di stanza in stanza a tutte le ore, per assicurarsi che porte e finestre fossero chiuse correttamente. Completò dunque la sua ispezione al piano principale e, poi, salì sulle scale di legno, evitando accuratamente i gradini che facevano rumore. Apparentemente non c'era nulla fuori posto, ma, quando infilò la testa in camera dei genitori, notò che sua madre non era a letto.

Le venne un brivido lungo la schiena e prese a cercarla. Non si erano parlate dalla notte in cui la donna le aveva detto che avrebbe dovuto trovarsi lei al posto della gemella ma, in quel momento, colta dalla frenesia del compito che si era imposta di svolgere, non pensò a quello.

Yasmine guardò in ogni posto che le venisse in mente, persino in cortile e in garage, ma non trovò alcunché. Arresasi, era sul punto di tornare al suo piccolo giaciglio, quando si accorse che la porta del seminterrato, dove il padre preparava i corpi per il funerale, era aperta. La luce era spenta ma l'uomo non lasciava mai la porta aperta. Yasmine deglutì forte e, tremante, si diresse verso il varco buio. Schiacciò rapidamente l'interruttore e balzò all'indietro, aspettandosi che qualcosa l'aggredisse. I battiti del suo cuore erano tanto forti da essere gli unici suoni che poteva percepire. Ma quella paura era ingiustificata, perché non c'era alcun mostro o uomo in attesa per aggredirla.

Yasmine scese per le scale in punta di piedi fino al primo pianerottolo, diede un'occhiata al laboratorio di suo padre, e vide la madre. "Mammina?"

Fissò la sedia rovesciata sul pavimento e poi tornò a guardare il viso color porpora e lo sguardo vuoto della madre. Yasmine avanzò di un altro passo e si immobilizzò, quando vide la donna, appesa ad un cappio stretto intorno al collo, contorcersi e sobbalzare violentemente, mentre strani suoni fuoriuscivano dalla sua bocca.

Yasmine provò inutilmente a urlare, mentre guardava la mamma con la bocca spalancata.

Finalmente, mise a fuoco la situazione e si precipitò in avanti, chiamando a gran voce il padre. Afferrò la gamba della madre e la sollevò il più possibile mentre, presa dal panico, lasciava che le lacrime le scendessero lungo le guance.

"Mammina, non lasciarmi. Mi dispiace. Mi dispiace tanto di aver ucciso Raquel. Ti prego, non lasciarmi!"

Capitolo Uno

P RESENTE

Yasmine

"Oh, sì! Sì! Sì, padre, scopami, proprio così!" Yasmine sprofondò nella sedia, mettendosi più comoda, mentre le dita lavoravano nelle pieghe calde e gonfie del suo nucleo.

"Oh santo cielo, non smettere di scoparmi!"

Yasmine osservò con attenzione il finto prete sbattersi una donna che interpretava il ruolo di una parrocchiana.

"Sei stata molto cattiva e meriti una lezione," disse il finto prete, schiaffeggiando il sedere dell'attrice. Yasmine diede gli ultimi colpi al clitoride e venne sulle sue dita. Gli umori scesero lungo le gambe, bagnandole le mutandine che si era abbassata quanto bastava per dare accesso alla mano, affinché soddisfacesse la sua figa bisognosa.

Pesanti passi provenienti dalle scale la fecero saltare. Armeggiando con il cellulare, riuscì a chiudere il video porno e s'infilò velocemente in bagno. Fece alcuni respiri profondi, si rimise in sesto e finse di usare il bagno. Dopo essersi lavata le mani, si aggiustò i capelli rossi, sempre indomabili, si ricompose e tornò nel suo spazio di lavoro.

"Oh Yasmine, eccoti qua. Mi sembrava di non averti vista di sopra."

Yasmine restò immobile a guardare, momentaneamente senza parole, la sua fantasia che si era realizzata. Il nuovo affascinante prete l'aveva quasi colta in flagrante mentre si masturbava guardando un video porno, e l'intera situazione le aveva messo addosso una tale eccitazione da farle desiderare di più.

"No, sarò qui ancora per qualche ora. Ho ancora del lavoro da sbrigare."

Avrebbe voluto colpirsi la fronte con la mano.

"Come posso aiutarla padre O'Sullivan?"

"Quante volte devo ricordarti di chiamarmi Dean?" Un sopracciglio scuro si sollevò in segno di sfida, e Yasmine dovette fare appello a tutto il suo autocontrollo per non contorcersi sotto il suo sguardo sexy.

"Cattiva abitudine. Scusa, Dean." Enfatizzò il suo nome, e un angolo della bocca dell'uomo si sollevò. "Come posso aiutarti?"

Dean, nella sua lunga veste, girò intorno al suo piano di lavoro, con le mani unite davanti a sé.

Yasmine non poté fare a meno di immaginare come dovesse essere sotto quegli abiti formali. Era alto e aveva spalle larghe; si sapeva che era stato nell'esercito ed era palese che si allenasse ancora con regolarità.

Non riusciva a capire come fosse diventato prete ma, per quanto la riguardava, 'il fatto che rispettasse i suoi voti era uno spreco per qualunque donna.'

Gli occhi scuri e ardenti di Dean facevano sì che le panche della chiesa fossero sempre piene, a prescindere dal giorno della settimana. Adolescenti arrapate, casalinghe, vedove e sgualdrine ... tutte in città si mettevano decisamente in tiro per apparire speciali a padre O'Sullivan. Il che la induceva a chiedersi se, quando andavano a casa e facevano sesso con i loro uomini, immaginassero lui al loro posto.

Dean si fermò di fronte a lei; i suoi occhi nocciola sembravano chiamarla, dicendole più di quanto facessero le parole, in un linguaggio prettamente erotico. Le gambe iniziarono a tremarle leggermente per la sua vicinanza. Non era mai stata così felice di indossare uno dei suoi lunghi camici da lavoro.

"Ci sono notizie angoscianti e sentivo di doverle comunicare di persona."

Gli occhi di Dean caddero sulla sedia che Yasmine aveva occupato qualche istante prima. La donna sentì un profondo calore insinuarsi in tutto il corpo, accorgendosi che gli umori derivanti dal suo orgasmo erano ancora lì. Prima che potesse indurlo a sedersi altrove, l'uomo ripulì la sedia con la mano e si accomodò. Se non fosse stata così eccitata dal fatto che lui avesse inconsapevolmente toccato le tracce del suo piacere, sarebbe fuggita da quella stanza.

Si leccò le labbra improvvisamente secche, e cercò di rompere l'incantesimo sotto cui era caduta.

"C'è stato un incidente che ha coinvolto più veicoli sull'interstatale vicina. La polizia sostiene che è stato causato dalla tempesta di ghiaccio. La perdita di vita umana è un tale peccato." Lo sguardo di Dean catturò di nuovo il suo, e lei incrociò le braccia sul petto, per impedire che il cuore le fuoriuscisse dal corpo.

"Oh, cielo." Yasmine si appoggiò al tavolo. "Qualcuno che conosco?" chiese, per poi rimproverarsi di aver posto una domanda tanto stupida. In un certo senso, conosceva tutti nella zona, anche se non frequentava nessuno.

"Sì, ma dubito che si tratti di qualcuno che conoscevi bene."

Yasmine annuì. Sentir parlare così tanto di morte la rattristava, eppure significava anche lavoro per lei: questo le suscitava uno strano misto di emozioni.

In realtà, l'avere un rapporto stretto con la morte provocava in tutti uno strano miscuglio di emozioni. Probabilmente questa era la ragione per cui non aveva amici né al momento né in precedenza. Era buffo che i bambini pensassero che fosse stramba, solo perché era cresciuta circondata dai morti.

La sua piccola impresa di pompe funebri era in attività da più di cento anni. Il nonno prima e poi suo padre avevano tenuto le porte aperte per due generazioni, e ora era giunto il suo turno. Avrebbe continuato a fornire i suoi servizi alle persone in lutto. Era davvero orgogliosa di assicurarsi che i morti apparissero al meglio quanto i vivi. Era il loro ultimo atto, e avrebbe lavorato sodo per perfezionare la sua abilità.

"Ho appena finito di aiutare lo sceriffo ad avvisare le famiglie della loro perdita. Sono nell'abbraccio del Signore adesso, il che mi porta al motivo per cui mi trovo qui. Tutte e tre le famiglie hanno richiesto che i funerali siano celebrati allo stesso tempo."

"Contemporaneamente?"

Lei iniziò subito a calcolare lo spazio al piano superiore, destinato alla veglia e alla funzione, e si rese conto che non era affatto sufficiente per ospitare un tale numero di persone.

Avrebbe potuto montare una tenda all'esterno, ma non con il freddo e la neve.

"Oh Dean, non so se sono in grado di organizzare tutto questo. Voglio dire, persino la più piccola famiglia in città conterebbe almeno venticinque persone, poi moltiplica per tre ..."

Dean si alzò dalla sedia, le si avvicinò e usò la stessa mano con cui aveva ripulito la sedia per sfiorarle la guancia. Yasmine fu presa da una fortissima voglia di girare la testa e succhiare intensamente quelle dita con la sua bocca. La sua presenza imponente proiettò un'ombra su di lei e fu quasi certa di aver notato gli occhi del prete indugiare sulla vena pulsante nel suo collo.

"Ho fiducia in te, Yasmine. Tu trovi sempre un modo e so che, in queste ore disperate, trionferai ancora una volta." Dean le infilò dietro l'orecchio una ciocca di capelli ribelli fuoriuscita dallo chignon, costringendola ad uno sforzo immane per non perdere il controllo in quel contatto innocente.

"Mi lusinghi troppo." La sua voce fuoriuscì come un sussurro.

"Quanti funerali ho celebrato qui nell'ultimo anno? Cinquanta almeno? Sei sempre andata oltre le aspettative e hai risolto ogni problema che ti si è presentato davanti. Non ti lusingo con le menzogne."

Le guance di Yasmine si tinsero di rosso fuoco, mentre si schiariva la voce.

"Sì, sì, certo, hai ragione. Queste persone meritano il meglio. Vedrò che cosa posso fare."

Doveva tenersi impegnata con le mani, perciò si tolse gli occhiali, ci soffiò sopra e li pulì con la camicetta.

Dean la guardò: le sembrava un gatto che osservava la sua preda.

"Sapevo di poter contare su di te, Yasmine." Abbassandosi, Dean le toccò gentilmente la fronte con le labbra. "Spero di vederti presto in chiesa."

Il suo cuore smise di battere e riprese a funzionare normalmente solo quando la porta fu chiusa dietro il padre celestiale. Lei sarebbe bruciata all'inferno e non poteva fare nulla per impedirlo.

Capitolo Due

Dean salì per le scale e si diede una sistemata prima di uscire. Non era il caso che i passanti, in strada, lo vedessero mentre aveva una palese erezione. Non contava il motivo per cui andava a parlare alla bella Jasmine, non pensava ad altro che a mettersi tra le sue gambe ogni volta che si trovava in sua presenza. Quel giorno era stato particolarmente difficile. Avrebbe giurato di aver sentito l'odore seducente del sesso, e l'immagine di lei stesa sul tavolo metallico su cui la donna preparava i cadaveri era nitida nella sua mente. Macabro eppure così eccitante.

Fanculo, doveva concentrarsi. Si trascinò fino alla BMW arrugginita, aprì la portiera e si mise al volante. Il motore della vecchia auto gemeva e scoppiettava mentre provava ad accenderlo, per poi tornare finalmente in vita. Dean fece un cenno di saluto ad alcune persone, ostentando un sorriso da 'sono un prete magnifico e vi amo tutti', mentre si metteva in strada diretto verso la chiesa.

Appena entrato nel parcheggio della chiesa, vide un uomo sul gradino più alto, che lo salutò con grande entusiasmo.

"Merda," brontolò Dean. Non voleva proprio avere un altro inutile confronto diretto con uno dei parrocchiani quel giorno. L'uomo stava già camminando in direzione della sua auto, prima che Dean la parcheggiasse nello spazio apposito.

Fece un respiro profondo, sorrise e scese dall'auto.

"Padre, mi dispiace disturbarla, ma speravo di poterle parlare in privato." L'uomo contorse il cappello nelle mani, e gli occhi vagarono da una parte all'altra.

Dean conosceva benissimo i segnali che mostravano le persone quando si sentivano in colpa. Forse non sarebbe stato un confronto così terribile quanto aveva pensato. Avrebbe trovato una nuova vittima. "Certamente, figlio mio, vieni dentro via dal freddo."

"Mi chiamo Tim."

A Dean non importava proprio un accidente di quale fosse il nome di quell'uomo, ma annuì aprendo il grande portone di legno della chiesa.

"Tim, perché non ti siedi nel confessionale? Vado ad appendere la giacca e sono subito da te."

"Grazie, padre."

Dean si scrollò di dosso il sottile strato di neve bagnata, e poi passò ai capelli, osservando cadere le gocce. Amava l'inverno. Da bambino non aveva mai visto la neve e, quando era entrato nell'esercito, era stato destinato al buco infernale più fottutamente caldo che potessero trovare. Ora era in un posto in cui nevicava, era innamorato del freddo e della neve.

Infilando una mano nella lunga veste, estrasse il suo speciale libretto e una penna, nel caso in cui si fosse rivelato un buon incontro. Chiuse la pesante tenda di velluto e si mise comodo.

"Comincia pure."

"Mi benedica, padre, perché ho peccato. Sono tre anni che non mi confesso."

"Non preoccuparti, figlio mio. Dimmi che cosa vorresti confessare. Dio è qui per perdonarti."

"Ho avuto pensieri impuri," disse Tim, poi tacque.

"Tranquillo, figlio mio. Continua pure. Questo è un posto sicuro." Dean roteò gli occhi e si tirò su, mentre Tim riprendeva a parlare.

"I miei pensieri impuri sono difficili da controllare, io ... io ho toccato di nuovo una bambina."

Un sorriso crudele si disegnò sul viso di Dean. "Continua, per favore."

"Ho sempre avuto grosse difficoltà in presenza delle bambine. Ho provato a controllarmi, dico davvero, ma un mio amico, che non vedevo da molto tempo, è venuto a farmi visita e ha portato con sé sua figlia. Era così bella, così perfetta con i suoi tratti angelici e i codini con i piccoli pompon. Lei è corsa verso di me e... non sono riuscito a fermarmi."

"L'hai toccata in modo inappropriato?" chiese Dean; conosceva già la risposta ma voleva la conferma dalla fonte diretta.

"Sì."

"Ti è piaciuto?"

"Oh che Dio mi aiuti, sì. Le sue piccole mutandine di pizzo erano morbide, e lei ridacchiava mentre le stuzzicavo le zone intime."

"Hai fatto dell'altro oltre a questo?"

"No, il padre se ne sarebbe accorto, ma sentivo di dover confessare prima di fare altro. Da un lato volevo fermarmi prima di salvare la bambina. So che è sbagliato, eppure sembra così giusto."

"Mi dispiace, figliolo, non capisco che cosa tu intenda."

Dei respiri pesanti dall'altra parte del confessionale furono l'unica risposta che ricevette. "Sai che puoi dirmi tutto."

"Oh padre, ho ... ho ucciso prima." Un forte singhiozzo raggiunse le sue orecchie, mentre Dean scriveva il nome di Tim, sottolineandolo. Tim non poteva saperlo ma era appena finito sulla lista dei cattivi di Dean.

"Quante volte?"

"Sei e mi è piaciuto... ho salvato quelle bambine."

Dean strinse forte la penna, controllando a stento l'impulso di usarla per trafiggere l'occhio di Tim; dissimulando, disse quello che sapeva il peccatore voleva sentire. Le parole che volevano ascoltare tutti i fedeli che andavano a confessarsi da lui. "Tranquillo, figlio mio. Il Signore ti perdona."

Dopodiché, richiuse lo sportello di legno e si alzò, aprendo la tenda.

Tim emerse un istante dopo. I suoi occhi guardavano a terra.

"Non avevo finito di confessarmi," mormorò l'uomo.

"Penso che sia una confessione sufficiente per oggi. Dovrai tornare."

Tim annuì, il corpo scosso da tremiti; Dean non sapeva se fosse per paura o eccitazione.

"Tim, non sembri essere in forma per guidare. Posso accompagnarti a casa?"

"Lei non mi odia?" Alzò il capo guardando Dean negli occhi.

"No, figlio mio, Dio non odia nessuno dei suoi figli. Lavoreremo per rimetterti sulla buona strada. Oggi hai fatto un bel passo, ma non dobbiamo strafare."

Dean poggiò la sua mano sulla spalla dell'uomo, offrendogli un sorriso che sperava risultasse caloroso e accogliente.

"La ringrazio, padre. Sarebbe molto gentile da parte sua."

Dean seguì Tim, mentre già stava pensando a tutti i modi in cui gliel'avrebbe fatta pagare. Oh sì, quest'uomo l'avrebbe certamente pagata. L'unica domanda era: quando?

Capitolo Tre

Ci vollero due giorni perché i corpi le fossero consegnati dall'ospedale, e poi altri tre per dare seguito a tutte le disposizioni richieste dalle famiglie. Yasmine aveva lavorato senza sosta per assicurarsi che il trucco fosse perfetto sui volti di tutte e tre le donne. Stavano viaggiando insieme al momento dell'incidente. Non che ne fosse sorpresa. Aveva ragione, non conosceva bene quelle persone, ma ne aveva sentito parlare abbastanza da sapere che ognuna di loro aveva un uomo in un'altra città. I loro pretesi viaggi bisettimanali per fare shopping erano famosi in una piccola cittadina come quella. Ma non spettava a lei giudicare la loro vita. Il suo compito consisteva nel far sì che sembrassero magnifiche nella morte.

Yasmine dovette ammettere di essersi superata. Le luci e le decorazioni erano splendide; avrebbero avuto un meraviglioso ultimo saluto.

Sistemò gli ultimi fiori nell'area principale dedicata alla veglia, e si guardò intorno, in cerca del miglior posto in cui posizionare la composizione floreale più grande.

Avvicinandosi al tavolo decorativo, posizionato lungo la parete di fondo, mise giù i fiori, concedendosi un istante per sistemare le rose celesti.

I peli sulla nuca si sollevarono, sentendosi osservata. Alzò gli occhi verso lo specchio dorato e finì con incrociare lo sguardo con il prete sexy. Padre O'Sullivan le rivolse un piccolo sorriso, annuendo; Yasmine si voltò rapidamente, sistemandosi la parte anteriore del suo semplice abito lungo.

Dean si avvicinò lentamente, guardandosi intorno.

"Yasmine, è tutto perfetto." L'uomo le passò accanto per sistemare una delle candele accese. Il calore che il suo corpo emanava era inebriante, e lei sentì l'immediata reazione tra le gambe. "Sapevo che avresti trovato un modo per fare funzionare tutto."

Lo guardò negli occhi nocciola e rabbrividì. L'immagine di lui che la piegava su una delle sedie con schienale a battente, prendendola da dietro, era così forte, che sulla fronte le si stavano formando delle goccioline di sudore.

"Ti senti bene? Sembri incredibilmente calda." Dean le appoggiò il dorso della mano sulla fronte.

Un'improvvisa scarica di calore le si diffuse in tutto il corpo. Sapeva che la sua faccia doveva essere di color rosso scarlatto e questo certo non l'aiutava.

"Sì, padre, ti assicuro che sto bene. Si tratta solo di troppo sforzo fisico e mancanza di sonno, sai com'è." Perché finiva sempre per blaterare in sua presenza? La mano del prete scivolò dalla sua fronte alla spalla, e il calore della mano le scottò la pelle. Si morse il labbro, mentre il solito tremore nella figa eruttò come un vero e proprio vulcano.

"Beh, non possiamo permettere che ti ammali. Vieni con me." Le prese gentilmente la mano, attirandola fuori dalla stanza. Non aveva idea di dove la stesse portando, sebbene non le importasse affatto. La sensazione della mano che stringeva la sua era di pura estasi.

Nel corso degli anni, Yasmine aveva avuto i suoi amanti ma aveva sempre finto di provare piacere, essendo scarsamente eccitata. Onestamente, se le ragazze "avessero fatto al caso suo", avrebbe pensato di essere lesbica, ma non era mai stato così. E aveva perso il conto di quante volte era rimasta sdraiata a letto, per poi esclamare 'quanto fosse stato grandioso il sesso', mentre pianificava la giornata successiva nella sua mente.

Dopo il college, era uscita un paio di volte con qualcuno, ma mancava sempre qualcosa e le relazioni finivano per interrompersi inevitabilmente.

Poi, quasi un anno prima, padre O'Sullivan era arrivato in città come prete della loro chiesa, dopo la dipartita di padre Matthews. Sin dal primo istante in cui i suoi occhi si erano posati su di lui, aveva capito che in quell'uomo c'era qualcosa di diverso. Il modo in cui gesticolava, in cui parlava e, naturalmente, quello in cui la guardava. Stava seriamente iniziando a chiedersi se avesse commesso qualcosa per far infuriare Dio. Quest'uomo era la sua punizione?

Come se fosse stata in trance, mentre camminava mano nella mano con Dean, improvvisamente si ritrovò nella sua camera da letto. Il suo volto arrossì violentemente per un motivo del tutto diverso. La pila dei suoi vestiti sporchi era ai piedi del letto e, per caso, le sue mutandine e i suoi reggiseni erano davanti e al centro sulla cima.

Si chinò rapidamente, afferrando un asciugamano abbandonato sul pavimento e lanciandolo sulla pila.

"Chiedo scusa per il disordine. Non ricevo praticamente visite e non invito mai nessuno in camera mia." Yasmine provò a ritrarre la mano da quella di Dean, che la strinse ancora più forte.

"Non preoccuparti di ripulire a causa mia." Dean scavalcò un paio di mutandine nere di pizzo con una disinvoltura che lei non aveva visto prima di quel momento, e desiderò morire all'istante! Il prete la guidò fino al letto, e lei restò lì fissandolo stupidamente. "Stenditi, Yasmine. Devi riposare."

"Ma che mi dici della funzione? La gente sta per arrivare, e..." Dean le poggiò un dito sulle labbra.

"Penserò a tutto io. Tu sei già andata ben oltre le aspettative. Adesso, sdraiati," le disse. Sembrava un ordine più che una richiesta, e le sue parole la fecero trasalire.

Yasmine si sedette sul bordo del letto e, naturalmente, i suoi occhi erano incollati al suo pacco. Si leccò le labbra, mentre s'immaginava di tirargli fuori il cazzo e leccarglielo proprio lì nella sua stanza, mentre un centinaio di persone erano di sotto. Incapace di controllarsi, si dimenò sul letto, bisognosa di toccarsi per placare quel desiderio prima di commettere qualcosa di molto profano.

La mano di Dean le toccò i capelli, provando ancora una volta a domare le sue ciocche selvagge. Quando lo guardò, non sentì altro che il rapido battito del suo cuore, sebbene le sue labbra si stessero muovendo. L'uomo si abbassò leggermente, per inginocchiarsi davanti a lei, e le poggiò le mani sulle ginocchia. Sarebbe stato un gesto empio avvolgergli le gambe intorno alla testa e portare quella bocca invitante sul suo nucleo?

"Yasmine, sei sicura di sentirti bene? Sembri fuori fase. Sei certa di non voler vedere un medico?" Dean le strinse le ginocchia, facendole desiderare improvvisamente di spogliarsi e saltare fuori dalla finestra, per ritrovarsi nella neve a raffreddarsi.

"Credo di essere più sfinita di quanto credessi. Sdraiarmi un attimo non mi farà male," mentì, un altro peccato a gravare la sua anima.

"Bene, se pensi di non aver bisogno di un medico..."

"No, no, non è decisamente necessario farlo venire fin qui." Forse le serviva un esorcismo, ma non un controllo medico. Sottrasse le ginocchia alla stretta del prete e si stese sul letto, mettendosi il più comoda possibile in quella circostanza.

"Riposa bene. Mi assicurerò che tutto vada per il meglio." Dean si abbassò e le depose il più casto dei baci sulla fronte, prima di lasciare lei e la sua empia immaginazione in pace.

Capitolo Quattro

"Dio sia con te," disse Dean. Fece ancora un cenno con la mano, e poi si sedette, concedendosi un attimo di respiro. Quando aveva deciso di assumere questo ruolo, non aveva di certo immaginato quante cazzate avrebbe dovuto sentire dai parrocchiani.

Era alla ricerca di un nuovo inizio, un modo per lasciarsi alle spalle il passato e andare avanti. Allora questa era parsa la migliore opzione. Quando aveva reciso la gola del vero padre O'Sullivan prendendo il suo posto, aveva pensato di restare soltanto per un po'. Doveva essere un luogo in cui sistemarsi, mentre studiava il modo migliore per eseguire la sua missione. Quel vecchio pezzo di merda se l'era meritato. Dean era già sulle sue tracce per la truffa che aveva commesso, quando aveva scoperto le altri terribili cose che aveva fatto.

In realtà lui era eccezionale nel suo lavoro e questa sistemazione era ideale. Quale posto migliore per un uomo come lui in cui nascondersi o lavorare? Una piccola cittadina nel bel mezzo del nulla, con una popolazione che aveva troppa fiducia nel prossimo e non compariva sui social media. Aggiungiamoci un tetto sulla testa, cibo nello stomaco e un incontrollato terreno di caccia. Aveva trovato una piccola fetta di paradiso. Sorrise alla sua stessa battuta. A completare il tutto, vogliamo parlare di quella piccola, sexy direttrice delle pompe funebri? Come avrebbe potuto allontanarsi?

Dean non conosceva l'amore. Non era mai stato innamorato o fidanzato, nulla del genere. Era entrato nell'esercito subito dopo il liceo, e quella era diventata la sua passione. Ma ciò che provava per Yasmine era forte. L'aveva guardata nei brillanti occhi verdi, e il suo cuore aveva iniziato a battere con una nuova consapevolezza. Il suo sorriso era sincero e amava il modo in cui gli occhi le si arricciavano ai lati quando sorrideva. L'angolo del labbro di Dean si sollevò, mentre la ricordava sorridere al picnic della città con Mabel, la proprietaria dell'unico diner del posto.

Yasmine era gentile e generosa fino all'eccesso, nell'occuparsi delle persone nei loro ultimi momenti; se i ruoli fossero stati invertiti, non avrebbe ricevuto lo stesso trattamento. Yasmine aveva

una bellezza interiore mista ad una natura indomita. Lo percepiva sotto la pelle, ogni volta che si trovavano nella stessa stanza.

Non importava se la trovava con indosso degli sciatti vestiti, tipici delle anziane: il suo fisico mozzafiato ci sguazzava alla grande. Il cazzo gli si gonfiò nelle mutande, al pensiero di lei sdraiata al piano di sopra. Ci era mancato davvero poco e avrebbe rotto i voti.

Quando aveva deciso di restare in quella città, aveva giurato a se stesso che non avrebbe mai fatto alcunché per compromettere il suo percorso, ma la sua resistenza alle astuzie femminili di Yasmine lo stava mettendo a dura prova.

Fece un respiro profondo, tornò a indossare la maschera equilibrata da prete e si diede un contegno. Avrebbe fatto meglio a svegliare Yasmine, e poi allontanarsene prima di soddisfare le sue voglie. Salì silenziosamente per le scale, e si immobilizzò a metà strada. Sentì dei lievi lamenti e gemiti provenienti dalla stanza di Yasmine. Entrando in piena modalità cacciatore, si avvicinò ulteriormente alla porta. Fortunatamente, non l'aveva chiusa del tutto e, con una delicata spinta, riuscì a vedere il letto.

Il cazzo si mise immediatamente sull'attenti, davanti la scena che si stava svolgendo. Yasmine era sdraiata sulla schiena, il vestito a fiori vecchio stile sollevato fino alla vita, e le gambe spalancate. Le delicate mutandine in pizzo che indossava erano abbassate abbastanza da concedergli una chiara vista della sua dolce figa rosa. La parte superiore del vestito era abbassata, lasciandole le tette e i piccoli capezzoli duri esposti. Iniziò a venirgli l'acquolina in bocca. La donna emise un altro gemito, mentre si penetrava il caldo buco con tre dita. Lui chiuse gli occhi, fece un respiro profondo e riuscì a sentire l'odore del sesso dal punto in cui si trovava.

"Oh cazzo, Dean." Lui s'immobilizzò, il respiro mozzato all'idea di essere stato sorpreso. "Sì, proprio così, riempimi con il tuo grosso cazzo," disse Yasmine. La sua testa s'inarcò all'indietro, persa negli spasmi della sua immaginazione; Dean quasi venne nelle mutande, ascoltando quei pensieri sfrenati formulati dalla mente perversa di lei.

S'infilò una mano sotto la veste, trovò la zip dei pantaloni, la abbassò e tirò silenziosamente fuori il cazzo teso. Diede al cazzo furioso alcuni colpi, sapendo di stare giocando col fuoco. Avrebbe dovuto andarsene prima che lei lo vedesse. Ma, osservandola contorcersi per il piacere nel letto, sapeva di non poterlo fare.

Dean si segò a tempo con il movimento dei fianchi di lei, immaginandosi al posto delle dita di Yasmine, a farla gemere. Il respiro di Yasmine stava accelerando e lui seppe che era vicina all'orgasmo. Si morse il labbro, e la sua mano si mosse più in fretta sotto la veste, andando a tempo con la piccola creatura sexy sul letto. Strizzò la cappella del suo cazzo voglioso e gonfio, spargendo il liquido pre-eiaculatorio su di essa, prima di stringere ulteriormente e iniziare ad accelerare le spinte. Voleva seppellirsi in lei, perdersi nella sua aura deliziosamente dolce.

"Cazzo! Sto venendo, si, continua a scoparmi," sussurrò lei rigorosamente.

Il suo corpo minuto si immobilizzò, mentre il succo del suo piacere le scivolava lungo la gamba. Chiudendo gli occhi, Dean visualizzò il volto di Yasmine mentre veniva, il modo in cui le sue tette premevano verso l'aria e quello in cui aveva pronunciato il suo nome.

Appoggiando una mano sul muro, si preparò al rilascio imminente. Dean serrò la mascella, mentre esplodeva nel suo lavandino di ceramica: getto dopo getto, lo sperma finì dentro. Quando l'ultima goccia lasciò il suo corpo, si accasciò contro il muro. Era la prima volta che veniva così forte in vita sua.

Per l'amore di tutto ciò che c'era di sacro, le sue gambe tremavano per lo sforzo di essere rimasto in piedi. Rinfilando il suo cazzo ancora duro nelle mutande, aprì il rubinetto, sciacquò il lavandino, e poi passò alle mani.

Doveva uscire da lì prima di cedere all'impulso di tornare in cima alle scale e soddisfare le voglie del suo corpo.

Capitolo Cinque

Il padre di Dean urlava, e il suono riecheggiava lungo le pareti di stucco. Dean odiava quando il padre urlava. Significava che era davvero arrabbiato e che qualcuno sarebbe morto. Tentò di tirare su la finestra, ma il padre aveva installato nuovi lucchetti dall'esterno, a meno di non essere di nuovo picchiato per aver rotto un vetro, era in trappola. Forse poteva nascondersi. Non era più un ragazzino, e nascondersi era più difficile. Con lo sguardo scrutò la stanza, e prese una rapida decisone: optò per l'armadio.

La porta della sua stanza si spalancò rumorosamente, facendolo sobbalzare, prima ancora di mettere in atto la sua idea. Apparve uno dei guardiani del padre. La sua grande ombra riempiva la soglia. Non conosceva il nome di quell'uomo, non se ne preoccupava più ormai. Erano tutti uguali: anonimi, muscoli senza cervello che morivano proteggendo il padre o, ironicamente, venivano uccisi da lui.

Dean deglutì rumorosamente, mentre tornava lentamente nell'angolo più lontano della stanza, accanto al letto. Il cuore gli martellava nel petto, mentre l'uomo avanzava ulteriormente nella stanza. Gli occhi di Dean si posarono sulla mano della guardia, e si domandò se quella sera il padre aveva in programma la sua esecuzione, come aveva già fatto con molti altri.

"Tu padre te quiere," disse la guardia in spagnolo.

"Ma è arrabbiato, e non voglio vederlo." Dean si allontanò leggermente dalla guardia. Non aveva un posto in cui scappare, ma non intendeva essere di nuovo picchiato. I lividi erano ancora scuri sul lato sinistro del suo corpo.

"Ti prego, non farmi andare. Non gli dirò nulla," lo supplicò e seppe che il padre lo aveva sentito, e lo avrebbe picchiato, privandolo di un briciolo di vita di sicuro.

La guardia socchiuse gli occhi, serrando la mascella con ovvio fastidio, dirigendosi verso Dean. Mentre l'uomo si avvicinava al bordo del letto, Dean si lanciò sopra e corse verso la porta. Prima di poter mettere in pratica la sua fuga audace, l'uomo si scaraventò su di lui da dietro, e lo sbatté con la faccia contro il muro. Scivolando lungo la parete, Dean crollò sul pavimento, stordito, annaspando in cerca d'aria. Voleva gridare mentre il dolore esplodeva dietro gli occhi. Il naso insanguinato significava che probabilmente era rotto, ma una debolezza di qualsiasi tipo avrebbe solo fatto ulteriormente infuriare suo padre.

La guardia lo afferrò per il braccio con la mano massiccia, e strinse forte, rimettendolo in piedi. Per quanto provasse a liberarsi, la presa d'acciaio dell'uomo non accennava ad allentarsi nemmeno di un millimetro. Sapeva dove lo stava portando. Il padre aveva un salotto collegato al suo ufficio ed era lì che passava la maggior parte del tempo; di solito era sempre lì che i suoi divertimenti depravati avevano libero sfogo.

Quando si avvicinarono alla stanza in cui si trovava suo padre, guardò la guardia e fece un ultimo tentativo. *"Ti prego, non stasera. Lasciami andare solo per stasera, e io non glielo dirò. Devi solo dire che non ero in camera mia,"* tentò con la compassione, ma avrebbe dovuto sapere che non avrebbe funzionato. Il padre selezionava personalmente gli uomini che aveva intorno. Avevano tutti due cose in comune. La prima era che si trattava di leali figli di puttana, e la seconda era che tutti amavano lo stesso tipo di depravazione.

"Mejor Tu que yo."

"E qui ho pensato il contrario. Lo ricorderò."

Dean rivolse uno sguardo cupo alla guardia, memorizzandone il volto *per il giorno - se mai ci fosse stato - in cui sarebbe riuscito a fuggire. Aveva una lista di persone che si sarebbe assicurato di uccidere, se per allora non fossero state già morte.*

La guardia sogghignò, mentre lo gettava oltre le porte di legno all'interno della stanza. Dean inciampò, e il suo sguardo furioso si posò sulla guardia, prima di volgersi verso suo padre. Le porte si chiusero rumorosamente alle sue spalle, sigillandolo effettivamente dentro, esponendolo a qualunque destino il padre avesse in mente quella sera.

"Ah, figlio mio."

"Padre." Dean incrociò le braccia sul petto, ma chinò il capo in segno di sottomissione.

"Stasera tu diventerai un uomo. Vieni a vedere che cos'ho per te."

Dean sussultò, quando il padre avvolse il braccio intorno alle sue piccole spalle. Dean non aveva alcun interesse nei piani paterni, ma lo seguì nella stanza adiacente, che era già impregnata del forte odore metallico di sangue e atti di pura malvagità. Un uomo e una donna erano a quattro zampe, con la bocca imbavagliata.

Dean pensò di riconoscere l'uomo come una persona che era in affari con il padre e i cartelli, ma per quei corridoi passavano tanti volti che era difficile esserne certo. Non riconobbe la donna.

"Questo è il tuo regalo," il padre indicò le due persone inginocchiate.

"Allora, che cosa ne dici?"

"Grazie, padre."

"Così va meglio. Devi imparare che cosa sia il rispetto. Assomigli troppo a tua madre con quella bocca insolente." La sua mano si chiuse inconsciamente a pugno, mentre il padre nominava sua madre.

"Beh, dacci dentro." Il genitore si avvicinò a una grande scrivania di legno e si versò un bicchiere di whisky. La bottiglia era ormai quasi vuota; come il resto, non era un buon segno.

"Padre, mi dispiace, ma non so che cosa fare con loro." Il bicchiere fu sbattuto sulla scrivania, il suo contenuto si sparse intorno.

Il padre gli si avvicinò; Dean istintivamente indietreggiò, poi trasse un respiro profondo, mentre subiva passivamente un pugno al volto.

Chiuse dunque gli occhi un istante prima di riceverlo. Il viso già dolente assorbì il potente colpo, e mentre crollava in ginocchio spruzzò sangue. Lamentandosi, si tenne il lato del viso, e Dean fissò i due estranei. Questi fissarono di conseguenza l'uomo, e condivisero un momento di comprensione. Come mosche nella tela di un ragno, erano tutti in trappola.

"In piedi!"

Dean si rialzò, con la testa che gli pulsava; la stanza sembrava muoversi intorno a lui ma sapeva che, se fosse rimasto in quella posizione, la serata sarebbero peggiorate.

"Ecco perché devi imparare il tuo ruolo. Dovresti già sapere che cosa ci si aspetta da te. Gestirai il cartello un giorno, figliolo. Continuo a ripeterti che dovresti essere più coinvolto."

Dean inghiottì e assaporò il sangue. Non sapeva che cosa dire per abbreviare quella serata. Una cosa era certa: non avrebbe mai gestito il cartello. Sarebbe morto prima che ciò fosse avvenuto.

Il padre sollevò la grossa mano, infilando le dita nei capelli della donna, che gridò attraverso il bavaglio, mentre lui la trascinava crudelmente in piedi. Ebbe la terribile sensazione di sapere cosa stesse per accadere, e i sospetti divennero realtà, mentre il padre piegava la donna sulla propria scrivania. L'uomo schioccò le dita, la guardia posizionata nell'angolo si fece avanti e afferrò la corda che teneva insieme le mani della donna.

L'uomo in ginocchio provò ad alzarsi, ma Dean gli fece un cenno col capo, provando a dirgli che sarebbe stato un errore. L'uomo non colse il suggerimento e la guardia che aveva trascinato Dean lì dentro, sollevò il prigioniero come se fosse un peso-piuma, per sbattere il suo sedere su una sedia. L'uomo si dimenò nella presa della guardia, ma, come Dean aveva previsto, la guardia lo mantenne immobile con facilità.

"Ora, figliolo, è questo ciò che fai quando tuo padre ti fa un regalo." Il genitore sollevò la parte inferiore del vestito della donna, appallottolandolo nella mano, fino in vita. Si sentì il rumore di uno strappo, quando la privò della biancheria che indossava.

La donna si dimenò e provò a gridare di nuovo, lottando contro due uomini forti.

La biancheria lo colpì al volto; alzò gli occhi verso il padre, che stava ridendo. "Annusa, figliolo. Questo è l'odore di una vera donna."

Ogni parte del viso gli doleva, mentre su di esso si disegnò un'espressione disgustata. Si sentì improvvisamente un forte suono, come di uno schiocco, mentre il padre schiaffeggiava la donna sul sedere.

"Ho detto di annusare, altrimenti la schiaffeggio ancora." Dean fissò gli indumenti bianchi, e avvicinò lentamente il piccolo pezzo di stoffa al viso, quando ci fu un altro schiocco.

"Più in fretta!"

Ora i lamenti della donna si erano ridotti a singhiozzi regolari e le lacrime le scendevano sulle guance, mentre il suo sedere mostrava il rossore della manata del padre. Dean realizzò rapidamente che questa era l'ennesima lezione impartita dal genitore. Nono sapeva come fare per tirarsene fuori, ma il padre lo torturava ben più che fisicamente, quando voleva insegnargli qualcosa. Dean stropicciò la biancheria nella mano, l'avvicinò al naso ma non annusò. Il padre rise, esplodendo in una profonda e funesta risata, che gli fece drizzare i peli sulla nuca, mentre le due guardie sogghignavano.

Commise l'errore di guardare la donna negli occhi. La sua paura era palpabile, mentre implorava con lo sguardo, affinché uno di loro l'aiutasse. Se avesse potuto, avrebbe ucciso il padre e le guardie, ma anche a quindici anni, era mingherlino e non ci sarebbe stata storia con uno, figuriamoci con tre.

L'inconfondibile suono di una zip riecheggiò forte nella stanza. Solo i crescenti lamenti della donna erano più alti. Dean non voleva assistere. Purtroppo, aveva visto il padre violentare delle donne prima di quella sera. Era diventato un evento ricorrente, che riusciva ad evitare nascondendosi, la maggior parte delle volte; ma c'erano state anche svariate occasioni in cui era stato prelevato dal suo letto per assistere. Ancora una volta, l'uomo alle sue spalle cercò di ribellarsi alla stretta della guardia ma fu ridotto al silenzio con un feroce pugno al volto.

Il padre si accarezzò il cazzo davanti ai presenti, e Dean si rese conto che il genitore era malato sotto vari punti di vista, che lui sapeva di non riuscire ancora a comprendere.

"Sta' ferma, puttana!" Ci furono altri tre schiocchi, mentre la mano del padre entrava in contatto con il sedere della donna, che seppellì la testa nella scrivania. Dean si guardò intorno, in cerca di un'arma, ma oltre a quelle che avevano addosso le guardie, non ce n'erano. Con un possente grugnito, il padre penetrò la donna.

"Vedi, è così che si tratta una donna. Fanno quello che si chiede loro e parlano solo quando viene loro rivolta la parola, capisci?"

"Sì, padre," giunse la sua risposta brevettata.

"Se vuoi scopartene una, allora dovrebbe chiederti come vuoi farlo? Non lottare a meno che non ti piaccia, naturalmente." Un sorriso si formò all'angolo della bocca del padre. "Questa vi piacerà, ragazzi. È stretta."

L'uomo sulla sedia riprese conoscenza e si dimenò violentemente ancora due volte, provando a indurre Dean ad aiutare la donna, sua moglie, molto probabilmente. Un'altra malata forma di tortura che suo padre avrebbe assaporato. Goccioline di sudore si formarono sulla fronte del padre mentre muoveva i fianchi; il suono della carne contro la carne e lo scuotimento dei loro corpi che colpivano la scrivania creò un nauseante ritmo, simile a un tamburo. Dean visualizzò ben altro di fronte a sé, con la mente che sfruttava quel suono per creare un'immagine che lo portava via da quella vita.

Quando c'era sua madre, le cose non andavano poi così male, ma dalla sua scomparsa, gli abusi erano peggiorati e diventati più frequenti. Non sapeva che cosa fosse accaduto a sua madre, ma sospettava che il padre avesse a che fare con la sua sparizione.

Ma Dean era stato semplicemente troppo spaventato per chiedere e scoprire la verità.

Quando finì, il padre gemette, poi sorrise alla guardia che teneva le mani della donna.

"Tocca a te."

Gli uomini si scambiarono di posto, e Dean fu costretto ad assistere ancora e ancora.

Stavolta, i versi di dolore provenienti dalla donna furono molto più alti, perché la guardia aveva scelto di prenderla dietro. Dean restò immobile, assicurandosi di non staccarle mai gli occhi di dosso, ma la sua mente non era in quella stanza.

Dopo che anche il terzo uomo ebbe avuto la sua dose, il padre gli rivolse un grosso sorriso. Sembrava ridicolo mentre lo osservava, con le mutande ancora abbassate e il cazzo semi-flaccido e penzolante. Dean sollevò gli angoli della bocca, sperando che ciò avrebbe segnato la fine di questo squallore, ma sapeva che non sarebbe stato affatto così.

"Vieni, figliolo. Ora tocca a te."

La bocca di Dean si spalancò, la biancheria dimenticata cadde in terra.

"Padre, ti prego, non farmelo fare."

La rabbia che contorceva il viso paterno in una smorfia crudele bastava a terrorizzare chiunque. L'uomo rinfilò il cazzo nei pantaloni, e si avvicinò al figlio. Dean indietreggiò verso la porta, inciampò sul tappeto e, poi, sbatté contro il tavolino con sopra il drink per gli ospiti.

Proprio come aveva fatto con la donna, il padre lo afferrò per i capelli e lo strattonò sul sedere della donna, che era ancora nuda ed esposta. Sudore e sperma le colavano di dosso, e lo stomaco di Dean si rivoltò, mentre fissava i buchi spalancati.

"Te la scoperai. La scoperai e diventerai un uomo. Non ho generato una checca."

Dean ebbe la fortissima esigenza di correggere il padre, dicendo che non era stato lui a generarlo, ma sarebbe stato troppo pericoloso e quindi tacque.

Il padre gli tenne la testa a pochi centimetri dal sedere esposto della donna, e poi le colpì forte le caviglie, facendola lamentare più forte.

"Spalanca di più le gambe, così mio figlio può dare un'occhiata migliore." Con la mano strinse ulteriormente i capelli e lo spinse finché il naso del ragazzo toccò le soffici pieghe della donna.

"Annusa. Questo è l'odore di una figa ben usata, figliolo, l'aroma degli dei."

"Padre, ma è proprio necessario? Già so cos'è una figa," disse, provando a sembrare annoiato, ma il suo cuore galoppava più velocemente dei mustang che popolavano la loro proprietà.

"Caccia subito fuori il tuo cazzo!"

————————————

Dean si sedette in mezzo al letto. Il sottile lenzuolo che aveva coperto il suo corpo era inzuppato di sudore.

"Cazzo!" Saltò già dal letto e si chinò sulla scrivania, prendendo a pugni il pesante legno ripetutamente, finché la superficie lucida non si impregnò di sangue. Dean si raddrizzò e guardò fuori dalla finestra scura, il sorridente e compiaciuto volto del padre comparve nel vetro.

Aveva odiato il padre già prima di quella sera, quando era stato costretto a violentare quella donna e poi a uccidere il marito. Ma non si poteva tornare indietro.

Il rapporto era ormai chiuso.

Ricordava chiaramente che cos'aveva provato ad uccidere quella guardia che lo aveva costretto a restare nella stanza, quella sera, lo sguardo di puro orrore sul suo viso quando si era svegliato, ingoiando il suo stesso sangue. Dean era rimasto lì ad assicurarsi che fosse davvero morto.

"Ti aveva detto che avrei ricordato," gli aveva sussurrato all'orecchio.

Si raddrizzò, con il petto ansimante, le mani ancora chiuse a pugno.

Prima o poi avrebbe avuto la sua vendetta, uno di questi giorni, il padre avrebbe pagato per tutta la merda che gli aveva fatto e, peggio ancora, che gli aveva fatto fare.

Capitolo Sei

Yasmine era sotto la doccia bollente e lasciava scorrere l'acqua calda sulla schiena. La mente era concentrata su Dean, immaginava le sue labbra scendere lungo il collo. Si accarezzò il corpo lascivamente e gemette, mentre le mani entrarono in contatto con un vivace capezzolo. Chiuse gli occhi, e il ventre si fletté, mentre l'altra mano iniziò ad esplorare. *Yasmine.* Riuscì quasi a sentire la sua voce profonda e leggermente roca. Desiderava che le sussurrasse il suo nome all'orecchio, un brivido le scivolò lungo la spina dorsale.

Un rivolo di umidità che non aveva niente a che fare con l'acqua insaponata le stava scendendo lungo i fianchi.

Improvvisamente, con il gomitò colpì il flacone di shampoo, e gridò e saltò, quando cadde sul pavimento della doccia. Poggiando la mano sulla piastrella, fece un respiro profondo: persino la doccia le stava dicendo di smettere di fantasticare.

"È una follia. Non puoi averlo, a prescindere da quanto sia sexy. Lui è off-limits! Riprenditi, ragazza," disse al bagno vuoto. "E, ora, parlo da sola."

Frustrata, Yasmine portò rapidamente a termine la doccia, assicurandosi di massaggiare ogni parte del suo corpo, finché non fosse pulitissima. Uscendo, si avvolse subito in un asciugamano. Le ci volle una vita per asciugare la massa di capelli mossi che aveva in testa ma, una volta terminato, guardò il proprio riflesso e sorrise. Era carina, e non poté fare a meno di sperare che quel giorno Dean fosse da Mabel.

Arrivare al diner di Mabel le richiese un breve viaggio in auto; in realtà, ogni posto in quella città era praticamente a portata di mano. Con il ritorno della bella stagione, si sarebbe spostata a piedi ma, fino ad allora, avrebbe guidato.

Dopo aver parcheggiato, si guarda intorno ed ebbe un tuffo al cuore. Non vide la classica BMW di Dean posteggiata da nessuna parte.

Probabilmente era meglio così.

Yasmine trottò fino alla porta sul retro del ristorante, provando ad evitare i grandi fiocchi di neve che sicuramente l'avrebbero gelata fin nelle ossa. La vecchia porta in metallo annunciò con forza la sua presenza, cigolando. Con un respiro profondo, si lasciò inebriare dal profumo già delizioso e appese la giacca, assaporando il calore.

"Tesoro, ce l'hai fatta," disse Mabel. Il suo sorriso poteva illuminare un'intera stanza, e Yasmine immaginò quanto dovesse essere stata bella negli anni della giovinezza. Le due donne si abbracciarono, e lei strinse Mabel un po' più a lungo del solito.

"Stai bene, Yazzy?"

Mabel era l'unica altra persona, oltre al padre defunto, che la chiamava così.

"Sì, è solo bello vederti. Scusa se non vengo da un po'."

"Non essere sciocca. So che sei occupata. E poi, sei giovane e non vuoi stare intorno a una vecchia befana come me."

Yasmine diede un giocoso buffetto al braccio di Mabel. "Non sei affatto una vecchia befana."

"Se lo dici tu, tesoro. Vieni. Abbiamo molto lavoro da sbrigare, e meno mani di quante ne avessimo negli anni passati. È un vero peccato che siano rimasti davvero in pochi a dare una mano a chi ha bisogno. Sembra che perdiamo qualcuno ogni anno, e non c'è nessuno con cui sostituirlo." Un'ombra di tristezza calò sul volto di Mabel, e Yasmine avvolse le braccia intorno al corpo di quella donna anziana, che era stata come una madre per lei nei momenti in cui ne aveva avuto più bisogno.

"Che cosa vorresti che facessi, come prima cosa?" chiese Yasmine.

Il volto di Mabel s'illuminò. "Puoi tagliare le verdure a tocchetti? Devo preparare abbastanza zuppa di pollo con noodle da sfamare l'intera città, se necessario."

Yasmine rise mentre raggiungeva la sua postazione con enorme ceste di carote, sedano, e un assortimento di altre verdure fresche. Lavandosi le mani, prese il coltello e si mise all'opera. Di tanto in tanto, faceva un cenno con il capo, per dire "Ciao" a uno degli altri volontari ma, per la maggior parte, si comportò com'era solita fare, standosene per conto proprio. Quando la porta sul retro si aprì di nuovo, Yasmine stava battendo i piedi a tempo della musica allegra, persa nei suoi pensieri, finché il suo corpo percepì Dean. Fu come se la sua anima si fosse accorta della sua presenza e avesse risposto prima che lei posasse persino gli occhi su di lui.

"Mabel, scusa sono in ritardo. Ho dovuto occuparmi di alcune faccende."

Yasmine si voltò in direzione della sua voce, osservandolo spogliarsi del cappotto.

Oh Signore, non indossava l'abito talare. I jeans perfettamente aderenti e la maglietta nera avvolgevano così bene il suo corpo, che lei non riusciva a smettere di fissarlo. Improvvisamente, così presa dal bisogno, iniziò a spostarsi da un piede all'altro.

"Non preoccuparti! Sono felice che tu sia qui," gridò Mabel dalla sua postazione.

"Dove mi vuoi?" chiese Dean, cercando il suo sguardo.

'Tra le mie gambe' voleva rispondere, ma si morse la parte interna della guancia, e distolse subito gli occhi dal suo intenso sguardo. *Il Signore mi punirà.*

"I polli stanno per uscire dal girarrosto," disse Mabel. "Ti dispiacerebbe tagliarli? Puoi metterti vicino a Yasmine. C'è spazio."

Gli occhi di Yasmine si puntarono su Mabel, che le rivolse un sorriso sfacciato prima di girarsi. La scaltra donna anziana sapeva esattamente che cosa stava facendo. La presenza di Dean premeva su di lei come una mano calda ad ogni passo che lo avvicinava.

"Merda!" imprecò lei, mentre con mani tremanti si fece scivolare il coltello, finendo col tagliarsi un dito. Yasmine balzò verso il lavandino, prima di impregnare di sangue tutte le verdure tagliate.

"Stai bene?" Dean le fu accanto in un istante e le afferrò la mano, tirandola fuori dall'acqua per controllarla.

"Sì, non è niente," disse quasi sottovoce. Fu come se i presenti li stessero guardando, visto che erano più vicini di quanto fosse appropriato o necessario.

"Non credo che tu abbia bisogno dei punti." Dean le allungò un piccolo strofinaccio. "Stringi forte la ferita."

Lei eseguì lasciandosi guidare dall'uomo, che la prese per il gomito, ovunque avesse intenzione di andare. Finirono nel bagno dei dipendenti, che era già piccolo per una persona, ma decisamente claustrofobico con due all'interno.

Lui si chinò ad aprire l'armadietto.

Yasmine avrebbe giurato che avesse sfiorato il suo braccio contro la sua gamba di proposito; si morse il labbro e distolse lo sguardo dalla sua schiena chinata, mentre si sforzava di impedirsi di cedere a una reazione impropria.

Si concentrò così profondamente, che non notò Dean alzarsi, fino a quando le poggiò un dito sul mento. Provò gentilmente a indurla a guardarlo, e il cuore cominciò a batterle all'impazzata.

Dean si passò la lingua sul labbro inferiore, e lei lo fissò come se fosse il suo ultimo pasto. "Stai bene?"

La voce le si ruppe, e dovette schiarirsi la gola per tentare di nuovo a parlare. "Sto bene, sono solo un po' stordita."

"Oh, allora, siediti." Ancora una volta, Dean la prese per il gomito e l'aiutò a sedersi sulla tazza. Dean s'inginocchiò tra le sue gambe, e lei allargò gli occhi, mentre cercava un modo per poter fuggire da quello spazio ristretto.

"Coraggio, fammi vedere il dito." La sua mano tremò mentre eseguiva.

Alzò lo sguardo sopra la testa di Dean, che controllava il taglio, e provò a respingere i pensieri sexy su di lui. Era soltanto gentile, e lei lo desiderava.

"Avevo ragione. Non servono i punti."

Dean pulì il taglio e applicò un cerotto con dita rapide ed efficienti. Poi, si alzò e mise via tutto; Yasmine si concesse un momento per fare un respiro profondo e ricomporsi.

"Potrei avere un momento? Dovrei usare il bagno delle signore." Poi, gli rivolse un piccolo sorriso.

"Sì, certamente, ci vediamo in cucina."

Nell'istante in cui la porta si chiuse, si sedette di nuovo sulla tazza e si mise la testa tra le mani, mentre un complesso vortice d'emozioni si palesava. Alzandosi, si gettò dell'acqua sul viso, per poi ricomporsi, determinata a tornare alla sua postazione e a comportarsi da normale essere umano, e non come una creatura perversa.

Yasmine tornò in cucina ma parte della sua spavalderia scivolò via, quando osservò Dean al lavoro: indossava un grembiule con degli angeli decorativi. Sembrava così adorabile e sexy, avvolto nel grembiule di Mabel con la scritta Viva Las Vegas. Soffocando una risata, raggiunse la sua postazione per rimettersi all'opera.

In svariate occasioni, colse Mabel guardarli.

Mabel mosse le sopracciglia, guardando nella sua direzione, facendo quasi strozzare Yasmine con l'acqua. Era così imbarazzata, che dovette uscire dalla cucina per un momento. Ma con il trascorrere della giornata, il suo imbarazzo cessò e le fu più facile respirare e divertirsi.

"Ci vediamo Mabel grazie per la fantastica giornata." Yasmine abbracciò Mabel, e fece un respiro profondo, assimilando il profumo di rose e spezie che accompagnava sempre la donna.

"Sei sempre stata una ragazza dolce." Mabel si sottrasse all'abbraccio, e le diede un colpetto sulla guancia.

"Grazie di essere venuto, padre. È sempre fantastico vederti."

"Oh, avevo intenzione di restare ancora un po'," disse Dean, mentre Mabel lo accompagnava alla porta.

Yasmine si sentiva come un'adolescente ad un appuntamento al buio, mentre Mabel metteva il cappotto di Dean tra le sue mani.

"Sarà meglio che tu permetta a padre O'Sullivan di scortarti sana e salva alla tua auto. È tutto il giorno che nevica," disse Mabel, mentre spingeva praticamente entrambi fuori dal locale.

"Dovrei forse sentirmi insultato?" chiese Dean, dandole una spintarella sulla spalla.

"Ho smesso di tentare di capire che cosa abbia in testa Mabel," rispose Yasmine, ridendo.

Stringendosi nel cappotto, lei s'incamminò verso la sua auto, ben consapevole della mano di Dean sulla parte inferiore della sua schiena.

"Grazie di avermi accompagnata all'auto," disse, senza guardarlo negli occhi.

"Il piacere è stato tutto mio. Spero di rivederti presto, Yasmine. È sempre meraviglioso passare del tempo con te." Le tolse gentilmente dei fiocchi di neve dai capelli, gesto che sembrò più intimo di quanto avrebbe dovuto.

Yasmine si mise al volante della sua auto, e fece un cenno di saluto a Dean mentre faceva retromarcia. Lo guardò dallo specchietto retrovisore e, persino mentre si allontanava, sentiva che i loro sguardi erano praticamente incollati.

Che cos'aveva fatto in vita sua per meritare questa tortura? Non lo sapeva ma ormai era piuttosto certa che Dio dovesse odiarla.

Capitolo Sette

D ean era seduto nel piccolo confessionale ad ascoltare un altro peccatore sputare la sua storia del '*la prego, perdoni il mio peccato*'. Sempre, in quella situazione, trascriveva il nome e il relativo peccato commesso da ciascuna persona, immaginava il modo migliore per punire la sua atrocità e poi le si rivolgeva assolvendola — che mucchio di stronzate.

Innanzitutto, non esisteva alcun Dio e, anche se ci fosse stato, limitarsi a dire *mi dispiace* non sarebbe bastato. Ma non si poteva lamentare, perché dare la caccia ai peccatori non era mai stato così facile. Le sue prede preferite, i predatori sessuali, facevano vibrare la sua energia. Vendicarsi su di loro era più gratificante del punire ogni altro crimine. L'unica difficoltà che incontrava durante le ore che dedicava al confessionale era costituita dai ricordi del padre, che, ancora, lo disturbavano. Fino a quel momento, era sempre riuscito a scacciarli.

Quel giorno, voleva che quella merda finisse, perché quel peccatore era al sicuro. Non aveva interesse a uccidere qualcuno soltanto perché aveva imprecato e scacciato il gatto del vicino, perché aveva sporcato il suo giardino con le sue deiezioni.

Improvvisamente, risuonò nella chiesa un forte colpo, provocato dalla chiusura di una panca, e un istantaneo dolore lanciante lo prese alla testa. Il piccolo taccuino nero gli cadde dalle mani, mentre si afferrava le tempie, provando a impedire l'inevitabile.

"No, no," sussurrò, mentre i flash iniziarono ad apparire, offuscandogli la vista.

La vibrazione delle pale dell'elicottero, accompagnata dal rapido scoppiettante suono dei proiettili, gli invase il cervello. Le grida delle vittime risuonarono così forte, nella sua mente, che si agitò finendo per sbattere contro un lato del confessionale.

La polvere si innalzò sulla strada, mentre un altro edificio esplodeva, facendo volare pietre e detriti in ogni direzione. Donne e bambini gridavano mentre fuggivano terrorizzati. Un fumo denso gli bruciò gli occhi; nonostante gli occhialini, bruciavano e prudevano, ma sapeva che avrebbe fatto meglio a non toglierli per grattarsi.

"Sono qui!" Gridò e agitò le braccia verso i suoi compagni di unità, che correvano lungo la strada verso di lui. Il fumo gli ostruì la gola, facendolo tossire. Si tolse la bandana che portava intorno al collo, usandola per coprirsi il naso, ma non servì proprio a niente.

"Da questa parte!" Si agitava e urlava oltre il rimbombo delle esplosioni, troppo vicine. Un acuto rumore fischiettante gli fece sollevare lo sguardo e vide un lanciarazzi puntare dritto verso di loro.

"No! Attenti!" Guardò con l'orrore negli occhi, incapace di fare niente, il missile dirigersi verso i compagni di unità che correvano.

Boom!

L'impatto lo fece volare all'indietro, sbattendo con la nuca contro il suolo. Stordito e incapace di vedere attraverso i detriti spessi, rotolò sullo stomaco. Le orecchie gli fischiavano, e provò a scacciare via quel rumore, poi ricordò i suoi uomini.

"No, no, no." Strisciò in mezzo alla terra, un braccio dietro l'altro, finché non raggiunse l'avvallamento profondo nella polvere. Il braccio di Perez fuoriusciva dalla immensa voragine, e quando raggiunse il bordo della scarpata, afferrò l'amico, tirandolo fuori.

Lacrime gli macchiarono il viso, mentre guardava Perez negli occhi.

"Non mi sento bene." Perez tossì.

Dean abbassò lo sguardo verso il corpo di Perez, il sangue macchiava la sabbia, tingendola di un rosso acceso.

"Non sento le gambe. Dove sono le mie gambe?" disse Perez; ripeteva quelle parole di continuo, diventando più isterico col passare dei secondi. Provò poi a tirarsi su.

"No, non guardare." Dean provò a ostruire la vista dell'amico, ma non fu abbastanza veloce.

Perez si aggrappò alla parte anteriore del suo gilet, sgranando gli occhi colto da panico.

"Dove sono le mie gambe?"

Dean gli portò il capo contro il suo petto, e lo cullò, mentre sveniva per la perdita di sangue; sapeva che i singhiozzi di Perez sarebbero rimasti per sempre impressi nei recessi della sua mente.

"Coraggio!" Una mano gli afferrò il braccio e lo aiutò a rimettersi in piedi. Non riuscì a vedere chi fosse con lui, mentre veniva trascinato via dal suo salvatore. Guardò indietro il corpo del suo migliore amico, che invece aveva gli occhi vuoti.

Dean si scagliò sulla pesante tenda di velluto e la spostò. I suoi passi lunghi inghiottirono il pavimento, mentre si dirigeva alla porta. Corse come aveva fatto quel giorno e numerose altre volte, prendendo vite, salvando vite, proteggendo vite, troppe fottute vite.

"Padre! Dove sta andando?" gridò il parrocchiano dal confessionale, ma lui non si fermò né rispose. Non poteva.

Il massiccio portone di legno sembrava non pesare affatto, quando lo spalancò.

Ebbe un sussulto, quando la fredda aria invernale gli penetrò nei polmoni. Il cuore stava ancora battendo all'impazzata nella cassa toracica; si toccò istintivamente la cicatrice sulla spalla, che serviva a ricordargli costantemente quella scena, ciò che aveva vissuto quel giorno.

Non aveva ancora idea di come alcuni di loro fossero riusciti a venirne fuori vivi. O, forse, non erano riusciti a fuggire, i fantasmi e le domande di quel giorno lo perseguitavano ancora.

Afferrando le piastrine che pendevano intorno al collo, le toccò con le dita.

"Perez, Scooter, Mel, TK, Ringo, Jimmy," recitò lentamente i nomi dei compagni che erano stati uccisi in quella missione, una missione che non sarebbe mai dovuta accadere. In quell'occasione avevano perso più della loro vita. In molti avevano perso parte della propria anima. Ad uno ad uno, erano stati fatti fuori come in un fottuto videogioco. Era stata la missione più lunga della sua vita, e quella che lo aveva cambiato per sempre.

Una volta tornato, era diventato solo l'ennesima anima persa nel mare degli altri soldati non più adatti all'esercito, finché i Giusti non gli si erano avvicinati.

Gli avevano dato uno scopo, gli avevano dimostrato che le sue abilità erano ancora utili, e lui aveva giurato a loro e a se stesso che avrebbe fatto giustizia contro coloro che lo meritassero.

"Padre O'Sullivan, va tutto bene?" Una mano gli toccò la spalla, mentre la voce angelica della donna che avrebbe riconosciuto ovunque raggiunse le sue orecchie.

Aprì gli occhi e vide Yasmine.

Lo stava fissando visibilmente preoccupata. Quei grandi occhi affascinanti da cerbiatta sembravano adorabili dietro la sottile montatura degli occhiali che lei indossava di tanto in tanto. Come al solito, aveva raccolto i capelli in uno chignon disordinato e il sapone dall'aroma floreale che usava gli riempì i sensi. Se avesse creduto in Dio, avrebbe detto che quella donna era un angelo caduto dal cielo.

"Ciao, Yasmine. Scusa, io..." Dean s'interruppe, non sapendo che cosa rispondere.

"Stai avendo un attacco di panico? Tranquillo. È molto comune. Andrei anch'io in panico se dovessi ascoltare tutte quelle chiacchiere per tutto il giorno," lo stuzzicò.

Un angolo della bocca le si sollevò, e gli ci volle ogni grammo di volontà per non afferrarla e baciarla fino a farle perdere i sensi. Era stato incredibilmente più difficile negli ultimi mesi mantenere la distanza. Merda, l'aveva quasi baciata mentre erano da Mabel qualche giorno prima.

"Sì, magari è così, ma faremmo meglio a non dirlo in giro. Pensano tutti che i loro guai siano apocalittici." Poi, inclinò il capo verso il gruppetto di persone che si era radunato davanti all'edificio, con gli occhi di falco ad osservare ogni movimento fatto da lui e Yasmine.

"Prima che io torni dentro, come mai sei passata?"

Lei gli allungò una lattina nera. "Volevo ringraziarti per tutto l'aiuto che mi hai dato con il funerale la scorsa settimana. Il tuo interesse ha significato tanto, e avevi ragione. Fare un pisolino mi ha fatto davvero bene."

Lui ricordò nitidamente quanto fosse stato d'aiuto, mentre l'immagine di lei a letto gli tornava in mente, facendogli salire la temperatura corporea. Accettò gentilmente l'offerta e sollevò il coperchio, scoprendo biscotti con gocce di cioccolato.

"So che ne vai matto, perciò... non è molto, ma...." Yasmine s'infilò le mani nelle tasche della giacca, guardando il suolo ricoperto di neve.

"Sono perfetti, ti ringrazio. Non mi aspettavo un regalo, ma apprezzo molto la deliziosa offerta." Tirò fuori un paio di biscotti dalla lattina, e se ne infilò uno in bocca, facendola sorridere. Gli occhi le si illuminarono, e lui avrebbe potuto passare un milione di anni a perdervisi.

"Grandioso, perfetto, fantastico, sono felice che ti piacciano, io, ecco, farei meglio a tornare al lavoro. Purtroppo, la morte è fin troppo comune. Buona giornata, padre," divagò. Sulle sue guance, c'era una bella sfumatura di rosso, e il prete sorrise al suo nervosismo genuino, mentre stava andando via.

"Dean," disse.

Lei si voltò e lo guardò, sgranando gli occhi.

"C-come?" balbettò Yasmine, e Dean quasi esplose a ridere. Si stava davvero sforzando di non apparire nervosa, e una voce diabolica nella sua testa voleva provocarla, per vedere quanto sarebbe arrossita, per scoprire quali altre cose adorabili sarebbe riuscita a balbettare. Il fatto di avere effetto su di lei lo gratificava più di quanto riuscisse a dire a parole.

"Chiamami Dean, e questo è un ordine. Non voglio dovertelo ripetere."

Poi, le si avvicinò abbastanza da sussurrarle all'orecchio, mentre passava. "O potresti essere punita."

Sentì distintamente il suo forte respiro. Non avrebbe dovuto dirlo. Non avrebbe nemmeno dovuto spiare da quella proverbiale porta, ma non era riuscito a frenarsi. Lei gli faceva semplicemente qualcosa che non era in grado di spiegare.

Capitolo Otto

Era finalmente calata la notte. Sebbene, in realtà, fossero trascorse solo poche settimane da quando Tim lo aveva incontrato davanti alla chiesa, firmando inconsapevolmente la propria condanna a morte, sembrava che quella notte fosse arrivata dopo un'eternità.

Dean aveva mantenuto la parola con Tim e lo aveva indotto ad andare in chiesa ogni settimana, facendogli credere di essere pronto ad aiutarlo. Era sorprendente quello che la gente si lasciava sfuggire quando pensava di potersi fidare di qualcuno. Dean aveva indotto Tim a farlo entrare in casa sua, la discarica della città, e aveva persino bevuto del tè, mentre ascoltava l'uomo proseguire con la sua lista di atrocità.

Al momento, Dean aveva immaginato di trafiggergli un occhio con il cucchiaino, mentre gli offriva "rassicurazione". La piccola tortura lo aveva ripagato, offrendogli un'ampia opportunità di analizzare la zona di cattura e ogni possibile complicazione. Aveva anche avuto ulteriore tempo a disposizione per preparare il luogo di riposo definitivo di Tim.

La rete era stata gettata, ormai era solo questione di tempo prima di catturare la mosca.

L'Hummer ruggì, mentre accostava all'angolo del marciapiede. Amava davvero quel veicolo. Era stato il primo regalo da parte dei Giusti, quando si era unito a loro.

L'Hummer soltanto sarebbe bastato a convincerlo, figurarsi tutti gli altri benefici. Dean scese dal suo veicolo high-tech, lasciandolo dietro l'angolo della discarica di Tim, e si nascose nell'ombra della recinzione, sulla cui sommità correva del filo spinato. Individuò un punto in cui si apriva un varco e saltò a raggiungere la sommità.

Da vicino, constatò che lo spazio non era abbastanza grande da permettergli di strisciarvi sotto senza squarciarsi vestiti o pelle, ma le braccia sarebbero passate. Quindi, si aggrappò alla parte superiore della recinzione, si spinse puntando i piedi sul legno in basso e tirò su il corpo in posizione verticale, si girò sulle mani, e cadde in avanti, finché i piedi non toccarono l'altra parte. Non era mai stato così grato per i suoi anni di addestramento ginnico.

Spostandosi con una mano dopo l'altra, riuscì a proseguire lungo la recinzione, finché non vide un luogo sicuro dove fermarsi. A quel punto, si girò e, rotolando in un modo che avrebbe impressionato qualsiasi maestro di ginnastica, atterrò con un lieve tonfo. Si alzò dalla sua posizione accovacciata e sorrise.

Dean decise di non usare la visione notturna. Le luci del cortile fornivano un'illuminazione più che sufficiente per muoversi. Mucchi di auto, furgoni e altri rifiuti erano lì, tutti disposti in alte file. Fornivano la copertura perfetta, mentre avanzava verso la roulotte che Tim chiamava casa. Il tanfo di urina di gatto e benzina era forte, e si fermò, appena sentì l'odore di carne in decomposizione. Odore che conosceva fin troppo bene. Non era diverso dal fetore della sepoltura di massa che aveva incontrato mentre era dispiegato.

Che cos'hai fatto, Tim?

Estraendo una lama dal fodero che aveva in petto, Dean seguì quell'odore. Aumentava ad ogni singolo passo. Quella puzza fetida avrebbe fatto vomitare chiunque non avesse familiarità con la morte. Svoltò dunque alla fine di uno dei cumuli, e fissò una pila avvolta nell'oscurità. Dean sapeva, senza luce, che si trattava di una pila di cadaveri.

Accese così una piccola torcia, e il fascio di luce gli fornì una chiara vista di una sepoltura di massa di altro genere. La pila pelosa era alta quasi quanto il suo metro e novanta di altezza, come una creatura infernale. Allargò ulteriormente il fascio di luce della torcia, puntandola sui corpi, e la sua mente iniziò a provare a comprendere come ricomporli. Corpicini di gatti di ogni colore erano squarciati e mutilati, scuoiati con occhi mancanti e lembi martoriati. Alcuni erano in avanzato stato di decomposizione, mentre altri erano freschi, con i liquidi che grondavano sul sudicio suolo, e altri, ancora, erano carbonizzati, impedendone il riconoscimento.

D'accordo, quindi una prima valutazione era errata.

"Sei un fottuto malato figlio di puttana, Tim," mormorò.

Spostando la lucina, si diresse verso il suo obiettivo finale. Era facile intuire che Tim si sentisse al sicuro dietro l'alto muro e il cancello muniti di filo spinato. Non c'era alcuna videocamera; le serrature e i lucchetti erano penosi. Servivano soltanto a tenere la gente alla larga, ma non avevano uno scopo protettivo. Persino un pivello sarebbe riuscito a infiltrarsi lì dentro, se avesse trovato il coraggio di tentare.

Lo spazio abitativo e la cucina erano completamente avvolti nel buio; Dean scrutò dalla finestra, e non vide alcuna traccia di Tim addormentato su una sedia o nascosto in un angolo scuro.

Non che si potesse parlare di nascondigli con lui. L'angolo della sua bocca si sollevò alla sua stessa battuta malata. Procedette oltre, facendo un giro intorno alla casa, e trovò il suo obiettivo proprio all'interno del bagno.

Almeno non sta seduto sul cesso.

La serratura della porta principale era vecchia, perciò facile da violare. Con un leggero clic, girò la maniglia e infilò la testa all'interno. Il continuo rumore dello scorrere dell'acqua nella doccia si sentiva chiaramente, al di sopra di quello che presumibilmente sembrava una voce che cantava. Qualunque cazzo di cosa fosse, era più adatta al contesto dei gatti morti che erano di fuori.

Con la furtività che derivava soltanto dagli anni di addestramento, proseguì lungo il corridoio, assicurandosi di evitare le zone scricchiolanti che aveva individuato durante le sue visite 'amichevoli'. Il vapore fuoriusciva dalla porta parzialmente aperta del bagno. Gli sbuffi bianchi creavano un luccichio misterioso, mentre fluttuavano lungo il corridoio, aggrappandosi apparentemente ai pannelli di legno che coprivano le pareti. La calda umidità accentuava il costante odore di muffa che aleggiava.

Dean si fermò con la mano sulla porta, quando Tim smise di cantare. Restò perfettamente immobile, preparandosi a tornare indietro e aspettare che Tim andasse nel letto, ma, un istante dopo, lo strano miscuglio di canzoncine e lamenti felini riprese nuovamente. Allungando una mano dietro il corpo, Dean afferrò le fascette, la sua mano rivestita in pelle si chiuse a pugno, stringendo con forza la spessa plastica. Con il braccio all'indietro e i muscoli pronti a colpire, si avvicinò ulteriormente al suo bersaglio inconsapevole. La testa di Tim era sotto il getto d'acqua e la canzone che stava cantando raggiunse un crescendo che gli fece venir voglia di trafiggersi i timpani.

Dean emise un lieve fischio, e Tim si girò a guardare nella sua direzione. Ci fu una breve pausa, in cui Tim faticò chiaramente a prendere fiato, essendo ora consapevole di non essere più solo. Dean lo colpì con un pugno, e il sangue schizzò sulla tendina satinata.

L'impatto fece cadere Tim all'indietro contro il muro e poi a terra, mentre i flaconi volavano nella vasca. Dean spostò violentemente la plastica fragile della tenda e soffocò una risata che stava per esplodergli in gola: l'uomo sembrava ridicolo, nudo, a terra con una gamba che pendeva dal lato della vasca colorata di ceramica.

"Padre?" Gemette Tim, mentre si grattava sul bernoccolo che Dean vide si stava formando sulla testa.

"Non stanotte." Dean gli sferrò un altro pugno sul viso, e l'uomo perse i sensi.

Dean si raddrizzò e si scrollò di dosso il getto d'acqua che lo aveva colpito. Restò per alcuni minuti ad ammirare e osservare la preda silenziosamente addormentata, lasciando che la tensione svanisse.

Chiuse l'acqua e restò ad osservare una goccia che cadeva dal soffione. Soltanto un'ulteriore atrocità da aggiungere alla lista dell'uomo, lo spreco d'acqua.

Infine, ruppe gli indugi: strappò la tenda della doccia, fissata con fragili anelli economici, e avvolse Tim all'interno, immobilizzandolo con le fascette. Poi asciugò il pavimento e cercò rapidamente di far sparire le tracce di sangue, prima di trasportare il sacco di carne senzapalle sulla spalla. Tim era il suo ritrovamento più pregiato fino a quel momento. Non che desiderasse davvero trovare qualcuno peggiore di quel pezzo di rifiuto umano ma sapere che quell'uomo, che era riuscito a rapire e uccidere sei bambine nel corso degli ultimi vent'anni, non avrebbe ufficialmente fatto più del male a nessuno ... cazzo ... non sarebbe potuta andare meglio di così.

Dean si diresse verso il cancello, come se fosse il padrone del posto, e svoltò all'angolo. Unica testimone, una gatta grigia, seduta dall'altra parte della strada sul marciapiede, agitava la coda, assistendo allo spettacolo.

"Tranquilla. Non farà più del male alla tua gattina." Dean sorrise alla sua stessa battuta, mentre tornava dietro al volante dell'Hummer. Mise in moto il veicolo e si avviò lungo la strada polverosa, immergendosi nell'oscurità, diretto al luogo del riposo finale di Tim.

Dean aveva ripetutamente assistito alla manifestazione di forza di un'anima mentre era oltreoceano.

Veniva fuori solo quando affrontava la morte. L'esperienza riusciva a portare in superficie il meglio o il peggio di una persona. Per verificarlo, bisognava fissare la persona negli occhi mentre veniva privata della vita.

Per cominciare, molti erano codardi. Non contava se fossero alti o bassi, magri o grassi, quale fosse la loro razza o religione e neppure il loro sesso: la maggior parte delle persone era patetica.

"Ma che cazzo!" Tim gridò, mentre Dean lo gettava nella fossa profonda. Il coglione aveva dormito per l'intero tragitto ma, a dire il vero, era stato un bene. Avrebbe dovuto lottare contro la tentazione di accostare e ucciderlo prematuramente, se avesse dovuto ascoltare un'ora di supplica.

"No, no, la prego, non lo faccia!"

Dean finse d'ignorare la supplica di Tim. I deboli finivano sempre per supplicare e, in quel frangente, riusciva sempre a trovare un modo per recuperare ulteriori informazioni. Doveva soltanto ascoltare e aspettare il momento giusto.

"Padre, lei è un uomo di Dio, un uomo di fede. Dovrebbe perdonarmi.

Dovrebbe parlare lei per me al Signore. Sono venuto da lei in buona fede, confidando nel suo aiuto e mi ha promesso il perdono!"

Dean spalò un altro mucchio di terra, gettandolo nella fossa, poi si appoggiò alla maniglia della pala appuntita, mentre il pungente odore di ammoniaca gli invadeva le narici. Soltanto per un istante, immaginò come sarebbe stato squarciargli la gola con la punta acuminata della pala. Avrebbe spalancato gli occhi? Gli avrebbe stretto la gola mentre la vita lo abbandonava? Un profondo brivido di piacere lo percorse al solo pensiero.

Dean sospirò.

"Nella tua attuale situazione, l'informazione che sto per darti ti provocherà uno shock, ma non sono un prete e non c'è nessun Dio." Dopodiché, fece una pausa per lasciare che il peccatore assimilasse quelle parole. "Ad ogni modo, sono stato nominato tuo giudice e giuria, e, stanotte, il tuo esecutore."

"Lei non è un prete?" balbettò Tim, e poi cominciò a rotolare violentemente avanti e indietro, provando a liberarsi dalle fascette. La plastica della tenda della doccia in cui era ancora avvolto si stropicciò, emettendo un suono irritante, mentre Dean guardava l'insetto dimenarsi nella sua rete. Le fascette si stringevano se si muoveva, rendendogli impossibile la fuga, ma era sempre divertente osservare qualcuno provarci. Dean s'inginocchiò sul bordo della fossa.

"Dimmi una cosa." Gli occhi spaventati di Tim si puntarono su di lui. "Che effetto fa essere la preda e non il predatore?"

Dean respirò a pieni polmoni l'aria fredda notturna, per poi rilasciarla nell'oscurità. "Vedi, per quanto mi riguarda, mi sento ringiovanito, vivo, sento di trovarmi esattamente al posto in cui sono sempre stato destinato a essere."

Occhi scuri fissavano Dean. Per un momento, pensò che l'uomo avesse smesso di respirare. Era davvero immobile.

"Dai. Potresti almeno dirmi come ti senti, no? Mi interessa davvero." Si guardò volutamente intorno nella profonda prigione di terra.

"Non che tu possa andare da qualche parte."

"Ti prego, ti prego, prometto che cambierò. Prometto di farmi aiutare. Giuro su..."

"Dio? Ti ho già detto che non c'è nessun Dio. E, poi, ho visto cos'hai fatto ai gatti nella discarica. Se vuoi che creda che tu possa cambiare, allora dovrai fare molto meglio di così."

"Che cosa vuoi che dica? Dirò qualsiasi cosa. Farò qualsiasi cosa." Tim si dimenò un po' di più.

"D'accordo, facciamo un patto. Tu mi dici che cosa ha scatenato quello che hai fatto, e io considererò la tua richiesta. Ricorda, spetta a me la decisione finale sul tuo destino, stanotte." Non aveva alcuna intenzione di lasciar vagare quell'uomo in libertà di nuovo, ma non doveva necessariamente dirglielo.

Tim si leccò le labbra screpolate, e Dean non poté fare a meno di chiedersi perché qualcuno avrebbe dovuto fidarsi di quell'uomo. Lo aveva visto come il predatore di bambine che era fin dal primo istante in cui aveva posato gli occhi su di lui.

Mmm... forse diceva più di se stesso che dell'uomo in quella buca.

Ma non aveva potuto semplicemente uccidere Tim quando si era presentato sulla porta. Aveva un codice da rispettare. I Giusti avevano delle regole rigide e la prima consisteva nel non far del male agli innocenti, perciò doveva fare prima i compiti. Doveva essere certo. Dean aveva compilato una cartella consistente su questo verme durante le loro settimane di confessionale; ma quando l'uomo aveva accettato il suo aiuto, offrendogli di continuare a tornare, come avrebbe potuto rifiutare?

Dean sorrise compiaciuto pensando a quando aveva offerto un caffè a Tim, inducendolo a credere di essere stato completamente perdonato per le cose inimmaginabili che aveva commesso.

Poi, Dean mise in atto la mossa successiva.

Mentre il silenzio cadeva su di loro, Dean divenne impaziente. "Va bene, credo di aver preso la mia decisione."

Dean si tirò su e Tim gli gridò di fermarsi. Restò in silenzio, e poi tornò a inginocchiarsi. "Sei sincero?"

La sua voce era colma di speranza. *Patetico*. "Lo prometto sulla tomba di mio padre."

Tim fece un respiro profondo, il suo corpo tremava costantemente per il freddo pungente. "D'accordo allora, ti dirò la mia decisione."

Dean quasi vide gli ingranaggi girare nella testa di Tim.

"Mi piace la loro pelle morbida," disse infine.

"Va' avanti."

Quella lingua da ratto scorse di nuovo su quelle labbra. La mano di Dean si fletté, immaginando di strappargliela via dalla bocca. Immaginare le urla di Tim era come immaginare un coro di chiesa per le sue orecchie.

"La loro innocenza mi attira, i loro grandi occhi che chiedono che le guidi, così fiduciose, così... non capisci, avevo bisogno di toccarle. Erano troppo belle per resistere." L'uomo cessò di parlare, i suoi occhi puntati su Dean, mentre scivolava nelle sue fantasie depravate. "Amavo i loro frivoli vestitini, insieme alle calze bianche. Le faceva assomigliare alle bambole perfette che sono, e il profumo così intenso e giovane dei loro capelli..." L'uomo chiuse gli occhi e fece un respiro profondo. "Sì, il profumo delle loro fighette fresche e vergini. Erano perfette, intatte o incontaminate da questo mondo o da un altro uomo."

Tim riaprì gli occhi, e luccicarono nella macabra oscurità nella luce oscillante della torcia. La sua eccitazione era così forte, che Dean non ebbe bisogno di aggiungere altro per definire la sua fantasticheria: disgustosa.

Per quanto l'uomo avesse dichiarato di voler migliorare, di volere il suo aiuto, Dean sapeva che non c'era aiuto per qualcuno come Tim.

Gli vennero in mente delle immagini del suo stesso padre. Quante donne e adolescenti suo padre aveva stuprato e poi ucciso? Troppe per poterle contare, troppe perché lui le ricordasse tutte. Dean strinse ulteriormente il manico della pala.

"Sono sempre stato il loro primo e ultimo," aggiunse Tim. "Era bello, e sapevano che le amavo." Tim smise di parlare per fare un respiro profondo, mentre rivolgeva gli occhi al cielo stellato. "Non capisci, ho fatto loro un favore. Ho mostrato loro che cos'è il vero amore, e non dovranno più preoccuparsi di che cosa subiranno dalla crudeltà di questo mondo. Non avranno più il cuore spezzato né finiranno sulla strada, diventando nient'altro che un oggetto di poco valore. Ho impedito che fossero deluse, tradite o abusate da un pervertito."

Um, da che pulpito viene la predica. Dean sollevò un sopracciglio. Si chiese se questo tizio sapesse quanto fosse pazzo. "Quindi, sei il loro salvatore?"

"Sì! Lo capisci. Sono il loro salvatore, il loro insegnante, il loro amante. Io le amavo, no, le amo e resteranno perfette per sempre. I loro volti non invecchieranno mai, non saranno coperti dalle rughe e non patiranno malattie come il cancro." Tim fece un ampio sorriso.

"Non capisci che, a modo mio, stavo eseguendo il volere di Dio?" Tim scosse vigorosamente il capo su e giù. "Allora, mi lascerai andare adesso?"

"Non ti ho già detto che non c'è nessun Dio?"

Tim chinò di nuovo il corpo, esponendo un volto serio. "Sì, ma so che mi stai mettendo alla prova. Questo è un test finale per vedere se sono degno del perdono divino."

Ma dice sul serio?

Dean aveva incontrato molte forme di delusione nei suoi viaggi, e nel suo percorso in quanto membro dei Giusti, ma i meccanismi interni della mente di quell'uomo... Dean si grattò il mento.

"Mi hai scoperto. Sei perspicace, Tim." Tim gli rivolse un sorriso stupidamente radioso. "Ma non ne sono ancora sicuro. Devi dirmi dove hai messo i corpi."

"Oh, non posso." Tim distolse lo sguardo, il suo viso contorto da quello che sembrava dolore.

"Tim, hai ragione sul fatto che ti sto mettendo alla prova, e questo è il solo modo in cui saprò quanto sei sincero riguardo al fatto di allontanarti dal tuo oscuro passato blasfemo e di farti aiutare."

Un angolo della sua bocca si piegò all'insù.

"So che senti di fare il volere di Dio, ma Lui crede che tutti i suoi figli abbiano il diritto di commettere i propri errori. Hai rubato da quelle bambine, e quindi, hai rubato da Dio. Lui è arrabbiato con te, Tim, molto arrabbiato."

"Non voglio andare all'inferno."

Dean gonfiò il petto e usò la voce, come avrebbe fatto in un sermone.

"Allora dovrai darmi le risposte che cerco." Dean fece un'altra pausa, e porse le mani come se fosse il nuovo Messia, e Dio gli stesse parlando in quel momento. "Perché credi che io sia stato scelto per venire in questa città, Tim? Sono stato mandato per trovare te. Dio mi parla e vede che puoi migliorare. Ho il potere di darti il perdono che cerchi, ma solo se sei onesto con me."

Tim guardò le spaventosi pareti di terra che torreggiavano su ogni lato, e oscillò leggermente avanti e indietro come un metronomo.

"A Dio non piace aspettare una risposta. È troppo impegnato per occuparsi di qualcuno che non desidera davvero migliorare. Hai tre secondi per decidere. Uno, due..."

"Ok, aspetta! Ma devo portarti dove si trovano."

"Non importa, hai fallito il test, e ora è ovvio che non vuoi cambiare."

Dean si rizzò e tirò un'altra palata di terra su di lui.

"Fermati" Non ... merda! Ok, te lo dirò ma mi devi promettere che mi farai andare in Paradiso!"

Dean si chinò sulla pala, ormai stufo di questo gioco.

"Sì, certamente. Questa tua crescita personale ti garantirà accesso al Paradiso." Dean riuscì a malapena a roteare gli occhi in segno di disgusto. "Per favore, Tim, non lasciarti sfuggire quest'opportunità, dove sono sepolte le bambine?"

"Non le ho sepolte. Invece, mi sono assicurato che restassero perfette così come sono. Per sempre."

"Ah-ah, e che cosa significa esattamente?"

Tim si morse il labbro e si guardò intorno, come a preoccuparsi di non essere sentito. Dean era pronto a mandarlo a farsi fottere, e colpire quel bastardo a morte con la pala, che ricevesse una risposta o no.

"Sul retro di casa mia, tra le pile due e tre di veicoli compressi, c'è quello che sembra un vecchio capanno d'acciaio. Non è visibile a meno che non ti ci avvicini."

Si leccò ancora una volta le labbra.

"All'interno, c'è un'opera d'arte. L'ho trasformato in una casa delle bambole. È lì che sono perfettamente conservate, congelate nel tempo, lì giocano come bambine per sempre. Ho persino dipinto le pareti di rosa con le farfalle, e ho preparato un set da tè."

Tim sorrideva, sembrando sinceramente soddisfatto di quanto fatto, ma Dean era più inorridito di quanto sarebbe apparso se l'uomo si fosse limitato a seppellire i corpi.

"Hai ucciso le bambine e le hai messe in un enorme freezer? Come se fosse uno spazio per giocare tra loro?" chiese. Dean stava davvero considerando di modificare il piano di punizione.

"Vedrai, sono meravigliose!" Un enorme sorriso apparve sul volto di Tim, lo sguardo selvaggio, mentre si girava leggermente, tentando di celare l'erezione che era palese da quando avevano iniziato a parlare delle bambine.

Scuotendo il capo, Dean lanciò un altro mucchio di terra addosso all'uomo, colpendolo dritto in faccia. Tossendo, scosse la testa per ripararsi gli occhi dalla terra. "Che diavolo, amico! Hai detto che mi avresti lasciato andare! Hai detto che Dio mi avrebbe perdonato!"

"Amico, sei uno stupido. Hai davvero creduto alla sciocchezza che Dio mi ha mandato per te?" Tim spalancò la bocca.

"Non c'è un fottuto Dio! Ti è chiaro?" Dean spalò un altro mucchio di terra. "Sei più idiota di quanto pensassi. Uno come te non può proprio essere aiutato."

"Non è vero! Voglio cambiare."

"Oh davvero? Ma guardati! Sei seduto in una tomba sporca e brutta, col sedere di fuori di fronte a un altro uomo, e il tuo cazzo è duro quanto questa pala. Sta oscillando nella brezza da quando hai cominciato a parlare delle bambine. No, la cosa migliore per te, per tutti, è che tu muoia."

Gli gettò addosso altra terra.

"Vaffanculo amico! Vaffanculo! Brucerai all'inferno per questo!"

Dean smise di spalare ed esplose in una sonora risata, calde lacrime gli rigavano le guance, lo stomaco dolente per l'improvviso impeto. Un istante dopo, sul suo volto apparve un'espressione seria. Tutta l'ironia era svanita, sostituita dalla rabbia.

"Sono stato all'inferno. Ci ho vissuto e sono sopravvissuto alla sua stretta infuocata. Sai che cos'ho imparato all'inferno? Ci sono peccatori ovunque, e devono essere tutti sradicati. Se c'è qualcuno che sta eseguendo il volere di Dio, quello sono io."

"Tu sei malato."

"*Sono* malato?" Un basso fischio fuoriuscì dalle sue labbra. "Cazzo, tu hai violentato e ucciso delle bambine per il tuo piacere perverso!" la voce di Dean riecheggiò. I guanti in pelle scricchiolarono, mentre stringeva il manico della pala, i muscoli si fletterono nello sforzo di tenerla immobile.

L'uomo nella fossa tentò di muoversi, nonostante le spesse fascette, il viso ricoperto di rivoli di sudore, nonostante la bassa temperatura.

La voce di Dean si abbassò. "Lasciami essere chiaro, Tim. Se ci fosse un Dio, io sarei uno dei suoi angeli mandati sulla terra per sbarazzarsi degli esseri malvagi come te, poiché noi siamo i Giusti."

Dean si fermò e sospirò, lasciando andare la rabbia che montava. "Non importa. Ciò che conta è che tornerò in chiesa a dormire un po'. Domani c'è la messa, e devo prepararmi, perciò dovrai essere sepolto." Dopodiché, scrollò le spalle. "Credi che soffocherai prima di essere schiacciato a morte? Difficile dirlo, ma immaginò che lo scoprirai," Dean lo schernì, curvando il labbro verso l'alto, mentre Tim gridava aiuto.

Era quasi una situazione comica. Quasi.

Capitolo Dieci

D ean rimise l'Hummer nel garage e osservò la porta blindata abbassarsi e richiudersi. Premendo invio, si preparò a vendere la storia.

"Sceriffo Daniels." Una voce intontita rispose al telefono.

"Salve sceriffo, sono padre O'Sullivan. Mi dispiace chiamarla a quest'ora."

"Nessun problema, padre. Come posso aiutarla?" Dean sentì lo sceriffo muoversi, e immaginò che si stesse alzando dal letto.

"Poco fa ho ricevuto una telefonata anonima. Ho provato a farmi dire di chi si trattasse, ma l'uomo si è rifiutato. Ha detto di potermi riferire tutto solo restando nell'anonimato, perciò ho accettato. Quella che mi ha rivelato è un'informazione molto preoccupante. È solo, che ...insomma, sceriffo, non riesco nemmeno a dirlo."

"Si prenda il suo tempo, padre. Prendo una penna."

Dean fece un respiro irregolare, la sua voce rotta era già sufficiente per dargliela a bere sul serio.

"Il chiamante ha detto di aver incrociato inavvertitamente un uomo, che sospettava fortemente essere il responsabile del rapimento della piccola Adam. Io non c'ero quando è stata presa, ma sono certo che il nome debba sembrarle familiare, o sbaglio?" chiese Dean, sapendo perfettamente che lo sceriffo avrebbe risposto di sì. Una bambina scomparsa, presumibilmente uccisa, non era qualcosa che si potesse dimenticare facilmente.

"Sì, purtroppo, ricordo benissimo."

"Beh, ha aggiunto che l'uomo di cui sospetta è un suo vecchio amico che non vedeva da tanto tempo. Si è ritrovato davanti a mucchi di diversi tipi nella sua proprietà, e quello che ha visto — era troppo sconvolto per spiegare, ma mi ha detto che aveva bisogno di dirlo a qualcuno."

"Quest'uomo le ha dato un nome?"

"Sì, un tale Timothy Baker. Ha menzionato una discarica. Ha senso per lei?"

"Figlio-di-puttana!"

Dean fissò il telefono in stato di shock. Non aveva mai sentito lo sceriffo imprecare in quel modo, da quando si trovava in quella città.

"Sì, lo conosco. Ascolti, padre, devo andare. La ringrazio per l'informazione."

"Sceriffo, penso che dovrei venire con lei. Se si tratta di una cosa grave quanto quell'uomo ha detto, allora mi riguarda come sacerdote. Le starò fuori dai piedi."

Lo sceriffo restò in silenzio per un istante, prima di rispondere. "D'accordo, immagino sia una buona idea. Passerò a prenderla tra venti minuti." Detto ciò, lo sceriffo chiuse la chiamata.

Sorridendo, Dean scese dall'Hummer e aprì la grande porta in metallo, che separava il garage dai rumorosi parrocchiani. Salì le scale che conducevano al suo appartamento, e si cambiò velocemente, indossando la veste talare, i pantaloni di un completo e le migliori scarpe della domenica prima di tornare di sotto e aspettare di fronte alla chiesa l'arrivo dello sceriffo.

Quando quest'ultimo accostò, s'infilò nella calda auto e guardò lo sceriffo.

"Secondo lei, padre, è sbagliato da parte mia non voler trovare ciò che potremmo trovare stasera, e al contempo sperare il contrario?"

"No, sceriffo Daniels, nient'affatto." Lo sceriffo annuì, e partirono.

Dean aveva atteso davanti al cancello della discarica, mentre lo sceriffo e i suoi assistenti ispezionavano il posto, in cerca di Tim. Ovviamente non lo avrebbero trovato; a quel pensiero, un sorriso accennato apparve sul volto di Dean, che ricordava bene le urla e i versi di soffocamento di Tim prima della morte.

"Che cosa stai guardando?" gridò Dean, rivolgendosi allo stesso gatto grigio che aveva trovato ore prima. "Non giudicare."

Dean distolse lo sguardo da quegli occhi gialli, e osservò lo sceriffo si dirigersi verso di lui, con il cappello in mano. "È un bene che sia venuto stanotte, padre."

Dean scorse le luci e il brillante nastro giallo della polizia, mentre svoltavano dietro l'angolo fino al capanno improvvisato. A quanto pareva, gli agenti, posizionati lì davanti, avevano pianto o si erano sentiti male. "Dovrebbe prepararsi, padre."

Dean annuì ed entrò nello spazio congelato. Sbuffi di vapore bianco apparvero nell'aria, mentre respirava, ma il sangue gli scorse come lava incandescente, mentre osservava i volti di sei bambine morte. Si trovavano in sei teche di vetro con una porta davanti, proprio come un congelatore in miniatura all'interno di un supermercato. Ogni bambina indossava un abito frivolo, e la loro pelle bianco-latte assomigliava a quella delle bambole di porcellana, e avevano i capelli acconciati in classici codini con i fiocchi.

L'altro lato della stanza era pieno di case di bambole e animali di peluche, così come abiti che Dean era alquanto sicuro fossero stati usati da Tim, per fingere che le bambine respirassero ancora. Ciò che lo disturbava più di ogni altra cosa, in quello spazio, era il letto collocato nell'angolo, con manette della grandezza delle mani di una bambina, attaccate ai pilastri.

"Gliel'ho detto, non è per i deboli di cuore," disse lo sceriffo, mentre si avvicinava a Dean.

"Non penso che qualcuno possa guardare tutto questo e fare finta di niente." Dean sollevò la piccola bibbia nella sua mano. "Dirò alcune preghiere per le bambine, prima che il coroner porti via i corpi."

"La prego, lo faccia. Forse dovrebbe esorcizzare questo posto, già che è qui."

Lo sceriffo gli afferrò la spalla. "Vorrei davvero sapere chi è il responsabile. Forse hanno idea di dove possiamo trovare questo bastardo." Dean annuì, mentre lo sceriffo lo lasciò da solo con sei paia di occhi vuoti a fissarlo.

Non aveva importanza quanti pedofili, stupratori o aggressori uccidesse. Ce n'era sempre un altro. Dean si avvicinò al vetro e guardò una bambina, che immaginò non avere più di cinque anni. Almeno, il lavoro che aveva fatto avrebbe impedito che un'altra bambina andasse incontro a un simile destino. La sua mano si strinse intorno alla bibbia. Sapeva che cosa significasse essere alla mercé di uno di questi stronzi. Quel pezzo di conoscenza lo alimentava, come un pasto gustoso in un deserto, e sarebbe sempre tornato per averne ancora.

"Il coroner è pronto," disse lo sceriffo, infilando la testa nella porta principale.

"Spero che lo prendiate, sceriffo," disse Dean, mentre usciva fuori, unendosi allo sceriffo e agli agenti.

"Anch'io, padre. Sarà meglio che la riaccompagni a casa. Stanotte, non c'è altro che lei possa fare." Lo sceriffo Daniels s'incamminò verso il cancello e Dean lo seguì.

"Ne è sicuro?"

"Sì, ma ho detto ai ragazzi che, se avessero bisogno di parlare con qualcuno, troverebbero la sua porta sempre aperta."

"Molto bene."

Quasi come il tragitto fino alla discarica, il viaggio di ritorno alla chiesa fu uguale. Dean osservò mentre lo sceriffo accostava davanti all'edificio e, nell'istante in cui le luci posteriori sparirono dalla vista, sorrise.

La prego, la prego, non lo faccia continuava a ripetersi come una canzone preferita nella sua mente.

Alzò gli occhi al cielo stellato e assaporò l'aria fresca, che gli rinfrescò i polmoni e la mente. Un sorriso si disegnò sul suo viso, mentre apriva il portone della chiesa. Avrebbe dormito bene quella notte, pensando a Tim che annaspava per un ultimo respiro e quel momento finale in cui aveva sgranato gli occhi, supplicando per l'ultima volta nella propria vita. Questa città e le altre addormentate lì intorno avevano molti scheletri nell'armadio da eliminare ed era l'uomo giusto per il compito.

Capitolo Undici

Yasmine si asciugò le lacrime con il retro del braccio, mentre lavorava. In tutto il tempo trascorso con i morti, non si era mai commossa davanti ai corpi di cui si occupava nel suo lavoro. Non importava in che condizioni arrivassero da lei, la donna si limitava a svolgere il proprio compito, facendoli apparire al meglio. Ma ritrovarsi davanti ai cadaveri di sei bambine faceva soffrire la sua anima, per quanto avevano subito. Aveva visto quattro di quelle bambine in città nell'arco degli ultimi dodici anni, e ricordava bene quando erano scomparse.

Gli annunci tristi dei genitori alla televisione, in cui chiedevano che fossero loro restituite, le occhiate di nascosto e le voci sui padri, che li volevano responsabili di aver fatto qualcosa di terribile alle loro figlie.

Riemergevano sempre ricordi che lei non avrebbe mai dimenticato, ricordi che la colpivano dritto al cuore. Yasmine sfiorò la guancia della bambina più vicina a lei. Le palpebre le erano state crudelmente cucite per restare aperte, e occhi di vetro avevano sostituito i suoi splendidi occhi verdi. Altre lacrime le offuscarono la vista. Per giorni aveva partecipato come volontaria alla ricerca di quella bambina e tutti avevano sperato per il meglio, preparandosi al peggio; ma niente avrebbe potuto prepararla a questo.

Si supponeva che la bambina si fosse persa mentre la famiglia era in campeggio. I genitori, mentre preparavano la cena e si occupavano del fuoco, non si erano accorti che lei si era allontanata da loro.

All'epoca dei fatti, il più grande timore di Yasmine era che la ragazzina fosse annegata in un fiume vicino, oppure un animale l'avesse uccisa, ma era stato un predatore di gran lunga peggiore a prenderla. Per tutto il tempo in cui avevano camminato e pregato, il destino della bambina era già stato segnato. Era stata violentata e, poi, congelata nel tempo, come una statua esotica. Le fece rivoltare lo stomaco, e si ritrovò ancora una volta ad occuparsi di un altro giovane cadavere come Raquel.

Yasmine era andata all'ospedale a recuperare i corpicini e aveva ascoltato la voce profonda dello sceriffo Daniels, mentre parlava con il coroner. Avrebbe dovuto annunciare la sua presenza o allontanarsi, ma non era riuscita a impedirsi di ascoltare. Era rimasta immobile come una statua davanti alla porta semiaperta e aveva ascoltato ogni singolo dettaglio angosciante. Lo stomaco le si era rivoltato alla descrizione del coroner della violenza fisica e della loro morte dolorosa. Il suo pranzo aveva minacciato di riapparire, mentre un'ondata di dolore la consumava. Ciò che quelle bambine avevano subito andava ben oltre il deplorevole, e non riusciva a capire come qualcuno potesse commettere qualcosa di così ignobile. La sua mente non avrebbe smesso di evocare sua sorella legata al letto, violentata e congelata nel tempo.

"Va tutto bene. Nessuno vi farà mai più del male," sussurrò. Yasmine le tolse gentilmente il rossetto rosa appariscente che era stato applicato sui loro dolci visetti.

Si tolse gli occhiali, provando, senza riuscirci, a fermare le lacrime. Si appoggiò contro il tavolo, un sussulto soffocato le uscì dalle labbra, mentre il dolore attanagliava il suo cuore. Faticò a respirare, mentre i ricordi legati a sua sorella rifiutavano di tacere ed anzi ingombravano la sua mente, come se fosse stata ritrovata soltanto il giorno prima.

La paura le strinse improvvisamente la gola, e fece alcuni tremanti respiri, provando a non iperventilare. Le ci erano voluti molti anni per smettere di avere debilitanti attacchi di panico, ma uno di questi minacciava di coglierla al momento. Calde lacrime le scesero liberamente lungo le guance, mentre l'emozione la inghiottiva, trascinandola nel suo inferno personale.

Una mano le toccò la spalla, e Yasmine emise un urlo, girandosi. Con il cuore in gola, guardò negli occhi l'unica persona che avrebbe potuto farla sentire meglio e peggio al contempo.

Padre O'Sullivan restò in silenzio. Si limitò ad avvolgerle il corpo tra le braccia, stringendola contro il suo grande petto. Fu come rompere la diga nella sua anima. Singhiozzò contro la sua veste nera, ed era solo leggermente consapevole della sua mano che disegnava dei cerchi sulla sua schiena, mentre le sussurrava all'orecchio.

Yasmine strinse la stoffa spessa nei pugni, seppellendo la testa nelle sue spalle. Non ebbe alcun concetto di tempo. Avrebbe potuto restare in quella posizione per un minuto o cento, prima di definirsi finalmente esausta. Le sue gambe tremavano e, per quanto non volesse lasciare quella stretta, aveva bisogno di sedersi, oppure sarebbe probabilmente caduta.

"Mi dispiace," sussurrò.

Fazzoletti apparvero davanti ai suoi occhi, mentre Dean la accompagnava a una sedia. Yasmine lasciò che l'aiutasse a sedersi, e poi si asciugò le lacrime, prima di rimettere gli occhiali.

Dean s'inginocchiò davanti a lei, nello stesso modo in cui aveva fatto al ristorante di Mabel, e immediatamente si pentì del proprio sfogo.

"Devo sembrare un vero disastro." Strinse poi il fazzoletto tra le mani.

Dean si sollevò e le prese le mani tra le sue, stringendole dolcemente. Yasmine sollevò lentamente lo sguardo verso di lui: i suoi occhi sembravano cangianti, passando dal colore del miele al color nocciola. La catturarono. In realtà, tutto in lui la catturava, ma era proibito. Che Dio l'aiutasse, l'impossibilità sembrava solo incitare ulteriormente i suoi sentimenti.

"Sei bella. Non potresti mai essere qualcosa di diverso." Dean si sollevò, asciugandole le lacrime sulle guance. Al semplice tocco, lei non poté fare a meno di percepire un piccolo brivido in tutto il corpo. "Non scusarti mai di essere premurosa. Amo che tu sia tanto appassionata."

"Quello che hanno subito è terribile, ma sta ... sta riportando a galla dei vecchi ricordi. Starò bene. Ho solo bisogno di qualche minuto per riprendermi. Grazie per avermi lasciato piangere su di te."

Si alzò, e asciugò la grande macchia che aveva creato con le lacrime sulla parte anteriore della veste del prete. "Guarda che cosa ho combinato."

Dean le afferrò il polso e lo portò ancora più lentamente alle labbra. La donna era impotente, non riusciva ad azzittire il suo cuore o l'esplosione che sentiva: le sembrava di avere un milione di colibrì nello stomaco. Le sue labbra voluttuose, oh così baciabili, entrarono gentilmente in contatto con il suo cuore che batteva all'impazzata, il suo corpo caldo come se fosse sdraiata sotto il sole di mezzogiorno. Mentre si agitava sulla sedia, decise che era necessario frapporre una distanza tra loro, prima di commettere qualcosa di cui si sarebbe pentita.

Si alzò troppo in fretta e inciampò nei suoi stessi piedi. Dean le avvolse il braccio intorno alla vita, e si alzò, elevandosi in tutta la sua statura.

Un altro respiro affannoso lasciò le labbra di Yasmine, mentre lo guardava dritto negli occhi, fin troppo consapevole delle sue dita lungo la cassa toracica e del calore che quel corpo infondeva nel suo. Lei ebbe improvvisamente molto caldo e si bagnò, sciogliendosi nella sua presa.

Yasmine aprì la bocca e lasciò scivolare la lingua sul labbro inferiore. Non le importava nemmeno del fatto che sembrasse lo stesse pregando di baciarla.

Avrebbe gettato al vento ogni briciola di moralità che le restava, in cambio di una notte con quell'uomo.

Dean le prese il viso a coppa tra le mani, poggiando le labbra sulle sue. Yasmine chiuse gli occhi, quasi incredula. Si aggrappò alla parte anteriore della sua veste, altrimenti non sarebbe riuscita a rimanere in posizione verticale. Non osò muoversi, visto che non voleva spaventarlo. Il suo cuore fluttuò, mentre le labbra di Dean sfioravano le sue e, al leggero tocco, una scossa elettrica le attraversò tutto il corpo.

Voleva afferrargli la testa, approfondire il bacio, e assaporarne il gusto.

"Mi dispiace Yasmine, ma non posso," le sussurrò all'orecchio Dean, con voce calda e rotta.

Le ci volle un momento per registrare quelle parole, ma quando indietreggiò di un piccolo passo e lei aprì gli occhi per guardare in quegli occhi preoccupati, come una pioggia ghiacciata, l'umiliazione la investì, lasciandola congelata lì sul posto. Come aveva potuto essere così stupida da pensare che un prete, un uomo di fede, gettasse tutto all'aria solo per baciarla?

Era un pensiero ridicolo sperare che ricambiasse i suoi sentimenti; si era resa conto in quel momento, che la sua mente aveva frainteso le sue azioni, ingigantendole fino ad assumere sembianze diverse da quelle che in realtà avevano. Il calore le fuoriuscì dal corpo, sostituito da gelo e senso di vergogna.

"Io... io... scusami." Yasmine corse in bagno, chiudendo a chiave la porta alle sue spalle. Appoggiò la testa contro il freddo legno. Calde lacrime le uscirono dagli occhi, mentre il torrente di emozioni mieteva un'altra vittima.

La morte di Raquel l'aveva cambiata in modi che non riusciva ad esprimere a parole. La madre si era suicidata, e andare sulla sua tomba credendo di essere stata la causa della disgrazia di Raquel si era dimostrato più emotivamente traumatico di quanto credesse.

Fu così finché un giorno si era svegliata senza che le importasse più di vivere o morire.

Si era guardata allo specchio, riflettendo su tutto ciò che era e non era. Non aveva amici ad eccezione di Mabel. Poi, una volta al college, aveva continuato a mantenere alti i voti e andare a letto con uomini per provare a sentire qualcosa, che fosse meglio della dolorosa solitudine che l'aveva lentamente travolta, fino a sentirsene consumata.

Tornare a casa per il funerale di suo padre era stato un passo per affrontare i suoi demoni interiori, ed era convinta di non ottenere alcun risultato, fino all'arrivo in città di padre O'Sullivan. Ora si sentiva viva per la prima volta, il suo corpo bruciava di emozione e desiderio. Quei sentimenti andavano al di là della sua comprensione. Ma l'ironia della sorte voleva che si trattasse di un legame impossibile. Un legame con uomo che non avrebbe mai avuto. Ancora una volta, il mondo e Dio si prendevano gioco di lei, ma non capiva che cosa avesse fatto per meritare la loro ira.

Che cos'aveva di sbagliato?

Capitolo Dodici

Dean imprecò mentre scendeva a malincuore per le scale, diretto al salone principale delle pompe funebri. Doveva andarsene. Aveva quasi superato di nuovo il limite; quella donna aveva un tale ascendente su di lui. Era come se bramasse il suo tocco. Il minimo contatto con lei faceva quasi perdere del tutto il controllo a lui, sempre impeccabile. Sì, aveva le labbra più sensuali che avesse mai visto, che pregavano di essere disonorate! E sì, aveva degli splendidi occhi verdi che lo risucchiavano nelle loro profondità e gridavano che lei voleva essere scopata.

Accidenti, persino la sua natura timida e tranquilla mescolata con i suoi selvaggi capelli rossi istigava la bestia nei suoi pantaloni. Aveva fatto sesso con molti donne splendide in vita sua, ma questa... non riusciva proprio a comprendere che cosa lo attirasse verso di lei.

Poggiando la mano sulla porta principale, si fermò e chiuse gli occhi, tremando alla sensazione del suo corpo minuto che si dimenava contro il suo.

L'aveva stretta istintivamente tra le braccia quando piangeva, e gli era sembrato di essere destinato a quello.

Scosse il capo.

Le emozioni erano confuse e difficili da decifrare.

Che cosa sapeva dell'amore? Conosceva dolore e abuso, conosceva odio e rabbia, e naturalmente, conosceva lealtà e amicizia, ma l'amore?

Quando fu ovvio che Yasmine sarebbe rimasta rinchiusa nel bagno finché lui non se ne fosse andato, l'uomo decise di darle la privacy necessaria. Non sopportava di vederla piangere o sofferente, perché, in un certo senso, il suo dolore andava ben oltre qualcosa che aveva fatto.

Infine, Dean aprì la porta e uscì dalla sede delle pompe funebri. Sentendosi gli occhi addosso, si voltò a guardare la vecchia casa in stile vittoriano. La tenda in camera di Yasmine si mosse leggermente e, quando lui sorrise in direzione della finestra, tornò prontamente al suo posto. Un dolore penetrante si palesò nel petto, mentre gli occhi si posarono sulla grande casa. Era stata convertita e allargata fino a diventare quel faro della comunità che ormai era, ma il calore e la premura che quel luogo emanava era dovuto a lei, e non alla grandezza dell'edificio.

Il buonumore che era seguito all'omicidio e alla vittoria su un predatore sessuale era rapidamente evaporato. Mentre Dean camminava lungo il marciapiede, il suo sguardo si posò sulla scia di neve. Non gli importava del morso del freddo inverno, mentre gli scuoteva la lunga veste intorno alle gambe. Aveva sofferto caldo, sabbia e scottature per diverse vite.

"Buongiorno padre O'Sullivan, non è una bella giornata oggi?" la voce troppo spumeggiante di Whitney interruppe la sua profonda concentrazione.

Lui sollevò lo sguardo e brontolò dentro di sé; gli stava bloccando il passo. Le sue labbra color rosso brillante sorrisero, mostrando denti perfetti, e i boccoli neri ugualmente perfetti circondarono un volto che l'avevano attirata in molti letti. I riccioli distoglievano l'attenzione, e si agitavano comicamente come spirali in miniatura al vento.

Quella donna era una peccatrice di altro genere: era nella sua lista come perpetua adultera e, se non fosse stato per il suo libretto nero, avrebbe perso il conto di quante volte si sedeva nel confessionale. Forniva sempre più dettagli delle sue scappatelle di quanto fosse necessario, e non gli ci volle molto prima di concludere che stesse provando a sedurlo con il suo linguaggio sconcio.

In più di un'occasione, trovò motivo per spogliarsi restando praticamente in biancheria all'interno del confessionale. Lui non poteva negare di essere stato tentato di accettare l'offerta, scivolandole in mezzo alle gambe, ma questo avrebbe compromesso la sua copertura, e non lei non valeva la seccatura.

Infatti, avrebbe già dovuto essere scomparsa da questo mondo, portata via dallo stesso tragico incidente che aveva preso la vita delle sue amiche, ma non era accaduto. Whitney aveva deciso all'ultimo minuto di non accompagnare le amiche durante il loro giro di spese. Ci erano voluti tempo ed energia per pianificare il sabotaggio della loro auto. Quando farlo, come farlo apparire un semplice incidente, e questo fastidioso ammasso di carne non si era sentito bene, evitando il fato... per il momento. Non aveva esattamente la priorità sulla sua lista, perciò il suo turno sarebbe giunto quando maggiori preoccupazioni avrebbero smesso di tenerlo occupato.

Decidendo infine di rispondere al suo amichevole 'buongiorno', Dean parlò accuratamente.

"Dovrei dissentire, Whitney. Non è una bella giornata, considerando che hanno scoperto sei corpi di bambine brutalmente aggredite e uccise. Avrei detto che, essendo tu una madre, avresti sentito il peso di un crimine così efferato?"

Quelle labbra rosse passarono da un sorriso a un finto broncio, la tristezza non raggiunse mai i suoi occhi.

"Oh, sì, quello. Naturalmente, è una tale tragedia, poverine. Provo solo a non pensarci troppo. Mi spezza il cuore." Whitney si fece vento sul viso, come se fosse sul punto di piangere, e il dorso della mano di Dean prudeva all'idea di colpirle la pelle, rompendole un osso o tre.

Whitney gli afferrò il braccio, le unghie laccate di rosso sembravano gocce di sangue sulla sua veste nera. "Che cosa triste."

Un'unica grande lacrima le scese dagli occhi verdi. Lui dovette sforzarsi, ma riuscì a non roteare gli occhi. Whitney voleva infilarsi sotto la sua veste da quando era arrivata, dimostrandosi più sfacciata che mai. Non era un segreto che fosse la sgualdrina della città. In realtà sembrava che ne fosse lieta.

Non che gli fregasse qualcosa di chi si scopasse. Era la sua strada determinata e velenosa verso la distruzione altrui a interessargli.

Anche al marito di Whitney non importava, gli piaceva l'idea oppure era un idiota. Dean non aveva ancora stabilito quale delle due. Questo tipo di peccatrice era piuttosto come una zanzara per lui. Era fastidiosa? Sì, ma non era quello che cercava attivamente, non ciò che bramava di privare dell'esistenza.

Stette a fissarla negli occhi, mentre sbatteva le ciglia verso di lui e tutto ciò che l'uomo voleva era prenderle il collo e stringerlo. Voleva osservare la luce lasciare i suoi occhi, mentre gli affondava le unghie nel braccio. Non avrebbe risolto i problemi emotivi che stava attualmente affrontando, ma lo avrebbe fatto sentire un po' meglio. Poteva riportarla in chiesa. Ci sarebbe andato abbastanza piano, e poi l'avrebbe uccisa rapidamente. Ma no, non era così che lavorava.

Rivolgendo a Whitney il suo miglior sorriso confortante, le diede un colpetto sulla mano.

"Ora, ti prego, non piangere. Sono nell'abbraccio di Dio, e Lui si prenderà cura di loro. Proprio come io sono certo che la sofferenza pioverà sui peccatori di questo mondo." Poi, sottrasse gentilmente il braccio dalla sua presa simile a quella di un artiglio.

Gli occhi di Whitney si posarono sui suoi e si morse il labbro. Sembrava un po' incerta rispetto a questa minaccia velata, ma non durò a lungo. Whitney si arruffò i capelli. "Sì, immagino che sia la cosa migliore che possiamo sperare."

Dean annuì con un sospiro.

"Ti auguro una buona giornata, Whitney." Fece poi un passo intorno alla donna, quando quelle unghie tinte di rosso acceso affondarono di nuovo nel suo braccio. Il prete era fin troppo consapevole del fatto che gli stesse strizzando il bicipite, mentre si succhiava il labbro in modo seducente, e passava la punta della lingua sulla bocca.

"Padre, mio figlio è cresciuto ed è andato a scuola, perciò posso capire come... come ci si senta a stare da soli. Se dovesse mai avere bisogno di compagnia, come sono certa accada in quella grande vecchia chiesa in cui si trova tutto da solo, si assicuri di darmi un colpo di telefono. Possiamo parlare o… fare altro."

Dean la guardò, e non poteva essere sicuro ma pensò di averla sentita gemere. La donna allargò poi il suo sorriso e gli passò accanto, il corpo entrò in contatto con il suo. Lo sguardò gli cadde poi sul sedere oscillante. Un'altra volta, in un altro luogo avrebbe potuto darle una botta, ma non si scopava mai i suoi bersagli. Lei lo guardò di sottecchi e gli fece l'occhiolino, come se non sollecitasse un prete. Il fatto che non fosse un vero prete non era il punto, perché, per quanto lei ne sapeva, lo era.

Dean digrignò i denti.

Avrebbe potuto spostare più in alto Whitney, sulla lista delle priorità.

"Potresti vedermi prima di quanto ti piacerebbe, Whitney," mormorò sottovoce e si girò, continuando per la sua strada.

Continuò a pensare a una frase che Yasmine aveva detto. Aveva menzionato che quanto accaduto alle bambine stava istigando dei vecchi ricordi.

Era possibile assumere che intendesse dire che ricordava quando le bambine erano scomparse, ma ebbe la sensazione che c'era ben altro. La sua reazione era stata fin troppo personale, troppo emotiva per non avere qualcosa di personale. Decidendo di indagare un po', Dean attraversò la strada e fece cenno a un passante, mentre si dirigeva al locale di Mabel.

Capitolo Tredici

Nonostante l'umore cupo e malinconico, si diresse all'unico diner della città, che aveva senza dubbio il miglior panino nell'arco di centocinquanta chilometri. La buona vecchia Mabel era vicina all'ottantina, e lavorava ancora sodo ogni singolo giorno ed era a capo di un'organizzazione perfetta. I suoi dipendenti sapevano di dover evitare di presentarsi in ritardo, dimostrarsi maleducati o con l'uniforme sudicia. Lui l'ammirava per questo.

Non gli ci era voluto tanto per comprendere che la mente di Mabel era acuta quanto la sua lingua, e ci volle un istante per apprezzare la donna diretta, della quale era noto che non te la mandasse certo a dire. Era apprezzabile che trattasse Yasmine come una figlia, e gli piaceva guardare le due donne insieme — era facile scorgere il profondo legame che le univa.

E, sebbene il cibo fosse eccezionale, c'erano altre importanti ragioni per tornare al ristorante. Era *il* posto da visitare per aggiornarsi sugli ultimi pettegolezzi, le proverbiali voci che girano in un ufficio. Il suo acuto udito era in grado di cogliere le conversazioni, ma Mabel lo aggiornava sempre a prescindere.

Non era stato facile convincere la donna che lui era davvero un brav'uomo, ma era finalmente riuscito a farle abbassare la guardia. Fu allora che la ristoratrice passò dall'atteggiamento freddo e frenetico a essere calorosa e chiacchierona.

A dire il vero, Mabel era sempre pronta con un nuovo nome sulla lingua e a riferire le azioni terribili che erano state commesse. Il motivo per cui gliene parlava, in realtà, non lo aveva ancora capito ma, a prescindere dalla ragione, era felice di averla come partner onoraria.

Il campanello suonò appena lui aprì la porta e il delizioso profumo di cibo fritto lo investì immediatamente.

"Ma salve, uomo alto, scuro e bello. Si sieda dove preferisce. Sono subito da lei," gridò Mabel. I capelli grigi e curati erano l'unica cosa visibile dalla cima delle porte in stile saloon che portavano alla cucina.

Volendo privacy per affrontare la conversazione, l'uomo si diresse al tavolo più distante e isolato dal resto della sala, ma fece un cenno e disse: "Buongiorno," passando davanti ai presenti già seduti.

Raccolse il quotidiano che era sul tavolo, leggendo un articolo intitolato *"Rapitore di bambini: dove può essere andato?"* in prima pagina. Stando all'articolo, la polizia aveva emanato un mandato d'arresto per l'assassino; veniva precisato che un informatore anonimo aveva permesso di scoprire il fatto. Peccato che non avrebbero mai trovato il killer.

La prigione era un luogo troppo bello per gente come lui. Meritavano esattamente quello che lui aveva loro dato. Un biglietto di sola andata per l'inferno, sempre se ne esisteva uno.

Mabel appoggiò una tazza di caffè nero e una fetta di torta di ciliegie davanti a lui, prima di accomodarsi dall'altra parte del tavolo.

"Nauseante, non è vero? A pensare che quel rifiuto umano mangiava nel mio ristorante. Riuscirebbe a credere che aveva il coraggio di sedersi al banco e mangiare il mio cibo ogni sabato per quanto ricordi?"

Mabel sbatté la mano sul tavolo, attirando l'attenzione di tutto il locale. "Non mi meraviglia che la moglie lo abbia scoperto e l'abbia lasciato. Probabilmente sapeva quanto fosse malato."

Il ristorante tornò a diventare rumoroso, mentre i clienti tornavano alle proprie conversazioni. "Le dico una cosa, se mai dovesse ripresentarsi alla mia porta, sarò felice di colpirlo a morte con il mio matterello! Spero che bruci all'inferno, mentre è appeso per i piedi."

"So che si riceve quanto si è dato. Non devi preoccuparti di questo," disse Dean.

"Lo spero. Troppo blasfemo da dire, padre?" insisté Mabel.

Lui aveva imparato molto in fretta che Mabel aveva un proprio codice. Era piuttosto certo che la cosa peggiore che lei aveva fatto consisteva nell'usare la sua lingua tagliente o aggiungere del sale in una tazza di caffè di proposito, ma gli piaceva il suo entusiasmo.

Ridacchiò e mise da parte il tovagliolo per assaggiare la torta. "Resta sempre la migliore torta che abbia mai mangiato."

"Ma è meglio del grandioso panino?"

"Oh, questa è una domanda difficile, penso che siano pari." Sorrise, mentre il volto di Mabel s'illuminava.

"Lei sa sempre come adularmi. Uno di questi giorni, le darò le mie ricette segrete. Qualcuno potrebbe sfruttarle, quando sarò bella che morta."

"Non dire così. Sei troppo giovane per pensarla in quel modo." Dean le fece l'occhiolino, e Mabel arrossì, rivolgendogli una risatina.

"La prego, sappiamo entrambi che uno di questi giorni leggerà del mio cadavere freddo, e non voglio nessuno di quei sermoni sdolcinati. No, desidero che sia una vecchia grande celebrazione con margherite su ogni panca e un picnic nel parco, con il cibo del mio ristorante su ogni tavolo. Se ne occuperà lei padre? Conto su di lei." Fece una pausa dopo quella filippica ironica ma le sparì il sorriso dal volto.

"Talvolta avrei voluto che io e il mio Fred avessimo avuto figli, ma poi penso a tutte le preoccupazioni e i dolori che hanno vissuto i miei genitori, e non so..."

Mabel rivolse lo sguardo verso la finestra, e lui seppe esattamente a cosa pensasse. Dean le si avvicinò e le strinse la mano, l'angolo della sua bocca si piegò in un mezzo sorriso di cuore.

"Yasmine ti considera come una madre. L'ho visto nei suoi occhi. So che si assicurerà ad ogni costo che tu ti senta sempre circondata come da una famiglia."

Mabel gli rivolse un piccolo sorriso.

"Lei è una ragazza speciale, il cuore più grande che abbia mai visto e più dolce delle mie crostate al burro."

"Beh, a proposito di Yasmine, volevo parlarti proprio di lei." Dean diede un altro morso alla torta deliziosa prima di continuare. "Speravo potessi darmi delle informazioni."

"Farò del mio meglio, ma questo vecchio cervello non è più come una volta." Mabel sorrise, tutta la tristezza scemò completamente.

"Sappiamo entrambi che non è vero." Dean sollevò un sopracciglio a Mabel, che rise.

Dean si guardò intorno e poi abbassò la voce, avvicinandosi alla donna e sussurrò: "Sai che cos'è successo a Yasmine? Sono appena uscito dalla sua sede di pompe funebri e lei è molto sconvolta per la tragedia che ha colpito quelle bambine."

Piegò il tovagliolo sul tavolo. "Sono preoccupato per lei. Non l'avevo mai vista così scioccata."

"Oh, povera cara." Mabel scosse il capo, con lo sguardo fisso sulla saliera. "Non sono certa che sia una storia che possa raccontarle." Mabel riportò di nuovo gli occhi su di lui, mordendosi il labbro inferiore.

"Con chi confidarsi meglio di una persona che parla con il Signore?" Rivolse un piccolo sorriso a Mabel. "Voglio solo aiutare Yasmine se possibile."

L'anziana donna sospirò pesantemente.

"Immagino che abbia ragione. È una di quelle storie che non si dimenticano mai, men che meno questa." Mabel prese il quotidiano e fissò la prima pagina.

"Yasmine aveva una gemella, Raquel, ed erano davvero inseparabili. So che si dice che c'è un rapporto speciale tra gemelli, ma non ci credevo fino alla nascita delle ragazze. Non so dirle quante volte sono entrate dalla porta del mio locale dopo la scuola, ordinando il milkshake alla fragola. Lo volevano con la panna montata e due ciliegie ognuna."

Mabel sorrise mentre gli parlava di quei ricordi.

"Oh, quelle due erano un po' vivaci, continuo a pensare che era per via del rosso. Oh, avevano la miglior risata, come dolci campanelli mossi dalla brezza estiva, e nei loro occhi risplendeva lo stupore della gioventù. Erano così diverse eppure così uguali, che ci creda o no, Yasmine era la più estroversa. Amava lo sport e andare a pesca con suo padre, e preferiva di gran lunga sporcarsi. Mentre Raquel era un po' timida, e indossava sempre gli abiti più graziosi e amava cucinare con la loro madre."

Mabel si fermò, per asciugarsi una lacrima dall'occhio.

"L'orrore che Yasmine e Raquel hanno vissuto è accaduto la notte del Ringraziamento per la Raccolta. Erano tutti in centro, e i bambini partecipavano dopo i fuochi d'artificio. I genitori di Yasmine portarono lei e Raquel a casa e, poi, tornarono alla festa proprio come ogni coppia di genitori in città. Ma allora fu diverso. Non avremmo mai pensato che... la gente non..." Mabel si interruppe e giocò con il bordo del fresco grembiule bianco.

"Tranquilla, Mabel. Non dirò a Yasmine che me ne hai parlato. Prometto che voglio solo trovare un modo per portare un po' di pace in qualunque cosa la renda così sconvolta."

L'anziana donna si strofinò gli occhi e, per un breve istante, lui pensò che non avrebbe proseguito, ma avvenne il contrario.

"Qualcuno si infiltrò in casa loro e provò a prenderle entrambe dai loro letti. All'epoca non avevano più di otto anni, ma Yasmine era sempre stata bravissima a giocare a calcio. Era in gran forma. Deve aver lottato con tutte le sue forze ed essere sfuggita alle grinfie del rapitore. Tornò di corsa al Festival della Raccolta, completamente isterica, chiedendo aiuto. Riuscimmo a calmarla abbastanza da capire che cosa stesse succedendo. Non dimenticherò mai l'orrore sul suo viso infantile. Lividi le segnarono le braccia e il viso per settimane."

Mabel fece un'altra pausa, e lo guardò negli occhi.

"Quando arrivammo a casa sua, la piccola Raquel era sparita. Yasmine continuava a gridare di cercarla, di aiutare sua sorella, perciò il dottore finì per darle qualcosa per calmarla e trascorse la notte in ospedale. Io rimasi al suo capezzale insieme ai genitori, e il resto della città si mise immediatamente alla ricerca di Raquel."

"Non c'era traccia della persona che era entrata in casa?"

"Oh no, c'erano abbastanza segni di lotta, persino gocce di sangue provenienti dal naso dell'uomo, rotto da Yasmine."

A quelle parole, Dean sollevò un sopracciglio.

"Non c'era traccia di quale direzione l'uomo avesse preso, nessun testimone; si vedeva solo una finestra che aveva aperto, per penetrare nella casa."

I dolci occhi blu di Mabel si riempirono di lacrime, colmi di dolore.

"La madre di Yasmine non riuscì a sopportare il senso di colpa, si rinchiuse nella sua stanza per settimane e, quando finalmente trovarono Raquel — beh ... la poverina si suicidò. Immagino che il peso della perdita di sua figlia in modo così brutale fosse un fardello troppo pesante per lei da sopportare."

La voce della donna vacillò e si prese un istante per riprendersi.

"L'immagine di Yasmine che teneva la mano del padre, mentre stavano in silenzio davanti alla tomba della sorella, e poi a quella della madre, è un'immagine che non lascerà mai la mia mente." Mabel si sfregò le braccia, come se avesse improvvisamente freddo. "Il padre di Yasmine era un brav'uomo, e continuò a fare del suo meglio. Continuò a gestire l'attività e si occupò della figlia, ma era un guscio vuoto rispetto all'uomo che era stato. E allora, intervenni io facendo del mio meglio come figura materna. Sapevo che lei aveva bisogno di una persona del genere ma, alla fine della fiera, non ero la sua famiglia."

"Sono sicuro che qualunque gentilezza tu abbia dimostrato ha significato di più per lei di quanto lo capirai mai."

"Forse, certamente lo spero. Yasmine è guarita con il passare del tempo, ma quella che una volta era stata una ragazzina vivace ed estroversa si è isolata dagli altri. È andata al college e il padre è morto quando frequentava l'ultimo anno. Questo è stato un paio d'anni prima del suo arrivo in città, padre. L'uomo è morto d'infarto all'improvviso. L'hanno trovato in salotto. Si stava preparando per un funerale, e già indossava il suo miglior completo. Gli sarebbe piaciuto.”

Un sorriso nostalgico le apparve sulle labbra. “Yasmine è venuta a casa dal college, per seppellire l'ultimo familiare rimasto ed è rimasta per gestire l'attività di famiglia.”

“E non hanno mai trovato dei sospettati?” fu la domanda di Dean, con voce inflessibile, mentre immaginava Yasmine lottare per la sua vita. Lottare contro un bastardo come quello che aveva appena seppellito. Il sangue gli ribollì nelle vene, ma a Mabel mostrò una calma preoccupazione.

“Oh padre ...” Mabel si asciugò un'altra lacrima. “Non hanno mai raccolto prove sufficienti. Avevano alcuni sospettati, secondo quanto ho sentito da voci di corridoio, ma lo sceriffo non riuscì a farne un caso abbastanza solido. Lo sceriffo Daniels era un agente all'epoca e ricordo quando trovarono Raquel, ne fu devastato. Era il suo primo grosso caso. Ad ogni modo, stando alle voci, il colpevole fuggì, andò in prigione per un altro crimine o morì. Spero che fossero veritiere, l'idea che possa essere tornato qui come questo.” Mabel indicò il giornale. “Mi da la nausea.” Scosse lentamente il capo da un lato all'altro. “Ciò che hanno fatto a Raquel è indicibile. Quell'uomo era un mostro.”

La rabbia che stava cercando di manifestarsi per Yasmine era come una creatura vivente nel petto di Dean, che s'infilò in bocca l'ultimo boccone di torta e tranguigò il caffè, prima di alzarsi lentamente in piedi. Appoggiò una mano sulla spalla di Mabel, stringendola gentilmente.

“Grazie di avermelo detto. Mi assicurerò che Yasmine stia bene. Ci sarà ancora la raccolta mensile di cibo questo fine settimana?” chiese.

Mabel si asciugò il resto delle lacrime, mentre si alzò per guardarlo.

“Sì, certamente, ci sono troppi bisognosi, specialmente in questo periodo dell'anno. Voglio aiutare più persone possibili. Sono stata fortunata in questi anni e mi piace poter ricambiare.”

“Che Dio ti benedica, Mabel, sei davvero un'anima inviata dal Paradiso.” Le strinse la spalla in segno di commiato. “Io sarò qui ad aiutare, buon resto della giornata.”

Molte persone lo salutarono mentre se ne andava; rispose meccanicamente, perché la sua mente era già altrove. Aveva una ricerca da fare e piani da organizzare.

Una cosa era certa, avrebbe trovato l'uomo che aveva rapito Raquel e fatto del male a Yasmine e, se fosse stato ancora in vita, e sperava che lo fosse, si sarebbe assicurato che pagasse per il suo peccato.

Capitolo Quattordici

S EDICI ANNI PRIMA

Yasmine stringeva il suo orsacchiotto. Non le importava se la gente pensava che fosse troppo grande per i peluche. Guardò dall'altra parte della stanza, la lampada da notte le permetteva di vedere se Raquel stesse dormendo, ma era fin troppo sveglia per l'eccitazione della serata. Tony aveva detto che era carina, e le aveva dato un mucchio di viole del pensiero. Stette a fissare i fiorellini nel vasetto d'acqua sul comodino, e sorrise impedendosi di sghignazzare. Tony era il ragazzo più popolare della scuola. Non riusciva a credere che le avesse rivolto la parola, men che meno che le avesse chiesto di sedersi con lei a pranzo.

Yasmine provò a sforzarsi di addormentarsi. L'indomani l'aspettava una grande partita e aveva bisogno di riposare. Come capitano della sua squadra, il campionato di divisione era il suo obiettivo, il che significava che avrebbero dovuto vincere le due partite successive. Si era allenata nei passaggi e calci tutta la settimana con i ragazzi più grandi, per assicurarsi di essere pronta.

Un forte scricchiolare sulle scale riecheggiò nella casa silenziosa e lei chiuse rapidamente gli occhi, sapendo che i genitori sarebbero passati a controllarle; certo si aspettavano che ormai dormissero. La maniglia in ottone cigolò leggermente, mentre il pomello si girava, — lei previde il dolce profumo floreale di sua madre ma, invece, il naso fu accolto da un acre odore di benzina e sudore.

Le venne la pelle d'oca sulle braccia, e il cuore iniziò a battere forte, mentre percepiva che qualcosa non andava, ma non riusciva a comprendere di che cosa si trattasse con esattezza. Era troppo spaventata per aprire gli occhi e rispondere alla sua domanda. La mente di Yasmine era in subbuglio. Forse si trattava di un fantasma o di un mostro, oppure... un'altra asse del pavimento scricchiolò, stavolta più vicino. Il suo respiro accelerò, mentre il battito cardiaco le riecheggiava forte nelle orecchie.

Si concentrò, ascoltando ogni minimo rumore, per cercare di comprendere che cosa stesse per capitare loro. Ci fu un fruscio proveniente dai piedi del suo letto, fece appello a tutto il suo autocontrollo per restare immobile. Per non mostrare di essere sveglia. Stavolta la pelle d'oca le venne su tutto il corpo, al nauseante odore di alcol, che le penetrò profondamente nelle narici. Tremò involontariamente, e una strana energia la attraversò completamente, imponendole di scappare.

Incapace di gestire ulteriormente la tensione, aprì improvvisamente gli occhi per vedere che cosa ci fosse nella loro stanza.

Un grido gorgogliò in fondo alla gola, mentre la lampada lasciava intravvedere ombre su una cosa. No, non una cosa, un uomo. Yasmine fissò gli occhi dietro una maschera nera, così vicina al suo viso, che riuscì a cogliere ogni piccolo dettaglio degli occhi. Non li riconosceva ma sapeva che lei e sua sorella erano in pericolo.

"Raquel!" riuscì a gridare, prima che una grande mano le coprisse bocca e naso, rendendole difficile respirare.

Spinse via la mano, scalciando in aria, mentre lottava. Provò a gridare di nuovo, ma il suono era ovattato, e riuscì a vedere con la coda dell'occhio che Raquel non la sentiva.

"Sei così carina," disse l'uomo. La mano le accarezzò i lunghi boccoli, al che lei gli schiacciò il braccio con le mani, ma quello non si mosse.

La mancanza d'aria e la paura crescente trasformarono il suo schiacciare in un vero e proprio dibattersi. Impiegò ogni grammo di energia e forza per liberarsi. Gli graffiò il nudo braccio peloso, lasciando furiosi segni rossi e piccole tracce di sangue nel processo.

"Puttana!" L'uomo le liberò la bocca, e lei inspirò in cerca d'aria, ma la sua vittoria fu breve, perché la schiaffeggiò sul viso. Non aveva mai ricevuto uno schiaffo prima, e non avrebbe mai voluto che ciò si ripetesse. Il dolore le esplose dietro gli occhi, mentre le lacrime scendevano lungo le guance. Urlò di nuovo il nome della gemella e, stavolta, la sua voce non fu bloccata da una mano.

Persino con la vista annebbiata, notò Raquel, seduta in mezzo al letto, gridare mentre tentava di allontanarsi dalle mani dell'uomo, che la stava afferrando per i piedi. Yasmine strappò il leggero lenzuolo che le copriva il corpo, e rotolò sul pavimento, riuscendo a vedere tra le lacrime abbastanza da visualizzare Raquel ormai tra le grinfie dell'uomo. Le teneva i piedi sollevati da terra, mentre lei si dimenava e schiaffeggiava il grosso pugno.

"Lascia stare mia sorella" gridò Yasmine e si scagliò contro l'uomo, facendo l'unica cosa che potesse fare: gli morse la gamba. La risposta fu una sequela di parolacce, ma Raquel fu libera.

"Scappa, Raque! Vai!" Raquel si sedette sul pavimento di legno, fissando l'uomo, con gli occhi spalancati. Yasmine non sapeva perché la gemella non stesse reagendo. "Raquel!" gridò ancora, mentre l'uomo avanzava di qualche passo verso di lei, afferrandola per le braccia.

La sua stretta era così forte, che lei gemette di dolore, mentre le grosse dita scavavano nella sua tenera pelle.

"Pensi che sia divertente? Userai quella bocca molto presto ma, prima, ti strapperò tutti i denti!" Il suo fiato era terribile, mentre la stringeva, avvicinandola al suo viso. Lei girò la testa e chiuse gli occhi, mentre l'uomo lasciava scivolare il naso lungo il lato del suo collo. Tremò nella sua presa, la paura le fece desiderare di arrendersi. "Ti pentirai di quello che hai fatto, piccola sgualdrina."

La sua voce interiore gridava di scappare, allontanarsi per chiedere aiuto. Guardò Raquel, e vide che stava ancora fissando l'uomo, con le lacrime che le rigavano le guance. In quel momento, Yasmine seppe che lei era l'unica che potesse andare a chiedere aiuto. Dunque, si piegò quanto più possibile nella stretta e immaginò che la faccia dell'aggressore fosse un pallone da calcio.

Sbatté forte la fronte contro il suo naso, ci fu un nauseante scricchiolio, e lui gridò, mentre la lasciava cadere al suolo.

La ragazzina cadde in ginocchio, ma riuscì rapidamente a scattare da Raquel, afferrandole il braccio. Provò a rimettere la sorella in piedi, ma era un peso morto.

"Raquel, dobbiamo andare!" Yasmine strattonò di nuovo il braccio della sorella. L'uomo era ancora distratto, mentre imprecava, asciugandosi il naso sanguinante con la camicia; ma non sarebbe durato a lungo. La mano di Yasmine tremò, mentre la scarica di adrenalina le corse per tutto il corpo.

"Raquel!" gridò Yasmine. Raquel sbatté le palpebre, guardandola finalmente. "Dobbiamo scappare."

Raquel annuì e saltò in piedi. Yasmine la spinse verso la porta, e arrivò al corridoio, quando furono costrette improvvisamente a fermarsi. Raquel gridò, e la mano perse la presa della gemella. Yasmine non sapeva che cosa fare. L'uomo mise un grosso braccio intorno alla vita di Raquel, stringendola forte contro il proprio corpo.

Il rapitore sogghignò, mostrandole i denti gialli. "Che cosa farai ora, troietta?"

Gli occhi di Yasmine balzarono dall'espressione terrorizzata della sorella all'espressione provocatoria dell'uomo. Raquel cercò di raggiungerla, gridando il suo nome, e lei voleva andare dalla sorella, per salvarla, ma le serviva l'aiuto di un adulto. Aveva bisogno del padre.

"Non lasciarmi, Yazzy!" gridò Raquel.

"Continua a lottare," gridò Yasmine, mentre colmava la distanza restante fino alle scale.

"Yazzy!"

"Sta' zitta, troietta!"

Mentre correva per le scale, Yasmine fece scricchiolare il legno, dirigendosi alla porta, spalancandola e uscendo.

"Aiuto! Papà!"

Yasmine sussultò, mettendosi a sedere nel letto. Raggiunse la lampada sul comodino, e quasi la fece cadere a terra, mentre cercava di accenderla. Aveva la camicia da notte impregnata di sudore, e le era praticamente appiccicata addosso, facendola tremare nell'aria fredda.

Aveva il piumino appallottolato tra le mani e il cuore le batteva all'impazzata. Si guardò intorno nella stanza, in cerca di minacce, e saltò, quando si accorse del proprio riflesso nello specchio a figura intera. Tirò su le gambe, finché non riuscì ad abbracciarsi le ginocchia, stringendole forte, provando a scacciare le grida di Raquel dalla sua testa.

Yasmine ondeggiò avanti e indietro, provando a calmare il respiro veloce che avrebbe causato un attacco di panico. *Inspira due volte, espira due volte.*

Non sognava di quella notte da molto tempo. Pensava di essersi liberata di quell'incubo, convincendosi che prima o poi le immagini di quei fatti sarebbero sparite ma, col tempo, erano diventate soltanto più vivide. Come una costante beffa, tornavano quando meno se lo aspettava, ravvivando non soltanto i ricordi di sua sorella ma anche della madre impiccata davanti ai suoi occhi.

Il senso di colpa e il biasimo materno si erano trasferiti su di lei dopo il suicidio della donna. Forse avrebbe potuto fare di più per aiutare Raquel. Forse avrebbe potuto trovare un modo. La domanda era un tormento nel profondo della sua anima.

La donna soffocò un singhiozzo e calde lacrime le scesero liberamente lungo le guance. Aveva lasciato morire sua sorella di una morte orribile. Aveva lasciato che un uomo mascherato la rapisse, per poi violentarla e picchiarla per settimane. Yasmine afferrò il cuscino e ci seppellì dentro la faccia, gridando il suo dolore.

Se solo avesse lottato di più... la madre aveva ragione. Era stata tutta colpa sua.

"Mi dispiace Raquel. Mi dispiace tanto."

Capitolo Quindici

Yasmine fissava la lavagna ma non leggeva davvero le parole scritte. Si coprì la bocca per nascondere uno sbadiglio.

Non era riuscita a riaddormentarsi dopo l'incubo e aveva letto invece uno smielato romanzo d'amore, finché il sole non era filtrato tra le finestre. Per quanto fosse sciocco, aveva avuto paura di alzarsi, i suoi ricordi e sogni l'avevano resa prigioniera nella sua stessa camera, finché non c'era stata abbastanza luce per scacciare via tutta l'oscurità.

Ora era lì, in fila per un caffè, indispensabile per tenere gli occhi aperti. Aveva passato la migliore parte degli ultimi tre giorni a piangere o lavorare al funerale delle bambine, e ormai non riusciva a chiudere gli occhi senza vedere i loro piccoli volti o quello della sorella.

Grandioso. Proprio quello che le serviva, sette volti a infestare i suoi sogni.

Era prosciugata fisicamente ed emotivamente, senza contare che non pensava che sarebbe più riuscita a guardare padre O'Sullivan come faceva prima. Gli si era praticamente buttata addosso… e lo sguardo sul suo viso, mentre le diceva che non poteva baciarla.

Stupida, così stupida.

"Che cosa posso darle?" chiese la barista. Yasmine osservò il bancone, dando un'occhiata alle proposte del giorno. Questa era la caffetteria più alla moda della zona e i gusti e le proposte di cui disponeva erano affascinanti.

"Umm, potrei avere un Death con latte al cioccolato, per favore? Oh, e aggiunga una tazzina di espresso con due cucchiaini di zucchero."

"Lo metta sul mio conto, e potrei avere lo stesso con panna montata e scaglie di cioccolato?" La bella voce profonda di padre O'Sullivan risuonò alle spalle di Yasmine, che si immobilizzò. Il cuore accelerò i battiti e il corpo si riscaldò, mentre si rimproverava mentalmente. Non seppe dire se fosse per l'imbarazzo o la libido stavolta. Potevano essere stati entrambi.

"Arriva subito, padre O'Sullivan." La vivace barista corse a occuparsi dei loro ordini.

"Non dovevi offrirmi da bere, ma ti ringrazio." Si guardò intorno, chiedendosi da dove diamine fosse arrivato Dean — era come un fottuto mago. Con un profondo respiro, si spostò lateralmente, sperando di frapporre distanza tra loro. Come era prevedibile, lui la seguì e lei si trovò a guardargli le scarpe.

Si avvolse le braccia intorno al corpo, e provò a pensare a qualcosa da dire, qualcosa che non la facesse sembrare colpita da ictus o come se avesse perso tutte le sue facoltà mentali.

"Yasmine?" La voce di Dean era bassa e ruvida tra i suoi pensieri.

Avanzò di un piccolo passo verso di lei, che, invece, indietreggiò. "Hai paura di me?"

Yasmine inspirò profondamente e lo guardò. Poteva affrontarlo. Era il prete della città, dopotutto.

"Paura non è il termine che userei."

Dean alzò il sopracciglio, in modo interrogativo.

"Ecco a voi," intervenne la barista, quasi cantando. "Il muffin è offerto dalla casa, padre. Sono caldi e freschi, proprio come piacciono a lei." Yasmine a stento riuscì ad evitare di gemere e roteare gli occhi, di fronte a quello sfacciato approccio. Il lato positivo consisteva nel fatto che non era l'unica pronta a farsi ridicola davanti a quell'uomo.

Yasmine rivolse un debole sorriso alla barista, prese la bevanda e si allontanò da Dean, che stava ringraziando la donna, palesemente impegnata a tentare di coinvolgerlo in un'ulteriore conversazione.

Brava. Tienilo occupato.

Ma fu da lei, prima che uscisse dal locale: la sua grande mano si poggiò sul vetro al di sopra della sua spalla, avvicinandosi incredibilmente al suo corpo, mentre apriva la porta per lei. Il suo profumo mascolino le riempì le narici, un misto di cuoio e pino.

"Non hai risposto alla mia domanda. Che cosa intendevi dire quando hai detto che non era la parola giusta che useresti?"

La domanda di Dean arrivò, mentre le camminava accanto per la strada. La donna rifiutò di rispondere e proseguì, stringendosi la bevanda al petto.

"Yasmine, smetti di scappare."

Lei si fermò immediatamente al tono di comando della sua voce. Preparandosi ad affrontare la conversazione, si voltò a guardarlo.

"Padre O'Sullivan, non ho paura di te. Sono mortificata per le mie azioni sconce dell'altro giorno. Sono imbarazzata e dispiaciuta. È solo... che ho bisogno di tornare a casa e prendermi del tempo per elaborare quello che è successo."

Mortificata, si voltò per andare per la sua strada, ma fece solo qualche passo, prima di tornare a girarsi.

"E, per la cronaca, nemmeno tu ti sei comportato in modo impeccabile, tu... mi confondi con tutto il tuo... beh, questo," disse, indicando animatamente con le mani il suo corpo.

E come in una brutta sequenza d'azione a rallentatore, osservò inorridita il coperchio del bicchiere di bevanda bollente, che aveva in mano, staccarsi e cadere. Il liquido ustionante uscì dal contenitore, finendole sulla mano.

"Accidenti!" Strillò, lasciando cadere il bicchiere. "Merda, merda, merda!"

"Smetti di gesticolare e fammi vedere la mano."

Stava gesticolando? Oh dannazione, era così! Smise di farlo, permettendo a Dean di controllare la mano. Vide il segno rosa acceso che si stava di già formando sulla pelle.

"Sembra una leggera bruciatura. Ti accompagno a casa e ti aiuto a ripulirti."

Dean la guidò per la strada, con la mano poggiata in fondo alla sua schiena, suscitando gli stessi sentimenti dell'altra sera. Lei doveva fermare la cosa oppure avrebbe dovuto lasciare la città. Il Polo Nord sarebbe stato abbastanza lontano e abbastanza freddo per far cessare questa follia.

"Non c'è bisogno che tu venga con me. Posso occuparmene da sola." Provò ad allontanarsi dal suo tocco.

Dean le strinse il gomito, serrando la mascella e mostrando uno sguardo severo.

Yasmine deglutì rumorosamente, mentre guardava in quegli occhi così seri. "Verrò con te. Dobbiamo finire la nostra conversazione."

La donna aprì la bocca per contestare, ma le parole morirono, appena lui le mise un dito sulla bocca. Quel semplice gesto spazzò via tutti i pensieri incoerenti, perciò si limitò a scuotere il capo.

"Andiamo." Prendendola per il braccio, Dean camminò con lei per il resto del tragitto, fino a casa sua. Agli occhi di qualunque passante, sarebbero apparsi come due innamorati che passeggiavano, godendo della fredda giornata soleggiata.

Dean le aprì la porta, e lei si tolse immediatamente la giacca e corse a prendere un impacco di ghiaccio. Non era furiosa con lui ma nei confronti dei suoi sentimenti irrazionali, che non sembrava controllare.

"Che cosa stai facendo?" chiese Dean, mentre la padrona di casa apriva un cassetto del congelatore.

"Prendo un sacchetto di piselli. Non so se ne ho, però." Si abbassò, frugando nel cassetto, fin troppo consapevole della sua presenza alle sue spalle.

Lui era molto vicino, considerando la grandezza della cucina spaziosa.

"Quello è troppo freddo. Lascia che ti aiuti." Dean le appoggiò la mano sul fianco, e quasi finì per cadere con la testa nel congelatore. Richiudendo l'elettrodomestico, sentì formarsi dell'umidità nelle mutandine. Non riusciva a guardarlo. Tutto il suo corpo iniziò a tremare, e la battaglia per mantenere le cose a livello professionale stava per essere persa.

La mano di Dean restò sul suo fianco, mentre lei praticamente inciampava verso il lavandino, ma l'uomo non sembrò farci caso. Dean si sporse, aprendo il rubinetto, testando l'acqua con la mano finché non ne fu soddisfatto. Prendendole di nuovo la mano, la tenne sotto l'acqua tiepida. Lei fece un respiro affannoso, mentre l'acqua sfiorava la bruciatura rosa acceso.

L'istinto di allontanarsi, la fece indietreggiare di un passo, finendo con lo scontrarsi con Dean. Yasmine si morse il labbro inferiore e liberò il suo spirito malizioso. Urtò di nuovo di proposito il suo corpo duro.

Non intendeva iniziare a strofinare il sedere contro di lui, oppure sì? Non lo sapeva più. Un lieve gemito fuoriuscì dalle sue labbra, mentre il suo sedere si strofinò contro di lui per la terza volta, ed era il suono più sexy che lei avesse mai sentito. La passione fatale che aveva covato dentro di lei per oltre un anno aveva gettato al vento tutta la sua moralità e le argomentazioni interiori.

Si premette ancora di più e fu ricompensata con un altro gemito profondo. Lei sentì distintamente la sua erezione ormai dura come una roccia attraverso le vesti, e si dimenò leggermente contro di essa. Quell'azione era così cattiva, eppure lei sorrise, mentre l'uomo ormai si sfregava contro di lei. Poi, lei si rilassò contro il suo corpo, assaporando la parete muscolosa di grande forza che il padre sembrava possedere.

"Yasmine." Il suo alito caldo le sfiorò il collo, e fu il suo turno di gemere. La mano che era stata poggiata sul suo fianco, salì lungo il corpo fino al seno, che prese tra le mani attraverso il cotone della sua camicetta. Una scossa elettrica le attraversò la spina dorsale, diffondendosi in tutto il corpo, facendola ansimare. Ogni singolo nervo sembrò infuso d'energia.

"Ohhh," gemette Yasmine, mentre le dita di Dean giocavano con il capezzolo turgido. Improvvisamente, il corpo dell'uomo si sporse in avanti, e lei emise un forte gemito, mentre era premuta contro il bordo del lavandino, con il cazzo di Dean che si sfregava contro il sedere. Le mutandine di cotone erano troppo fragili per la sua forza, mentre si strusciava contro di lei. Yasmine aprì la bocca, mentre la figa le doleva per la voglia di avere quel frutto proibito.

Lei guardò verso la finestra sopra il lavandino, e gli occhi di Dean nel riflesso sembrarono scurirsi, un cupo contrasto rispetto al collare bianchissimo che indossava. Persino da quella strana angolazione, poteva facilmente vedere la passione surriscaldata che bruciava nelle loro profondità normalmente calme. Non voleva che lui cambiasse idea e si sfregò più forte contro di lui. La sua figa bisognosa si strinse, desiderando di essere usata. Non pensava ad altro che a farlo spogliare dei suoi abiti religiosi e cavalcare il suo cazzo duro, e afferrarlo con la mano.

"Oh cazzo," grugnì Dean. Il suo corpo premette ulteriormente contro la mano della donna. "Che cosa mi stai facendo, Yasmine?"

"Ti vuoi fermare?" chiese, ma strizzò ancora quell'asta dura.

"Che cosa pensi?" le strinse il seno, e lei gridò il suo nome.

"Sì, dì il mio nome!"

"Dean!"

"Più forte." Le morse il collo, e lei pensò di poter svenire in quel momento.

"Dean!" gridò.

Prima di assimilare che cosa stava facendo, Dean le infilò la mano nei pantaloni.

Lei gemette di nuovo il suo nome, mentre quelle dita scivolavano sulla stoffa bagnata delle mutandine in pizzo. Spostò abilmente la stoffa, e infilò un dito nella sua figa bisognosa.

"Oh, sei così bagnata." Dean mosse il dito avanti e indietro, e lei gemette, spalancando le gambe, quanto più possibile.

Yasmine gemette, mentre lui infilava altre dita. Il suo corpo stava cedendo, lei lo muoveva avanti e indietro, con le dita che la riempivano. Emise un gridolino di piacere, quando sfregò il pollice contro il clitoride. La sensazione estrema fece rabbrividire il suo corpo, ma lei era intrappolata sul posto, il che amplificava soltanto la sua eccitazione.

"È troppo," sussultò.

Dean le avvolse una mano intorno alla gola, facendo in modo che lo guardasse nella finestra.

"Ora lo prenderai." La sua voce era strozzata e ruvida.

Lei annuì, amando il lato dominatore che le aveva nascosto.

Ritraendosi, tolse la mano, e lei voleva gridargli di non lasciarla così, ma prima che potesse farlo, lui la riabbassò, piegandola sul freddo piano in granito, il che l'aiutò a raffreddare la pelle eccessivamente calda.

Dean le girò intorno e le sbottonò i pantaloni, poi glieli abbassò fino alle caviglie. Quel gesto le fece quasi perdere l'equilibrio, mentre provava a restare in posizione verticale. Dean le afferrò le natiche, strizzandole per bene, un momento prima di abbassarle anche le mutandine in pizzo. Lei sentì lacerarsi la stoffa delicata. L'aria fresca investì la sua figa già pronta, e sporse il sedere verso il suo viso, ancora una volta bisognosa del suo tocco.

Dean le sfiorò la fessura con un dito, spalancandole le pieghe.

"Oh sì," gemette forte. "Ancora."

Ripeté lo stesso trattamento, infilando il dito nel nucleo, prima di strofinare il clitoride in un gentile movimento circolare. La mente era in fermento, il corpo in fiamme, mentre veniva stuzzicata. Ogni movimento che eseguiva con il dito serviva solo a farla bagnare ancora di più.

"Sei così stretta. Sei mai stata scopata con un pugno?" chiese Dean.

"Nnnnoo," balbettò Yasmine, la domanda inaspettata l'aveva colta di sorpresa. Paura ed eccitazione la travolsero.

"Proverai per me, giusto?" chiese ora Dean, ma il suo tono non lasciava dubbi che si trattasse di un ordine.

"Sì," rispose sussurrando Yasmine.

Dean premette un dito dentro di lei, che si sfregò contro di esso, finché non la penetrò per quanto fosse possibile.

"Sei una femmina cattiva, Yasmine."

"Sì," disse, mentre un secondo e un terzo dito si unirono al primo. "È così bello," gemette, con il viso contro il top della cucina.

"Puoi prenderne di più stavolta. Lo so. Ne vuoi ancora?"

"Sì, dammelo."

Le dita di Dean continuarono a muoversi dentro di lei, allargandola lentamente finché non provò una meraviglia di piacere e dolore. Lui si fletté, mentre lei gridava, mentre il suo nucleo veniva allargato più di quanto non fosse mai stato. Il misto di dolore e piacere le fece scuotere incontrollabilmente le gambe. Le girò la testa, mentre la passione esplose dentro. Ci furono piccoli orgasmi prima che lui iniziasse persino a muoversi.

"Vuoi venire per me? Vuoi venire sulla mano del tuo prete cattivo?"

"Oh cazzo sì! Fammi venire, ti prego," implorò Yasmine.

Dean accelerò i movimenti, e Yasmine chiuse gli occhi e si lasciò travolgere. La sola cosa che sentiva era il suo corpo che sbatteva contro il top , con l'entusiasmo delle sue spinte.

Yasmine aveva perso ogni forma di inibizione e razionalità, mentre il corpo cercava in tutti i modi di raggiungere il climax che bramava. Dean stava emettendo deliziosi grugniti erotici, e lei si girò per vedere l'altra mano sotto la sua veste.

Oh cazzo, si stava toccando mentre si occupava di lei, che non aveva mai fatto niente del genere prima, e non riusciva a togliere gli occhi di dosso al braccio che si muoveva freneticamente sotto la veste. Volle voltarsi e fissarlo apertamente, mentre si dava piacere.

Il labbro di Dean si curvò in un sorriso malizioso, e il dolore si sparse sul sedere della donna.

"Dean?" gridò la donna, e guadagnò uno schiaffo sul sedere, che riecheggiò in tutta la cucina. L'uomo ridacchiò, e riprese subito il suo trattamento, con un morso sulla sua manata, seguito dalla sua lingua calda. Era talmente eccitata, che gli avrebbe lasciato fare tutto ciò che voleva. Come aveva fatto a vivere tutti questi anni senza conoscere questo tipo di piacere?

Dean ritrasse la mano e la girò per far sì che lo guardasse.

Sorridendole, l'uomo riprese a toccarla. Le dita trovarono immediatamente il suo clitoride. Massaggiò e massaggiò, finché lei gridò di piacere. Fu travolta da una serie di ondate di pura beatitudine, mentre il liquido caldo fuoriusciva da lei. Soddisfatto e un po' stordito da ciò che quel corpo stava facendo, Dean non le diede la possibilità di opporsi. Si abbassò rapidamente, la lingua calda contro le labbra della sua figa. Agì in fretta, succhiando tutti gli umori che le scorrevano lungo le gambe.

Tornò poi a infilarsi la mano sotto la veste, e la bocca tornò sul clitoride. Presto, lei iniziò a gemere di piacere, mentre il suo corpo si preparava ad esplodere in un altro orgasmo. Mentre l'ultima scossa orgasmica pulsava dentro di lei, Dean iniziò a gemere sulle pieghe rosa. La donna l'osservò affascinata, mentre veniva dentro la veste.

Era la sola cosa più erotica che avesse mai vissuto.

Alzandosi, Dean le porse la mano bagnata. Allargò lo sguardo, quando gli occhi si soffermarono sulla lingua che iniziò a leccarla, dito dopo dito. Il suo sapore su di esse era dolce, più di quanto avesse mai immaginato. Le porse un dito alla volta, che lei si affrettò a prendere in bocca, riservando loro il medesimo trattamento, succhiando accuratamente dopo averle infilate in bocca.

"Ti prego, resta," disse Yasmine. Lo stava implorando, e sapeva che non poteva farne a meno.

"Vorrei tanto, Yasmine, ma non posso. In quanto al sentirti imbarazzata, beh, non farlo, mai." Le prese la mano e la posò sul suo cazzo ancora sorprendentemente duro. "Lo vedi che cosa mi fai? Voglio fottere il tuo piccolo grazioso cervello tutto il giorno. Voglio infilare il mio cazzo dentro di te fino a renderti impossibile camminare e a implorarmi di smettere, solo per poter ricominciare."

"Ti prego, fallo." Si avvicinò alla lunga veste di Dean, ma quest'ultimo si ritrasse da lei. "Non m'importa dove hai imparato a fare quello che hai fatto, quante donne ci siano nel tuo passato. Non m'importa nemmeno di ciò che penseranno se verremo scoperti. Ti prego, dammelo, per favore."

Gli angoli della bocca di Dean si sollevarono, gli occhi colmi della stessa passione che incendiavano il corpo di lei.

"Non posso, ma ti sognerò tutto il giorno." Si portò la mano sul naso e annusò, senza toglierle gli occhi di dosso. Un brivido caldo le salì dietro al collo. "Mi ricorderà quanto sei sexy e il tuo sapore dolce."

Posò poi le labbra sulle sue per un rapido quanto deciso bacio, dopodiché, con un sorriso malizioso, si girò e uscì dalla casa, prima che lei potesse formulare una frase completa. Yasmine diede un'occhiata alle sue mutandine fradicie e alla biancheria squarciata. Null'altro in futuro poteva essere all'altezza. Nessuno avrebbe retto il paragone, posto, tra l'altro, da un prete.

Capitolo Sedici

Yasmine si spostava avanti e indietro, le nuove ballerine scavavano nei piedi. La strana energia, che si era sprigionata dall'istante in cui le porte della chiesa si erano chiuse, si impresse nell'aria solo all'inizio del funerale.

Erano presenti la solita tristezza e la disperazione che si manifestavano solitamente in seguito a una perdita tragica, ma c'era anche qualcos'altro, qualcosa di cupo ed elettrico, quasi come se Dio stesso fosse arrabbiato e pronto ad abbattere la chiesa. Sembrava che l'intera città partecipasse alla cerimonia in memoria delle bambine, ognuno in lacrime o accigliato, sommandosi al dolore e alla rabbia che fluttuavano nell'aria. Tutti quei sentimenti si mescolavano, una combinazione potente che, in ogni altra occasione, sarebbe sfociata in una rissa.

Le famiglie delle bambine avevano optato per tenere l'intera funzione in chiesa e lei ne era segretamente sollevata. L'organizzazione del servizio aveva richiesto un enorme sforzo, ma dovette ammettere che la chiesa sembrava un magico giardino fiorito, l'addio perfetto per quelle splendide piccole anime.

Il bosco cupo e severo era stato trasformato con composizioni di fiori bianchi e rosa, e l'intera piattaforma in cui erano posizionati Dean e il coro era piena di foto ingigantite dei volti sorridenti delle ragazzine.

Lei aveva predisposto di proposito un'esposizione a gradini, che ospitava abbastanza fiori, così che, per seppur per brevi istanti, fosse possibile dimenticare la ragione per cui fossero tutti riuniti. Yasmine si mise intenzionalmente in ombra, posizionandosi sul retro della chiesa gremita e si tamponò silenziosamente gli occhi con un fazzoletto stropicciato.

Non pensava che un essere umano fosse capace di così tante lacrime, ma era riemersa tutta l'emozione per le sue perdite, ovunque l'avesse sepolta.

L'emozione era così pesante, che minacciava di soffocarla.

Il volto sorridente e la splendida risata di Raquel la perseguitavano. Era come se la sorella fosse riemersa dall'oltretomba per chiederle aiuto, o forse la stesse punendo per essere scappata.

Yasmine continuava a rivivere quella notte ancora e ancora nella sua mente. Il dubbio di non aver fatto abbastanza la rodeva. Era ingiusto che continuasse a vivere, mentre Raquel era stata crudelmente privata della vita. Guardando verso la parte anteriore della chiesa, fissò le foto.

Non c'era nulla di giusto.

Yasmine si morse il labbro, per impedirsi di urlare e fare una scenata.

Prima della chiusura delle porte, iniziarono gli sguardi compassionevoli, non appena le persone cominciarono ad arrivare. Coloro che avevano conosciuto sua sorella l'abbracciarono, mentre entravano in chiesa. Le loro sincere condoglianze la stavano schiacciando, soffocandola nei ricordi dolorosi che stava provando ad evitare. Le persone a lei più vicine la guardarono, ma quando fu lei a guardare loro negli occhi, distolsero lo sguardo. Tutta la sua vita era andata così, dopo la morte della madre e della sorella.

Le lacrime le scesero liberamente lungo le guance, mentre faceva dei respiri profondi, provando con tutte le sue forze ad allontanare il panico che stava lentamente minacciando di palesarsi. La vasta chiesa sembrò improvvisamente minuscola, l'organo troppo forte per le sue orecchie, e il coro normalmente meraviglioso sembrò duro, amplificando la sensazione di sentirsi intrappolata. Yasmine chiuse gli occhi e si concentrò sulla respirazione, finché il battito cardiaco non si normalizzò, e il senso di stordimento che si accompagnava sempre ai suoi attacchi, migliorò.

Dean avanzò sul pulpito, mentre il coro terminava di cantare e il panico che la attanagliava cessò, guardando il suo volto calmo. L'uomo era lì, semplicemente a fissare i presenti disposti lungo le panche, il peso del suo silenzio nelle sue orecchie.

"Ebrei 4-13: 'Nulla in tutto il creato è celato alla vista di Dio. Tutto è nudo ed esposto davanti ai Suoi occhi. Di questo dobbiamo rendere conto.' Il responsabile di questo crimine deve e ne renderà conto." Dean fece un respiro profondo, e tutti i presenti fecero lo stesso, come se fosse stato lui a ordinarlo. "La morte non è la fine. La morte è solo il principio della pace eterna. Queste dolci anime, sebbene ci siano state portate via troppo presto, resteranno per sempre nella luce di Dio, nostro Padre celeste!"

La voce di Dean riecheggiò, e il profondo rimbombo la investì come un bagno caldo e calmante, catturando lei e tutti gli altri. Lui comandava nella chiesa senza alcuno sforzo, e Yasmine non riusciva a staccargli gli occhi di dosso, nemmeno se avesse voluto, mentre l'uomo proseguì, parlando d'amore, pace e dell'abbraccio eterno di Dio.

Dean si voltò a guardare significativamente i presenti, le vesti bianche con la luccicante croce d'oro che si agitava intorno a lui. Quell'uomo era un enigma, un abbagliante simbolo di speranza nell'oscurità. Protese le mani verso i presenti, e nessuno osò muoversi, attendendo ogni sua parola.

"Vedete queste mani? Quando ero nell'esercito, queste mani hanno toccato molta morte. Hanno stretto le mani di giovani e vecchi, durante il passaggio da questa vita all'altra. Ho combattuto con fede mentre assistevo a uccisioni insensate, ma ho combattuto più forte quando pensavo alla causa. Sì, ammetterò che molte vittime della guerra sono morte per colpa di queste mani."

Dean fece una pausa e si guardò intorno, il suo sguardo e quello di Yasmine si incrociarono per un istante, ma le bastò perché il corpo reagisse al ricordo della loro ultima volta insieme, e come l'aveva fatta sentire. Era decisamente un momento inappropriato per provare tali sensazioni, eppure al contempo significava che era viva. Era un confronto lampante rispetto al motivo per cui fossero tutti radunati lì. Dean distolse lo sguardo da lei, e proseguì.

"Quanto accaduto a queste bambine è dovuto a una guerra diversa, ma pur sempre una guerra. Noi siamo tutti qui fianco a fianco e solleviamo i pugni in aria mentre gridiamo, non è giusto! E avreste ragione a pensare che non posso dirvi che c'è un modo per trovare un senso a quest'atto terribile, ma posso dirvi questo."

Dean sollevò il capo, e il sole filtrò dagli alti finestroni colorati, coprendolo in un caleidoscopio di colore. Quell'immagine sottrasse aria ai polmoni di Yasmine, il petto si riempì di sentimenti che non avrebbe dovuto provare per un uomo che non poteva appartenerle.

"Non conta l'età di chi ha affrontato la dipartita. Tutti loro hanno una cosa in comune. Dio era al loro fianco, al momento di lasciare questo mondo di sofferenza, per accedere al prossimo. E mentre i loro corpi divenivano contenitori vuoti, le loro anime si liberavano del dolore terreno. Ora sono liberi di vegliare su tutti noi, liberi di diventare ciò che erano destinati ad essere, liberi di aprire le ali e librarsi ad altezze che non possiamo nemmeno immaginare."

Poi, scese dai due gradini della piattaforma e allungò la mano ad una delle madri sedute in prima fila.

"Non piangere lacrime di tristezza. Sebbene la tua anima soffra, rincuorati, sapendo che tua figlia è un angelo, e so che è ancora al tuo fianco. Un giorno d'estate, quando sentirai il calore sfiorarti il viso, sorridi, perché è lei che ti ha baciato la guancia. Nelle notti d'inverno, quando ti addormenterai facilmente accanto al fuoco, dormi profondamente, perché lei sarà seduta accanto a te. Non sarai più in grado di vedere il suo corpo fisico, ma le sue ali ti avvolgeranno."

Dean passò ad un'altra madre, che annuiva mentre provava a contenere i singhiozzi addolorati. Il prete allungò poi la mano alla donna successiva.

"Fai un respiro profondo, e rincuorati, sapendo che la tua bambina è accanto a te, ti tiene la mano, e veglierà su di te d'ora in poi, fino al giorno in cui potrai rivederla. Sarete riunite dall'amore e dal potere di Dio onnipotente."

Nella stanza ci fu silenzio, gli unici suoni provenivano dal piagnucolare e lieve singhiozzare provenienti dalla prima fila.

Dean si concesse alcuni istanti con ogni familiare, e ognuno pianse e poi sorrise, mentre lui parlava con loro. C'erano tutte tranne una famiglia. La ragazza che era stata rapita lo stesso anno in cui Yasmine era nata non aveva nessuno lì a rappresentarla.

Si erano trasferiti qualche anno dopo la scomparsa della figlia. Il dolore di vivere nella città dopo la sua sparizione era troppo per loro, e da allora non se n'era più saputo nulla. Alcuni speculavano che si fossero trasferiti in un luogo tropicale, come il Costa Rica, ma nessuno lo sapeva per certo.

Mabel, da anima gentile quale era, si era volontariamente presentata, a rappresentare la famiglia della ragazza. Ricordava bene quelle persone, e non voleva che non ci fosse nessuno a rimpiangere la ragazza.

Quel gesto non aveva sorpreso affatto Yasmine. Molti anni prima si era fatta avanti, facendo da mamma ad un'altra ragazzina bisognosa. Yasmine ricordava di aver pianto sulla spalla della donna, talmente spesso da non ricordare il numero esatto delle volte che era accaduto.

Onestamente, non sapeva che cosa avrebbe fatto senza Mabel.

Forse la famiglia sarebbe stata trovata prima o poi, ma fino ad allora, la ragazzina era ben rappresentata.

Accortasi che Dean si stava avvicinando alla conclusione della cerimonia, sgattaiolò fuori dalla porta, per attendere il corteo di auto. Il semplice vestito nero e il cappotto lungo di Yasmine si gonfiarono al brusco vento, che apparentemente protestava per le morti insensate.

Era sbagliato desiderare la morte dell'uomo responsabile del crimine,, e altrettanto sbagliato che formulasse tali pensieri mentre era in chiesa, ma era così che si sentiva. Voleva che il mostro che aveva fatto del male a quelle dolci ragazzine provasse il dolore e la paura che aveva loro inferto.

Yasmine fece un respiro profondo, provando a controllare quelle emozioni sfrenate. A questo punto, non sapeva se sarebbe mai tornata a stare bene ma, per il momento, aveva un lavoro da fare.

Tornò dunque verso i carri funebri in attesa, con movimenti lenti ma precisi, e aprì le porte per il loro carico speciale. Le lucenti auto nere avrebbero accompagnato le ragazze nel loro ultimo viaggio fino ai loro luoghi di riposo eterno.

Capitolo Diciassette

D IECI ANNI PRIMA

"Uscite! Muovetevi, sbrigatevi!"

I componenti della classe di Dean uscirono al buio, senza avere la minima idea di dove li stessero portando. Sebbene avesse sentito dire che si poteva essere trascinati fuori dal letto nel bel mezzo della notte, nulla l'aveva preparato a quell'assalto. Il gruppo si sedette, indossando vari capi d'abbigliamento: pantaloncini, magliette, pantaloni della tuta, e una ragazza indossava soltanto le mutandine. Si erano disposti sul retro del grande furgone, e l'unico rumore udibile proveniva dal motore del grosso veicolo.

Uno dei suoi compagni di classe inciampò sul terreno solido e atterrò con la faccia a terra accanto a lui. Dean si accovacciò e gli offrì la mano, aiutandolo a rialzarsi.

"Muovetevi, ho detto!"

Dean non osava guardare l'uomo, che indubbiamente era una sorta di superiore. Alzandosi in piedi, aiutò il compagno di classe a tirarsi su.

"Grazie," sussurrò il ragazzo.

Si disposero in due file, i fari del furgone l'unica luce disponibile in quella fitta vegetazione.

"Chi volete essere" Gridò un altro uomo mascherato, e Dean era piuttosto sicuro dalla voce, che si trattasse del loro sergente.

"Delta Force," risposero all'unisono.

"Non riesco a sentirvi!"

"Delta Force!"

"Questa sarà la prima di tre operazioni sul campo. Se sarete abbastanza fortunati da superarle tutte, diventerete parte del corpo di soldati più elitario al mondo."

"Hooah," gridarono tutti.

Quel suono generò un brivido di aspettative lungo la schiena di Dean. Era davvero pronto per questo. I suoi muscoli si tesero per l'entusiasmo di proseguire. Lo desiderava più di qualsiasi cosa avesse voluto nella sua vita, a parte la testa di suo padre.

"Vi trovate a ottanta chilometri dal vostro primo bersaglio, dove vi attende una testa rotore. Se non sarete sull'obiettivo entro un ranger di dieci minuti, rispetto alle indicazioni sulla vostra mappa, allora avrete fallito."

L'uomo diede un'occhiata al proprio orologio e poi afferrò il cronometro intorno al collo.

"Il sole sorgerà tra tre ore. Quindi farete meglio a sbrigarvi."

"Sì, signore!"

"Questa non è un'attività di gruppo. Sono stato chiaro?"

"Sì, signore!"

L'uomo indicò delle borse accuratamente disposte su un lato. "Trovate la vostra, e ci troverete le vostre mimetiche e tutto il necessario per passare le prossime quarantotto ore. Siete pronti?"

"Sì, signore!"

"Non riesco ancora a sentirvi!"

"Sì, signore!"

"Muovete il sedere!"

Dean avanzò dalla fila, verso le borse, ognuna con una piccola targa con *un nome scritto sopra. Trovando la sua, si mise da parte e la aprì per trovare i suoi vestiti e stivali. C'era anche una mappa che indicava il suo primo bersaglio. Sarebbe stato un percorso difficile, ma non importava. Era per questo che si era allenato nel tutti quei mesi.*

Dean indossò l'orologio, che fungeva anche da bussola e richiuse la borsa. Si tirò velocemente su, mettendosi in marcia, a un passo che avrebbe seguito per ore.

. . .

Quando Dean raggiunse l'ultimo tratto dell'ardua operazione sul campo di due giorni, i muscoli urlavano per il dolore. Ma era uno stupendo promemoria a ricordargli che ci era riuscito. Due compagni avevano già fallito, ed era sicuro che ce ne sarebbero stati altri.

Rivoli di sudore gli scivolavano lungo la schiena, mentre correva sul terreno duro. L'ostacolo finale si ergeva a distanza davanti a lui, una torre imponente progettata per testare forza, resistenza e paura. Si diede lo slancio e saltò, la mano afferrò il gradino più basso della scaletta di legno. Grugnì mentre si sollevava, con la mano sull'altra mano, finché i piedi non toccarono la scaletta. Sentì il resto delle reclute a distanza. I sergenti gridavano loro di mettere i loro culi in marcia. Dean non prestò loro attenzione, che ce la facessero oppure no. Ad ogni modo, non avrebbe influito su di lui. Il suo obiettivo era arrivare primo. Niente e nessuno si sarebbe messo in mezzo.

Respirava affannosamente, mentre continuava ad arrampicarsi sulla torre alta, il sole cocente su di lui, rendendo la presa scivolosa. Percepì poi la brezza nell'aria, e lui si resse ulteriormente alla scaletta, per cercare di non cadere dall'alta struttura. I muscoli urlavano quando raggiunse la cima; assicurò la cinghia preparata per ogni recluta.

Osservò la corda appesa, valutando il balzo, e prese più rincorsa possibile.

Facendo un respiro profondo, corse senza esitazione nel vuoto, diretto verso la corda appesa, posizionata a una certa distanza dalla piattaforma. Dean sentì il coinvolgente senso di librarsi nell'aria, prima d'iniziare la discesa. In quei brevi momenti, si sentì libero, come se si fosse fuso con un mondo differente, un senso di calma e quiete penetrò dentro di lui.

Afferrò la corda e rabbrividì, quando questa gli bruciò le mani, il calore cocente a rammentargli che la gravità era ancora attiva. La corda successiva si trovava a un braccio di distanza, e così via; passò dall'una all'altra con i muscoli doloranti.

Il sudore continuava a colargli, rendendogli difficoltosa una stretta solida. Un urlo raggiunse le sue orecchie; si voltò e vide uno dei suoi compagni cadere, dopo aver perso la presa, sui materassi di sicurezza. Quella era un'altra persona che non avrebbe ottenuto il diploma. Facendo oscillare il suo corpo, colse l'attimo per il balzo e proseguì fino a raggiungere la seconda piattaforma.

Si accovacciò e fece un respiro profondo, con il cuore che gli batteva forte nel petto. Dean non sapeva il perché, ma gli venne in mente il volto di suo padre, un uomo che disprezzava, e scacciò rapidamente via quell'immagine.

Fece un altro respiro tremolante e poi saltò dall'altra parte, verso l'acqua scura. Dean valutò l'atterraggio, mentre il suo corpo accelerò, correndo verso l'oscurità. Agendo come gli era stato insegnato, assunse la posizione da siluro, finché i piedi toccarono l'acqua. Il contatto con il freddo causò un vero shock al suo corpo, e i muscoli agitati furono colti da spasmi. Lui urlò, mentre si formavano le bolle, e i piedi vennero colti da crampi.

Prosegui. Devi continuare.

Sommerso nella fredda oscurità, Dean vide di nuovo il volto di suo padre, l'immagine di un gangster, un assassino, un mostro. Un uomo a cui non avrebbe mai voluto assomigliare, eppure era lì, a imparare a diventare il miglior assassino che potesse essere.

Era scappato di casa non appena gli era stato possibile. Aveva colto la sua occasione una notte, e non si sarebbe più voltato indietro. La persona che il padre voleva lui diventasse non sarebbe mai apparsa. Il genitore si domandava dove fosse il figlio? Non lo sapeva, e non gliene fregava un cazzo. Questo posto era la sua via di fuga. Era lì che apparteneva: a combattere per il proprio paese, per i suoi fratelli, per gli innocenti, a combattere per se stesso.

Lottando attraverso il dolore estremo, agitò velocemente le gambe, raggiungendo la superficie dell'acqua. Il safety diver gli mostrò il pollice in sù, e lui non poté smettere di sorridere, mentre continuava a nuotare fino alla riva.

Dean uscì dall'acqua. Non avrebbe dovuto essere fisicamente possibile farlo ma era in piedi, con il petto all'infuori e le mani lungo i fianchi. Il sergente capo camminò verso di lui, con la cartellina in mano e mostrò tutte le spunte sulla lista.

"Un'impresa non facile al cento per cento. Sei tagliato per questo, figliolo."

Con l'orgoglio nelle vene, disse: "Sì, signore!"

Capitolo Diciotto

Dean indossava un'aderente maglietta nera, esponendo con orgoglio le grandi braccia muscolose e tatuate. Della musica rock riecheggiava forte come sottofondo, mentre si preparava per il compito di quella notte. Baciò la lunga lama affilata, poi la infilò come burro nel fodero sul petto. Afferrando le cinghie nere di pelle, le strinse e procedette a riempire gli spazi disponibili con un assortimento dei suoi strumenti preferiti del mestiere.

Dopo, si spalmò del grasso nero sul viso e infine si guardò allo specchio, per occuparsi degli ultimi dettagli prima di indossare il berretto dal baseball, abbassandolo sul viso.

Non era risultato altrettanto impegnativo quanto studiare come fare a a trovare e scremare i possibili sospettati. La lista conteneva soltanto quattro nomi e i primi due, sebbene non avessero l'adeguato profilo sessuale, non corrispondevano alla descrizione fornita da Yasmine. Inoltre, erano entrambi morti per una malattia o un'altra, una liberazione per quanto lo riguardava.

Gli altri due erano fratelli, e sebbene Yasmine avesse solo menzionato un aggressore nella sua testimonianza, sospettava che entrambi fossero stati coinvolti. Non ne aveva le prove, ma avrebbe indagato.

Dirigendosi verso la porta del garage della chiesa, tolse il telone dalla sua meraviglia nera. Il luccicante Hummer chiamava sempre il suo nome. Fece scorrere gentilmente il dito lungo il cofano, come farebbe un amante, prima di aprire la portiera e scivolare dietro al volante.

Inserì il cellulare, connettendolo all'IA, dispositivo di intelligenza artificiale incorporato, e avviò il sistema GPS. Spingendo la tastiera verso di lui, attese che il sistema si attivasse. L'Hummer era un regalo da parte dei Giusti, e grazie alle sue conoscenze e a quelle segrete dell'ordine, era riuscito ad ottenere con discrezione molti aggiornamenti succulenti per quella splendida bestia. Incluse molte segrete tecnologie militari che erano sulla lista del 'non parlarne mai'. Una sequenza di tasti dopo, il parabrezza si trasformò in un'enorme mappa con la posizione del suo bersaglio.

Aveva già impiantato un localizzatore sull'auto del suo obiettivo, e lo stava monitorando in tempo reale da ormai un paio di giorni, consentendogli di tracciarne un profilo comportamentale. Uomini del genere erano prevedibili, e agivano in maniera prevedibile. Non che gli importasse, dare la caccia a prede stupide gli semplificava la vita, ma le loro urla di agonia prima di andare incontro alla dolce morte gli davano sempre la stessa soddisfazione.

L'Hummer si mise in moto con un ruggito.

"Sexy, c'è qualcuno all'interno del parcheggio?" chiese all'IA, che faceva parte dell'equipaggiamento in dotazione con l'auto.

"Nessuna fonte di calore nelle vicinanze."

Premendo un altro pulsante, la porta automatica del garage che aveva installato si aprì e l'auto uscì. Ruggì, mentre avanzava veloce al suo comando. Le sue mani nei guanti neri strinsero il volante.

"Beautiful People" di Marilyn Manson risuonava dagli altoparlanti, mentre sfrecciava lungo una strada secondaria. Raramente optava per le strade principali, troppo affollate per farlo apparire come un fantasma.

La mappa e il pallino rosso sul parabrezza si stavano avvicinando, e lo schermo digitale mostrava un conto alla rovescia rispetto all'arrivo a destinazione. Dovette spostarsi ulteriormente rispetto a quanto gli piacesse, fuori dalla sua zona di caccia.

Non aveva problemi a cacciare più lontano, ma preferiva sapere la posizione del bersaglio, perché conosceva come il palmo della sua mano le posizioni delle telecamere e i possibili problemi che potevano causare. Ma questa missione era importante tanto da giustificare uno strappo alle sue regole. Quando si avvicinò ai confini della città, rallentò e s'immise sulla strada principale di una grande zona industriale.

Lunghi identici edifici grigi mostravano ciascuno un diverso nome di un'azienda, succedendosi l'uno all'altro lungo ogni lato della strada. Dean spense la radio e pigiò un paio di pulsanti sullo schermo. Ogni colore che mostravano rappresentava una differente minaccia. L'arancione indicava altre persone, il blu indicava videocamere e il rosso lampeggiante, invece, indicava qualsiasi forma di servizio di emergenza.

Ad ogni modo, nulla si mostrò nell'oscurità. In ciò consisteva la bellezza di questo tipo di zona, la mancanza d'attività. Svoltò poi in un viale a destra, a pochi isolati dall'obiettivo. Parcheggiò in mezzo a due grossi bidoni dei rifiuti, per nascondere l'Hummer dalla vista dei passanti.

Parcheggiando Sexy, premette alcuni pulsanti sulla tastiera, e poi andò sul retro dell'auto. I sedili a panchina si capovolsero, rivelando una gamma di armi. Quella notte, il fucile da cecchino non gli sarebbe servito. Per quanto aveva pianificato, sarebbe stato un incontro ravvicinato e personale. Afferrò il fucile HK416 e un paio di caricatori prima di richiudere lo scompartimento nascosto.

"Sexy, oscura tutte le telecamere nel raggio di un chilometro e mezzo."

Poté sentire il ronzio, mentre il piccolo satellite si metteva sull'attenti.

"Cancella tutte le immagini di noi che arriviamo in città." Si tolse poi il berretto e indossò un elegante casco nero, dotato di capacità di modalità multi-visione.

"Sexy, connettiti al casco."

"Videocamere disabilitate, cancellazione iniziata, connessione stabilita," rispose Sexy.

"Sei davvero la migliore fottuta puttana che esista. Lo sai questo, Sexy?" disse Dean, mentre lo schermo ora lampeggiava davanti ai suoi occhi.

"Mi dispiace, non capisco quel comando. Vorresti provarne un altro?"

Dean sogghignò al veicolo, mentre usciva. "Sexy, imposta l'allarme, parola in codice Yasmine."

"Parola in codice impostata, allarme attivato."

"Brava ragazza," mormorò Dean. Confondendosi col buio, si diresse verso il retro dell'edificio, poi, silenziosamente, iniziò a correre. La notte era fredda, ma almeno non nevicava, il che lo avrebbe facilitato nel non lasciare tracce. Scorse la Chrysler arrugginita con le vecchie portiere rivestite in legno. Brillava come un dorato pezzo di merda nella luce fioca. Un'auto alquanto particolare di questi tempi. Non c'era nessuno all'interno, i finestrini non era oscurati, e il cofano era freddo come la serata stessa.

Bene, l'uomo doveva essere nell'edificio. Dean non sapeva se lavorasse qui di notte, oppure se quella fosse semplicemente una delle sue aree di azione, ma stava per scoprirlo.

Perché le prostitute entrassero ancora nell'auto di quel succhiacazzi ancora andava al di là della sua comprensione. Tutti parlavano tra di loro. Persino quelli che si odiavano avevano ancora un codice, quando si trattava di pezzi di merda malati come questo.

Dean aveva solo dato un'occhiata alla lista di lamentele e arresti di questo bastardo e aveva letto il termine violenza sessuale oltre trenta volte. Le accuse erano cadute e le ragazze non lo avevano mai perseguito. Essere una prostituta significava che non si veniva mai presa sul serio, in caso di violenza sessuale. Dean non era d'accordo ma la legge era difettosa, il che spiegava l'esistenza dei Giusti.

La serratura non era complicata, soltanto un cilindro standard, e lui tirò fuori la piccola scatola di attrezzi per scassinare le serrature. Avrebbe potuto far saltare la serratura, ma preferiva avere l'elemento sorpresa dalla sua parte. Questa missione richiedeva una silenziosa toccata e fuga, oppure avrebbe richiamato troppa attenzione su di sé, non ricevendo le risposte che cercava. La porta scattò e si aprì gentilmente, rivelando così un ambiente buio, pieno di ogni sorta di casse.

Entrò dunque in quella fitta oscurità. Come una pantera nera, cacciò la sua preda tra le ombre. Quello spazio scuro, prima che uccidesse coloro che lo meritavano, era dimora della sua anima. Il padre gli ripeteva continuamente che doveva fare ciò che era necessario per capeggiare, uccidere e agire senza sentirsi in colpa.

La rabbia di Dean ribolliva sotto la pelle, come accadeva ogni singola volta che pensava al padre. Non aveva voluto credere al bastardo. Il padre gli dava una pacca sulla testa e gli diceva che lui era il suo Pequeño Asesino. Il genitore aveva scorto la depravazione che gli bruciava nel cuore, ma lui non voleva crederci.

Non voleva pensare di assomigliare al suo padre psicopatico.

Ma l'uomo aveva avuto ragione, almeno sulla parte letale. Non si diventa un demone della morte con la debolezza. Lo si diventa trasformando mente, corpo e anima in una perfetta macchina di morte, e spegnendo la propria moralità e facendo il lavoro che ti viene assegnato senza discutere.

"Sexy, attiva la modalità visuale," sussurrò Dean, e lo schermo sull'occhio sinistro iniziò a scorrere tra le impostazioni.

"Aspetta." Riusciva a vedere attraverso le pareti dell'edificio, e due tracce di calore apparvero molto più in basso all'interno della struttura.

Bene, l'uomo non era decisamente al lavoro.

Scegliendo la strada migliore, corse nel ventre della bestia. Mentre si avvicinava, riuscì a sentire un leggero gemito e un distinto schioccare di una frusta, che riecheggiava dopo ogni colpo. Nascondendo tra le ombre, si accovacciò accanto all'ultimo scaffale torreggiante, per assistere alla scena.

Una ragazza era nuda e appesa per le braccia tramite una puleggia attaccata a una carrucola sul soffitto. Oscillava come un pezzo di carne, i piedi sporchi a malapena toccavano il pavimento. I lunghi e luccicanti orecchini della ragazza erano le uniche cose che indossava, creando uno strano contrasto con la scena di fronte a lui. Aveva la schiena segnata da furiose e rosse frustate, che già perdevano sangue causato dalla violenza notturna. Aveva una gag ball in bocca, che silenziava i gemiti e gli urli accompagnati dalle lacrime, mentre il frustino di pelle si scagliava violentemente contro la sua schiena, emettendo un forte schiocco. Il corpo minuto della donna s'incurvò, mentre una pozzanghera di sangue si formava sul pavimento. Il trucco nero si sciolse sulle guance, mentre il suo lamento soffocato gli giunse alle orecchie.

"Ti piace, puttana? Oh, scommetto che ora sei fottutamente bagnata per me!" Un'altra frustata, altri lamenti soffocati. L'uomo si concesse una pausa, per segarsi, muovendo crudelmente la mano nei pantaloni. Grugnì e le labbra di Dean si piegarono in una smorfia silenziosa.

"Scommetto che non storcerai il naso davanti al prossimo cazzo che ti pagheranno per succhiare. Questo è il problema con le donne oggigiorno, non sanno stare al loro posto."

Estraendo il grosso coltello dalla guaina sul petto, avanzò verso la sua preda.

"Dillo! Dì che vuoi il mio cazzo in quella bocca da puttana che ti ritrovi!"

La donna farfugliò disperatamente con la gag in bocca, e l'uomo scoppiò in una fragorosa risata, scuotendo la pancia di birra. "No, non vuoi dirlo?"

L'uomo era completamente concentrato sul suo compito malato, e sollevò il braccio per infliggere un'altra frustata.

A quel punto, Dean lo afferrò bruscamente per gli ispidi capelli grigi e lo spinse all'indietro, mentre gli sferrava un calcio nelle ginocchia. Lo shock impedì alla preda di gridare, mentre l'uomo crollava sul pavimento di cemento, lasciandosi scivolare via la frusta. Emise un *oof* mentre l'aria gli fuoriusciva dai polmoni. Dean s'inginocchiò sul petto dell'uomo, e gli tenne l'enorme lama sulla gola.

Dean studiò i tratti della preda: gli occhi azzurri spalancati per la confusione, un viso da furetto che solo una madre poteva amare, e una calvizie alternata a capelli disordinati che andavano in tutte le direzioni.

"Io e te dovremo scambiare due chiacchiere, ma prima ..." Dean strattonò l'uomo per i capelli, finché non riuscì a rimettersi in piedi, mentre veniva trascinato verso un grande macchinario.

L'uomo superò lo shock e prese lottare. In gioventù, avrebbe potuto essere una minaccia media, ma si era lasciato andare nel corso degli anni, riducendosi a nient'altro che un roditore con la pancia da birra. Le sue gambe si dimenarono, mentre le mani si scontravano con il pugno molto più forte di Dean.

"Ti sei impigrito prendendotela con giovani donne indifese. Grosso errore."

Dean torse bruscamente i capelli dell'uomo. Quello strillò forte, mentre i pochi capelli che gli restavano in testa gli venivano strappati.

Dean colpì con un pugno il morbido strato dello stomaco dell'uomo e, poi, passò a un montante sul volto. La testa gli penzolò avanti e indietro, i denti serrati e la mascella scrocchiò, appena il pugno incontrò l'osso.

Gli ho decisamente rotto qualcosa. E Dean sorrise al pensiero.

Dean dovette contenere la sua furia selvaggia, altrimenti lo avrebbe ucciso troppo in fretta. Lo scagliò quindi contro l'enorme trasportatore. Rinfoderando il coltello, gli legò rapidamente le mani sopra la testa con grandi fascette. Poi, si occupò delle gambe. Una volta soddisfatto, gli frugò nelle tasche, finché non trovò le chiavi della sua auto.

Poi, raggiunse la donna terrorizzata e gli occhi scrutarono l'area in cerca dei suoi vestiti. Stava tremando visibilmente, ma doveva darle merito, non aveva emesso alcun suono. Scorgendo i miseri indumenti che aveva indossato, tipici vestiti del mestiere, raccolse la piccola pila luccicante e abbassò la leva che controllava la catena. Afferrando la maniglia, la spinse all'indietro, e la macchina si mise in funzione, abbassando lentamente la donna a terra.

La donna sospirò e poi gemette, il viso contorto dal dolore, mentre le braccia si abbassavano. Si toccò tremante il viso, e sussultò mentre provò a raggiungere la cinghia della ball gag.

"Quello sarà più facile con le mani libere. Tieni, prendi i tuoi vestiti." Come se si avvicinasse a un animale selvaggio, colmò lentamente la breve distanza e le porse i vestiti. Lei li strinse al petto. Con le mani libere, cercò le chiavi agganciate al portachiavi e trovò quella per smanettarla. La liberò in fretta, il metallo le si aprì intorno ai polsi.

"Girati," ordinò e la donna obbedì ma tenendolo d'occhio. La cinghia era particolarmente stretta e doveva farle male.

"Mi dispiace ma liberarti ti farà male." Tirò forte, un piccolo gemito le fuoriuscì intorno alla palla di gomma, ma la fibbia si allentò. Alla donna venne un conato di vomito, per via della contrazione causata dalla spinta fuori dalla bocca, facendo cadere l'oggetto a terra.

"Va' dritta in ospedale e fatti curare la schiena. Ma fammi un favore, non dire subito dove ti trovavi. Questo mi darà più tempo con il nostro amico qui." Dean annuì verso l'uomo. "Hai capito?"

La ragazza annuì, mentre le dava le chiavi dell'uomo.

"E posso suggerirti di trovarti un altro lavoro? Potresti finire di nuovo così, e non ci sarò io a salvarti il sedere. Ora vai. Non è il caso che tu assista." La donna si concesse un momento per dare un'occhiata al suo aggressore, che al momento si trovava in una situazione precaria, e poi tornò a guardare il suo salvatore.

"Grazie," disse. La sua voce sembrò roca per via delle grida. Fece un passo, e poi tornò a guardarlo. "Ucciderai questo bastardo?"

"Molto probabilmente."

Gli occhi le si illuminarono. "Bene."

"Mi fa piacere che tu approvi, ora esci dall'edificio. Ho del lavoro da fare prima che arrivi la polizia." La donna non ebbe bisogno di ulteriore incoraggiamento, e zoppicò verso la direzione da cui l'uomo era entrato, sparendo nelle ombre delle alte corsie.

Tossendo, rivolse il capo verso l'uomo, che sputava sangue sul pavimento. Seguì una sorta di tintinnio, e Dean sogghignò al dente caduto sul pavimento.

"Chi cazzo sei e che cosa vuoi?"

Dean camminò con indifferenza verso la sua preda.

"Ti farò un paio di domande, e il tuo destino dipenderà da come risponderai."

"Fottiti, figlio di puttana, succhiacazzi, va..."

Dean sospirò ad alta voce, mentre l'uomo continuava ad imprecare senza sosta. Ma, in realtà, la sua oscurità interiore si elevò, e gioì alla grande. Non aveva bisogno di un ulteriore incoraggiamento per torturare quel fottuto pezzo di merda, ma quando si trattava di bastardi testardi, l'acquolina in bocca gli veniva più velocemente del solito. Dean si guardò intorno e scorse un grande piede di porco appeso al muro. Prendendolo, tornò indietro e lo mostrò all'uomo.

"Ti andrebbe di correggere la tua risposta precedente?"

"Va' a farti fottere, rifiuto di un immigrato!" L'uomo sputò sui piedi di Dean, mancando gli stivali.

"Violento e razzista, molto bene."

Prendendo posizione, sollevò il piede di porco fino alla spalla, come una mazza da baseball e la calò. Visualizzò la rotula dell'uomo come una bella pallina bianca da baseball, e lo sentì gridare: "No," mentre il metallo colpiva.

Lo scricchiolio nauseante fu musica per le sue orecchie, mentre il ginocchio si rompeva lateralmente, spingendo l'osso fuori dalla pelle, e tingendo il pavimento di altro sangue. L'uomo emise un urlo raggelante che riecheggiò nel grande spazio, mentre provava a crollare al suolo. Le fascette spesse tenevano fermo l'uomo, mentre ansimava e si lamentava. Quello che a Dean piaceva chiamare saliva del dolore fuoriuscì dalla bocca dell'uomo, finendo a terra. Gli lasciò poi un minuto per riprendersi, il che pensava fosse fottutamente gentile da parte sua.

"Ora, riproviamo a meno che, naturalmente, tu non voglia pareggiare le cose?" Annuì verso la rotula sana. "Sono sempre pronto per un secondo home run."

Le labbra dell'uomo si sollevarono in un ghigno, gli occhi azzurri irradiavano odio puro.

"Che cosa vuoi?"

Ci era voluto tanto tempo per imparare a controllare la bestia che infuriava dentro di sé, la bestia con cui il padre lo infettava per via della sua biologia. Alcune delle sue prime opere erano avvenute troppo in fretta, perché non aveva imparato di che cosa aveva bisogno. Il trucco consisteva nell'infliggere massimo dolore ma limitando il danno al corpo, infliggendo ferite non letali. Le voglie oscure di Dean gridavano di strappare all'uomo il cuore dal petto, prestando fede al giuramento di dovere e protezione, ma la parte razionale della sua mente gli diceva di non affrettare le cose. Questo particolare sacco di merda avrebbe patito più dolore se lui fosse riuscito a tirarlo fuori.

"Molto meglio. Sapevo che avremmo imparato ad andare d'accordo." Sorrise allegramente, mostrando i denti perfettamente bianchi e poggiando il piede di porco sulla sua spalla.

"Voglio sapere due cose. La prima, dov'è tuo fratello? La seconda, che ruolo hai avuto nello stupro e mutilazione della piccola Jacobs diciassette anni fa?"

"Non sento mio fratello da anni, non ho idea di dove sia. E non so di cosa tu stia parlando, chi è la Jacobs?"

"Sai, mi stupisce sempre che coglioni come te siano tanto stupidi, persino quando guardate il dolore straziante dritto in faccia. Pensavo che ci capissimo." Dean schioccò la lingua alla patetica scusa di un uomo, e sollevò il piede di porco dalla sua spalla.

L'uomo sgranò gli occhi, mentre seguivano il movimento.

"No! No! Aspetta, potrei sapere dove lui si trova," spiattellò.

Prima che potesse aggiungere altro, vomitò e si dimenò contro le fascette e la rotula visibile assunse una strana angolatura. Dean indietreggiò di un passo, per evitare una seconda ondata di nauseante vomito, che avrebbe fatto rivoltare lo stomaco a chiunque. Pezzi di cosa non seppe dirlo misti a sangue e piscio scorrevano verso il piccolo scarico del pavimento.

Disgustoso, eppure così delizioso.

Dean sospirò e aspettò che l'uomo si ricomponesse. "E?"

"E..." Rivoli di sudore gli scorrevano sulla fronte. Dean poté quasi sentire gli ingranaggi nel cervello di quel pezzo di merda. "Ero l'autista. Dovevano esserci due ragazze, ma mio fratello è riuscito a procurarsene solo una. Abbiamo litigato quando è tornato all'auto, e aveva soltanto una ragazza."

"Allora che cos'hai fatto?"

"Come ho detto, abbiamo litigato. Ho suggerito di dividercela, perché volevo solo farmi una bella scopata, ma è finita in una scazzottata. Io ho avuto la peggio, e ho questa brutta cicatrice in faccia a dimostrarlo. Lui ha preso l'auto e la ragazza, e io sono rimasto col sedere sul ciglio della strada.

Non ho una dannata idea di quello che ha fatto dopo, ma, conoscendo mio fratello, sono sicuro che sia finito nei guai."

L'uomo smise di parlare e finì di vomitare, solo conati di vomito stavolta, ma il verso che emise bastò a far desiderare a Dean di porre fine alla sua miserabile vita.

"Credimi, a quella ragazza sarebbe andata meglio se avessi vinto io. Voglio dire, mi piace fare le cose dure, e il suo piccolo buco di sedere avrebbe ricevuto un'educazione. Sai che cosa intendo? Ma sarebbe ancora viva. Mio fratello, beh lui è solo contorto e la sua mente è fottuta. Gli piace guardare morire i poveracci, strappare le ali agli insetti e impiccare i gatti..."

"Sì, capisco." Dean interruppe il coglione. "Allora è per questo che hai smesso di parlare, per via della mente contorta di tuo fratello? Guardati intorno. Non che tu sia esattamente un cittadino modello."

"Fottiti, amico. Ti sto dicendo com'era. Mio fratello si spingeva sempre al limite, e sarebbe stato arrestato o ucciso, cazzo, forse entrambi. A differenza di lui, ho smesso con le preadolescenti dopo quella notte. Era troppo rischioso. Non mi piaceva nemmeno la toccata e fuga, tanto per cominciare."

"Oh no?" Dean sollevò un sopracciglio, con sguardo interrogativo.

"Ancora una volta, fottiti! Ogni troia che monta nella mia auto lo fa volontariamente."

"Lo trovo difficile da credere, ma va' avanti." Dean mosse la mano in modo sprezzante.

"Mio fratello ha provato di convincermi a fare lo stesso un paio di anni dopo, e mi sono rifiutato categoricamente. Gli ho detto che non volevo saperne niente e nemmeno di lui, e di lasciarmi in pace. Non so che cos'è accaduto al lavoro e francamente, non m'importa. Ho deciso di limitarmi alle puttane che lavorano in strada."

"Bersagli più facili?"

"Stanno già cercando di divulgare la notizia, ma agli sbirri non frega un cazzo, e nemmeno alle famiglie, se ne hanno, non vogliono avere niente a che fare con loro. Sono le partner perfette per i miei giochetti, ma non le uccido mai."

"Non definirei ciò a cui ho assistito rapporto consensuale." Il labbro di Dean si contorse, e le narici si allargarono, mentre restò imbrigliato nella furia turbolenta. "Dov'è tuo fratello?"

"Mi ucciderai anche se te lo dico?"

Dean fece una pausa, come se prendesse davvero in considerazione la domanda.

"Beh, se non me lo dici, certamente lo farò, e mi assicurerò che sia molto doloroso, tanto che implorerai la morte per ore," ringhiò Dean.

Le prime tracce di vera paura comparvero sul suo volto. Come una fottuta luce che si accendeva, vide la realizzazione palesarsi negli occhi dell'uomo. Non era più il predatore. Era la preda. Era come un grande squalo bianco convinto di essere il re dell'oceano, finché l'orca arriva e fa un casino.

"Non so che cosa vuoi da me, amico. Non gli parlo da anni, ma avevamo un vecchio capanno di caccia che non è su nessuna mappa. Se lui è nascosto da qualche parte, allora direi che è in quel posto." L'uomo sussultò, mentre spostava il suo peso.

"Dammi l'indirizzo."

Ci fu di nuovo una lunga pausa. Dean si stava spazientendo per via della scena muta. Il suo guanto scricchiolò, mentre stringeva ulteriormente il piede di porco nel pugno. Voleva così tanto il sangue di quell'uomo che vide già il rosso scorrergli dal corpo.

"Dimmelo, o ti apro e ti strappo tutte le viscere mentre respiri ancora. Potresti sopravvivere per ore prima di morire, e credimi, mi assicurerò che tu senta ogni momento di strazio, mentre gioco con tutti i tuoi organi."

Dean tirò fuori il coltello dal petto. Era così affilato e pulito, che si rifletteva persino nella luce fioca.

"Cristo santo, amico, sei un malato figlio di puttana. L'indirizzo è a Pine Ridge Road. Si trova a nord da qui. È una strada sterrata e poco battuta, che ti distrugge il sottoscocca dell'auto se non stai attento. Prendi la quinta svolta a destra e, poi, prosegui per venti minuti finché non arrivi a un vicolo cieco. Il viale è ben nascosto dalla foresta sulla sinistra. Non ci sono cartelli, numeri civici, è solo un piccolo spazio tra gli alberi e, conoscendo quel coglione pazzo, è probabilmente pieno di trappole esplosive." L'uomo scosse il capo avanti e indietro. "Io non ci andrei: potresti incappare in una di quelle trappole per orsi o finire appeso a un albero. È uno stupido coglione," mormorò l'uomo. "Adesso che ti ho detto quello che volevi sapere, potresti chiamarmi una fottuta ambulanza? Sto per sentirmi male di nuovo."

L'uomo era pallido, e l'adrenalina che aveva mascherato la maggioranza del dolore iniziale era ormai scemata.

"Non ancora. Ho un'altra domanda."

"Vaffanculo! Hai detto due, e ho risposto a entrambe."

"Va bene. Non mi serve sapere quante donne hai violentato o picchiato. Sono sicuro che ce ne siano tante."

Dean appoggiò il piede di porco ai piedi dell'uomo, che si accasciò visibilmente nelle fascette.

La calma prima della tempesta.

Dean tornò nella direzione da cui era venuto e tirò su l'alta scatola metallica su rotelle, e raggiunse il resto dell'equipaggiamento. Che bella cosa che in quel posto montassero nastri trasportatori. L'idea iniziale di Dean era stata di spezzare l'uomo in due, attaccandolo ai nastri trasportatori, ma questo... sarebbe stato molto più divertente.

"Che cosa cazzo stai facendo?" chiese l'uomo. Dean lo ignorò.

Aveva aiutato i suoi amici a saldare in varie occasioni nell'esercito, e sapeva come muoversi con una saldatrice. Ne accese una e la luminosa fiamma blu prese vita.

"Cazzo!" L'uomo si agitò violentemente contro le corde. "Che cazzo, sei un pazzo figlio di puttana! Ti ho detto quello che volevi sapere!"

Le urla iniziarono prima che la fiamma iniziasse a tagliare, il tono passò da paura a terrore e infine a dolore indicibile, mentre la sua voce si alzava di diversi toni. Il tanfo rancido di merda si sparse nell'aria, e i suoi jeans intrisi del suo piscio. Quell'odore portò serenità a Dean. Era un promemoria fisico del fatto che avesse rispettato il giuramento, facendo il proprio dovere.

La bellezza del lavorare per i Giusti era che a loro non importava come uccidesse l'obiettivo, purché non si risalisse a loro. Questo era il motivo per cui solo i migliori agenti venivano selezionati dalle agenzie.

La brillante luce blu danzò nei suoi occhi mentre s'inginocchiava, incidendo carne, muscoli e ossa dell'uomo. Il suo corpo ormai si contorceva avanti e indietro con palese dolore straziante, gli occhi fuori dalle orbite mentre osservava i suoi piedi tagliati fino alla caviglia. Dean alzò lo sguardo, catturando i suoi occhi terrorizzati.

"Sì, sta succedendo davvero," disse in modo colloquiale.

Dopo avergli mozzato i piedi, cauterizzò rapidamente il moncone e poi, lo prese in mano. Lo tenne di fronte al viso dell'uomo, muovendolo avanti e indietro.

"Lo vedi questo? Taglierò una parte del corpo in onore di ogni singola persona a cui hai fatto del male. Voglio che ricordi i loro volti, ricordi il loro odore e come si sono sentite mentre le brutalizzavi, e poi ricordi che tutto ti ha condotto a questo momento."

Dean non avrebbe optato per qualcosa di meno che non fosse la vera sofferenza, e una morte rapida sarebbe stata troppo gentile. Aveva agito così per più di uno dei suoi fratelli. Si era abituato al fetore, alle urla, e al fatto che implorassero con la disperazione negli occhi. Erano sempre combattuti tra la scelta di vivere o perdere un arto.

I fratelli l'avevano sempre ringraziato alla fine per aver salvato la loro vita, ma lui dubitava che il suo uomo l'avrebbe ringraziato, mentre rivolgeva la propria attenzione all'altra gamba.

Altre grida, suppliche e imprecazioni riecheggiarono lungo le pareti del deposito. A cosa avevano assistito quelle stesse pareti nel corso degli anni? In quel luogo albergava l'oscurità, la sensazione di dolore e morte impregnava quello spazio come un mantello, chiedendone di più.

Dalle labbra dell'essere di fronte a lui fuoriuscivano soltanto versi incoerenti. Dean si alzò lentamente e afferrò il prigioniero. Gli fissò la cima della testa e la zona calva appariva incredibilmente lucida, prima di controllare se provasse un senso di colpa. Non lo trovò e sorrise. I lati delle labbra si sollevarono, e iniziò a fischiare il suo motivo preferito, mentre proseguiva nel suo compito.

L'uomo era ormai ridotto a una massa informe che giaceva sul pavimento, lamentandosi in modo incoerente. Dean valutò il suo lavoro, osservando i piedi e le mani allineati.

"Pensavo di ucciderti, e sono sicuro che lo avresti preferito anche tu. Ma, vedi, il fatto è che ho deciso di lasciarti in questo stato. Forse un giorno tornerai a camminare con le protesi, ma non potrai mai più toccare, non sarai mai più un pericolo, e ricorderai sempre il prezzo dei tuoi peccati."

Dean s'inginocchiò, alquanto incerto che l'uomo avesse compreso, e fu sorpreso che non fosse morto d'infarto, o almeno, svenuto.

"Soprattutto però, non potrai mai più vedere o sentire. Sarai eternamente prigioniero degli orrori della tua mente."

"No, no, no, no... Mi dispiace, ti prego Dio, no."

"Dio non ti giudicherà stanotte." Dean poggiò un ginocchio sul petto dell'uomo, spingendolo sul pavimento, mentre gli stringeva bruscamente il mento, premendogli violentemente le guance, finché la faccia non apparve come quella di uno stupido pesce. Dean avvicinò la letale fiamma blu all'occhio dell'uomo, in modo dolorosamente lento, suscitando un profondo terrore in lui.

"No, ti prego," farfugliò.

Dean avvicinò ulteriormente la fiamma, e le ciglia iniziarono a fumare, l'odore di peli bruciati gli penetrò nelle narici. La pelle intorno all'occhio divenne rosa e presto si sciolse. Gli si riempirono gli occhi di lacrime, che poi gli scivolarono lungo le guance.

Tenne gli occhi chiusi, come se avesse potuto aiutarlo.

"È questo che provano le vittime," sussurrò Dean nell'orecchio dell'uomo.

Le braccia mozzate colpivano comicamente il suo bicipite, mentre la fiamma toccava la pelle delicata, sciogliendola e mostrando l'occhio azzurro giusto un istante prima che iniziasse a sciogliersi. Il forte tanfo di carne e capelli bruciati impregnarono l'aria come una nuvola. L'uomo urlò più forte di quanto avesse fatto poc'anzi, mentre la fiamma consumava lentamente un occhio dopo l'altro. Dopodiché, Dean si occupò delle orecchie, riservando loro il medesimo trattamento, restando ad analizzare la sua opera ancora una volta.

"Veicoli d'emergenza in movimento, arrivo previsto entro quindici minuti," gli disse nell'orecchio Sexy.

Dean era tentato di concedersi un paio di minuti in più per evirarlo, ma sapeva di non avere tempo.

"Te la caverai facilmente, la polizia sta arrivando."

L'uomo non rispose, e Dean non si aspettava che lo facesse. Afferrò i ganci con cui la donna era stata tenuta appesa, e avvolse rapidamente la catena intorno al polso dell'uomo e sotto le ascelle, come un gilet improvvisato, prima di attaccare i ganci alla catena. Attaccando i ganci al grosso uncino, spinse la leva e la manovella ronzò sollevando in alto l'uomo. Ora era lui ad essere esposto, proprio come lo era stata la donna. Dean avrebbe solo voluto potersi trattenere più a lungo, per vedere lo sguardo sui volti dei poliziotti.

Avrebbero provato felicità o disgusto?

Dean si era messo al volante del suo Hummer, diretto fuori città, già pianificando il prossimo attacco, molto prima dell'arrivo della polizia. Un senso di pace gli colmò il corpo, mentre la città spariva nello specchietto retrovisore.

Un fratello in meno, e ancora un altro da abbattere.

Capitolo Diciannove

"Andate in pace," disse Dean, concludendo la messa.

"E la pace sia con te," le voci dei parrocchiani riecheggiarono in risposta.

Dean tornò dal chierichetto e gli restituì gli oggetti che aveva utilizzato per la funzione, poi scese per i pochi gradini della piattaforma sollevata, per mescolarsi ai fedeli. Questa era l'unica parte del suo lavoro che sinceramente non gli dispiaceva, difatti apprendeva alcuni dei migliori pettegolezzi e riusciva anche a ridere.

Quel giorno, ciò che più gli interessava era la piccola dolce rossa con i brillanti occhi verdi seduta nelle panche più indietro. Lei era seduta, mentre lui faceva i suoi giri, per poi accompagnare all'uscita il resto dei parrocchiani. Chiudendo la porta all'ultimo di essi, rivolse lo sguardo all'unica donna che gli avesse mai fatto battere il cuore in modo incontrollabile.

Yasmine non lo guardò. Era immobile, con le mani incrociate sul grembo, gli occhi fermamente puntati sulla parte anteriore della chiesa. Il prete oltrepassò con passi lenti la panca lunga, cogliendo la sua espressione seria, mentre le si sedeva accanto.

"Sono trascorse due settimane," disse finalmente Yasmine.

I suoi occhi si posarono sui suoi — quegli innocenti occhi verdi cercarono il suo viso. Le mise una mano sulle sue, che si sottrasse a quel tocco. Il cuore iniziò a dolergli, mentre guardava quei tratti addolorati.

"Tu... noi... io..." Yasmine distolse lo sguardo, una lacrima le luccicava nell'occhio.

"Ho significato qualcosa per te o hai solo colmato un'improvvisa fantasia sessuale?" sussurrò bruscamente la donna.

Poi, si mise a fissarsi le mani, mordendosi quel labbro invitante.

"Provo qualcosa, sbagliato o no, e..." Divenne di nuovo silenziosa. "Merito una spiegazione. Mi devi almeno questo."

"Yasmine, mi dispiace— Io... dico davvero, mi dispiace."

Il resto delle scuse gli morì in gola. Non sapeva che cosa dire.

Da un lato, le avrebbe strappato il bel vestito dal corpo proprio lì e in quel momento, scopandola sulla panca, sotto lo sguardo della statua di Gesù. Ma dall'altro, in tal modo si sarebbe esposto fin troppo, rovinando la sua copertura.

"Ti dispiace? È tutto?" Sollevò il capo per guardarlo, gli occhi ridotti a fessure e le labbra premute in una linea sottile. "Immagino che il tuo silenzio dica tutto."

Yasmine si alzò in piedi e lasciò la panca, prima che lui potesse fermarla.

Dean sapeva di doverla lasciare andare. Sarebbe stata meglio lontana. Se avesse scoperto la verità su di lui sarebbe stato troppo rischioso, ma quando lei corse via, l'uomo non riuscì a farne a meno. Afferrando il bordo della panca, la scavalcò con le abili gambe, e con passi lunghi colmò la distanza tra loro.

Dean afferrò Yasmine per il braccio e la fece girare. Un gridolino le sfuggì dalle labbra all'improvviso movimento. Le prese il viso a coppa, sfiorandole dolcemente le labbra, con il cuore in subbuglio per la sua vicinanza.

Immagini di lei che chiamava il suo nome presa dall'estasi gli apparvero davanti, infondendo un grande calore nel suo corpo. Lo sbattere delle belle ciglia e i lievi gemiti avevano indurito il suo corpo, eccitandolo all'inverosimile.

"Ti desidero ogni secondo, sebbene non debba," sussurrò. Allora cercò il suo viso, cercando il perdono forse? Il corpo di Yasmine tremava nella sua stretta.

"Tra qualche ora ci sarà una seconda messa, ma verrò da te, e andremo da Mabel. Ho paura di quello che farò se starai con me troppo a lungo. Mi fai venire voglia di fare cose che non potrei fare, ma ti prego, dimmi che ci vedremo."

"Ok." Giunse la sua dolce risposta.

Le depositò un altro casto bacio sulle labbra. E lei lo guardò con gli occhi socchiusi, e annuì mentre l'uomo si allontanava, unendo calmamente le mani, appena il portone in legno si aprì, inondando così la chiesa di luce dorata. Agli occhi di chiunque avesse guardato all'interno, sarebbe sembrato che avessero terminato una conversazione innocente.

"Che la pace sia con te, figliola," disse, mentre Yasmine passava davanti allo sceriffo, che stava tenendo la porta.

"Grazie, sceriffo Daniels," Yasmine rivolse all'uomo un sorrisino, mentre usciva.

"Signora." Lo sceriffo si tolse il grande cappello con ampia falda, e lo tenne lungo il fianco.

Dean offrì un sorrisino all'uomo dai capelli bianchi.

"Sceriffo, si è appena perso la messa, ma ce n'è una al pomeriggio, le piacerebbe venire?" Dean sentiva il grosso coltello ben infilato nella guaina sulla schiena, e sperò di non doverlo mai usare su quell'uomo. Era una brava persona, un uomo di legge e non era un peccatore. La sua regola era severa, a meno che la sua vita o la sua missione fossero a rischio.

"No padre, non sono venuto a messa. Sebbene senta il bisogno di parlare con qualcuno su quello che ho visto ieri notte."

Lo sceriffo sospirò prima di inoltrarsi ulteriormente nella chiesa. Dean lo guardò, aspettando di conoscere ciò che aveva scoperto, mentre lo sceriffo alzava gli occhi in direzione della grande statua di Gesù sulla croce.

"Sono venuto perché sono stato incaricato di indagare su un caso ieri sera. Mi hanno coinvolto, solo perché l'uomo era sospettato di un caso a cui ho lavorato anni fa."

"Si tratta di un caso che ha risolto?"

"Purtroppo, no. Ma quest'uomo ieri notte continuava a ripetere una parola, e non posso fare a meno di pensare che quello che gli è successo sia collegato. Non avevo mai visto una cosa del genere. È stato molto sconvolgente, e aveva somiglianze con..." S'interruppe e toccò la grande Stetson contro la gamba. "Non lo so. Sembra troppo improbabile."

"In che senso?"

"Hmm? Oh mi scusi, stavo pensando ad alta voce."

"Mi spiace, sceriffo, ciò che ha visto dev'essere stato molto scioccante per lei, per venire qui e mostrarsi tanto sconvolto. Come posso aiutare?"

Lo sceriffo si poggiò contro lo schienale della panca. Gli occhi bassi sul pavimento in legno.

"So che ci sono persone che vengono da lei, per condividere i loro segreti più profondi e oscuri." *Non ne hai idea.* "So che è sbagliato chiederlo, ma qualcuno ha per caso menzionato di volere vendetta o di voler essere un giustiziere?"

"Sa benissimo che non posso condividere il contenuto delle confessioni. L'ho chiamata per Tim Baker, perché la persona ha chiamato da anonimo, non ponendo fiducia nel mio silenzio, e credo volessero che lei scoprisse ciò che Tim aveva fatto."

"Lo so, ho solo pensato... che magari solo per una volta, potesse fare un'eccezione?"

Dean sospirò e si spostò di fronte allo sceriffo, e colse la sua posizione rilassata.

"Posso dirle questo, nessuno è venuto da me menzionando quello che mi ha appena chiesto, ma se vuole i nomi delle persone che sono venute a confessarsi esprimendo pensieri sconsiderati, non li incriminerò." Dean si grattò il viso. "Talvolta le persone necessitano di un orecchio. Sono arrabbiate e hanno bisogno di sfogarsi, poi chiedono il perdono per i loro pensieri oscuri. Ma non credo che uno dei miei parrocchiani che frequenta questa chiesa farebbe davvero del male a qualcuno."

Il cappello dello sceriffo gli sfiorò di nuovo nervosamente la gamba.

"Sì, l'ho pensato anch'io. Nessuno di loro corrisponde al profilo. La ringrazio per averlo condiviso con me, padre. Pensavo di aver bisogno di qualche minuto in sua presenza e in quella di Dio. Sa com'è?"

Dean avanzò e mise una mano sulla spalla dell'uomo anziano.

"Lei è un brav'uomo. Si prenda tutto il tempo che le serve per raccogliere le idee. Il Signore è qui per lei, e anche io."

Dean lasciò lo sceriffo appoggiato contro lo schienale della panca, e si diresse nel proprio ufficio. Un giorno sarebbe forse stato scoperto, e un giorno avrebbe dovuto uccidere pur di proteggere il suo segreto, ma fortunatamente non sarebbe stato quello il giorno in questione. Ma, senz'altro, avrebbe dovuto stare ben più che attento.

Capitolo Venti

Dean stava arrivando, e Yasmine non riusciva a starsene seduta immobile. Era come se le api infestassero il suo corpo, e le strisciassero sotto la pelle.

Si guardò allo specchio appeso in corridoio, e appiattì le pieghe invisibili del suo vestito. Sarebbero andati al ristorante di Mabel, perciò non sarebbe stato esattamente un appuntamento romantico, ma poco importava.

Dean aveva ammesso di provare qualcosa per lei.

E lei era ancora stordita per la cosa, avendo dovuto togliersi il sorriso dalla faccia, mentre passava davanti un gruppo di chiacchieroni in attesa di parlare con Dean dopo la messa. Sapeva per certo che avrebbero sparlato di Dean e lei da soli in chiesa insieme.

Yasmine diede un'occhiata all'orologio del nonno, con le sue lancette che ticchettavano lentamente nell'angolo. La messa iniziava alle cinque, quindi Dean sarebbe arrivato a breve! Applicò rapidamente un po' di lucidalabbra sulle labbra già rosate, e schiacciò i lunghi boccoli, provando a tenere i capelli selvaggi in ordine.

Poi, si diresse verso l'armadio, quando il campanello suonò. Sembrò strano che Dean suonasse un campanello. Era così abituata che arrivasse e scendesse le scale per parlarle di un'imminente funzione.

"Entra, è aperto!" Aprì le porte dell'armadio, mentre allo stesso tempo, la porta principale si aprì. La prima cosa che assalì i suoi sensi fu il dolce profumo dell'acqua di colonia di Dean. Era l'unico in città a usarlo. Non aveva idea di che cosa fosse, ma la fece sorridere e sentire un calore in tutto il corpo.

Tirò fuori il cappotto più bello che possedeva dall'armadio, e si girò. Quando gli occhi incontrarono il suo sguardo, fece un respiro affannoso. Lo splendido uomo che le stava davanti sembrava rilassato e implacabile — c'era un'eccitante aura pericolosa in lui, che le fece accelerare il battito cardiaco.

"Sei bellissima, Yasmine."

"Yazzy."

"Scusa?" Dean le porse la mano per aiutarla a indossare il cappotto.

"Gli amici mi chiamano Yazzy. Penso che sia il caso che applichi la politica del nome che usi tu quando siamo soli." Si voltò a guardare Dean, tirando fuori i lunghi capelli dal cappotto, lasciandoli cascare come morbide onde intorno alle spalle. Amava il modo in cui lui li guardava, il suo sguardo indicava che fosse interessato a ben altro che un semplice pasto e caffè da Mabel.

"Quel che giusto è giusto." Dean sorrise e le sue interiora si ridussero in poltiglia. Le si avvicinò, affondando la mano nelle lunghe ciocche dietro la nuca. "Voglio baciarti, ma non riuscirei più a fermarmi."

"Allora, per quanto vorrei lo facessi, faremmo meglio ad aspettare finché non torniamo da Mabel. Magari chiariremo alcune cose tra noi."

Yasmine restò scioccata dalle sue stesse parole, e l'angolo del labbro di Dean si sollevò in un piccolo ghigno.

"Penso tu possa avere ragione." Dean si avvicinò alla porta e la tenne aperta, consentendole di uscire. "Pensi che sembrerebbe inappropriato se mi prendessi il braccio?"

"Sembrerebbe alquanto scandaloso per una cittadina come questa, ma i marciapiedi sono un po' scivolosi." Si diede un colpetto sul mento. "Penso che appariresti come un vero gentiluomo."

Dean le offrì il gomito, una traccia di umorismo si depositò sulle sue labbra.

"Vogliamo andare?"

Si raccontarono i reciproci principali eventi della giornata, e lei sorrise e rise più di quanto avesse fatto da tanto tempo. Avevano incontrato pochissime persone lungo la strada per il ristorante di Mabel, e questa era la prima volta che si sentiva davvero rilassata con Dean. Forse era dovuto alle chiacchiere, o forse al fatto di essere precipitata così in fondo alla tana del bianconiglio che aveva smesso di preoccuparsi di ciò che era moralmente giusto. Ebbene, era calma e nessuno le avrebbe rovinato la serata.

Iniziarono a percorrere il sentiero fino al diner, quando Dean le prese il braccio e la fece fermare. Lei lo guardò e riconobbe a malapena l'uomo che le stava di fronte. Aveva uno sguardo incupito, lasciando intravedere una serietà che non aveva mai visto. Gli occhi di Dean scrutarono in ogni direzione, mentre controllava l'area davanti al locale. Yasmine si voltò e guardò le finestre, notando solo allora che il posto era praticamente al buio. Diede un'occhiata all'orologio per assicurarsi di non essere arrivati troppo in ritardo, ma Mabel non chiudeva prima delle dieci, perciò avevano a disposizione ancora molto tempo.

Improvvisamente, si sentì un forte schianto proveniente dall'interno, e Dean le strinse ulteriormente il braccio, facendole quasi male. "Resta qui!"

Corse via, non dandole nemmeno il tempo di rispondere. Yasmine si strinse le braccia intorno al corpo, mentre guardava Dean aprire la porta del ristorante.

"Sta' giù," gridò Dean, abbassandosi mentre la porta in vetro esplose verso l'esterno. Yasmine gridò e crollò a terra, al suono di un colpo di pistola.

Aveva il viso premuto contro il marciapiede innevato, ma riuscì a girare la testa per accertarsi che Dean stesse bene, mentre oltrepassava la porta rotta. Che cosa stava succedendo in questa città?

Oh no —Mabel!

Senza preoccuparsi delle proprie condizioni, Yasmine corse verso la porta e la aprì, facendo suonare il campanello. Una delle vecchie porte da saloon che portava in cucina era appesa in una strana angolatura, fornendole una chiara vista di Dean e una figura scura lottare nella cucina. Sparirono poi dalla sua visuale, e ci fu un altro sparo. Lei emise un grido e si gettò a terra, strisciando intorno al bancone con le mani e le ginocchia, e quasi svenne sul cassetto aperto del registratore di cassa.

"Ow!" Si massaggiò la fronte, e poi scorse un corpo che giaceva dietro il bancone.

"No, no, no." Yasmine si avvicinò alla figura distesa, ancora troppo immobile sul pavimento. Intorno a Mabel, stava iniziando a formarsi una pozza di sangue, e un coltello era profondamente conficcato nel suo stomaco.

"Oh mio Dio, no. Mabel, sono qui." Si guardò intorno e afferrò un canovaccio appallottolato a terra, e lo acciambellò. Le mani le tremavano in modo incontrollabile. Un forte schianto dietro di sé la fece appoggiare a Mabel, come a voler proteggere il suo corpo

"Dean! Qualcuno mi aiuti! Aiutatemi!"

Scorrendo l'impacco improvvisato giù oltre la lama, assicurandosi di non muoverla, premette, provando a fermare l'emorragia. La porta da saloon sbatté aprendosi, e lei gridò e si accovacciò di nuovo.

"Tranquilla. Sono io." Dean si abbassò e le diede un leggero colpetto con la spalla. "Lascia che mi occupi della ferita. Tu chiama il 911."

Yasmine non si mosse. Si limitò a fissare il volto pallido di Mabel.

"Non posso perdere anche te," disse con voce rotta, scoppiando in lacrime, mentre la realtà della situazione si palesava.

"Yasmine... Yazzy!" Girò la testa, guardando Dean. Concentrandosi sui suoi occhi, riemerse dalla nebbia isterica intorno a sé. "Le serve aiuto subito. Penso io alla ferita. Chiama il 911. Adesso." La voce calma e autorevole di Dean la indusse ad agire. S'infilò la mano in tasca ed estrasse il cellulare. Premette il tasto del numero di emergenza, con i nervi così a fior di pelle, che non riusciva a ricordare la password.

"911, qual è l'emergenza?" La voce rispose al secondo squillo.

"Sono al diner di Mabel, ed ha subito un'aggressione. Oh mio Dio, l'aggressore è ancora qui?" Guardò Dean, che scosse il capo indicando di no.

"L'aggressore è ancora presente?"

"No, dice di no."

"Chi dice di no?"

"Cosa cazzo importa chi? Mandate un'ambulanza!"

"La prego, resti calma, signora."

Yasmine fece un brusco respiro, pronta ad oltrepassare il telefono e a scuotere chiunque chi fosse dall'altra parte. "Così sono calma. La persona più vicina a essere mia madre sta morendo sul pavimento! Perciò non mi dica di stare calma."

Dean l'afferrò per la spalla, e lei guardò nei suoi occhi preoccupati. Poi, annuì, sapendo che lui era lì e sarebbe andato tutto bene.

In qualche modo, Dean lo avrebbe reso possibile. "Mi scusi, per favore, venite subito."

"L'ambulanza sta arrivando, e anche la polizia. Come si chiama?"

"Mi chiamo Yasmine Jacobs."

Il resto della conversazione fu una totale confusione. Yasmine non riusciva a ricordare. Era troppo concentrata su Mabel. Yasmine intrecciò le dita con quelle della donna, rifiutando di lasciarla andare all'arrivo dei paramedici. Dean parlò con loro. Almeno, lei credette lo avesse fatto. Le sue labbra si muovevano, ma non riusciva a sentirlo.

"Yazzy, devono portarla all'ospedale," disse Dean. I suoi occhi fissi in quelli della donna.

"Non voglio lasciarla. Non voglio che resti sola," si lamentò.

"Ma non lo sarà. Questi paramedici si prenderanno cura di lei, e noi seguiremo l'ambulanza. Coraggio, lasciamo che facciano il loro lavoro."

Le mise un braccio intorno alle spalle, e riluttante, lei lasciò la mano di Mabel. Lacrime le scendevano lungo le guance, mentre li guardava adagiarla su una lettino, e inserirle un tubicino nella mano. I due uomini sollevarono Mabel su una barella, e uscirono dalla porta, quando lo sceriffo Daniels entrò.

"Yasmine, Dean, che cos'è successo?"

"Io e l'intruso abbiamo lottato, ma lui è scappato dalla porta sul retro, ma ho promesso a Yasmine che avremmo seguito l'ambulanza. Possiamo parlare più tardi?"

"Venite con me," disse lo sceriffo Daniels, guidandoli verso la propria auto.

A Yasmine non importava chi l'accompagnasse all'ospedale. Potevano volare per quanto le interessava, mentre guardava l'ambulanza accendere luci e sirena. Si massaggiò sul punto doloroso al petto. L'ultima volta che aveva visto un'ambulanza partire in quel modo, era stato per portare la madre all'ospedale.

"Papà!" Yasmine sentì i suoi passi per le scale sopra di lei. Lo richiamò di nuovo, il peso della madre era troppo grande, ma non si sarebbe arresa. Le braccia e le gambe tremavano per lo sforzo di salvarla — questa era tutta colpa sua. Se Raquel fosse vissuta e lei fosse stata rapita, ciò non sarebbe accaduto. Aveva deluso di nuovo la sua famiglia.

Le lacrime le scendevano lungo le guance, ne sentiva il gusto salato in bocca.

"Oh buon Dio!" Il padre corse giù per le scale, inciampando nella vestaglia e cadendo sullo stomaco.

"Papà, aiutami."

Si rimise in piedi e corse nel grande gabinetto che conteneva tutti i suoi strumenti di lavoro. Girò la maniglia e imprecò, come se la porta non volesse aprirsi. Iniziò a lanciare in giro tutto ciò che trovava per la grande area di lavoro, finché trovò la chiave e tornò di corsa al gabinetto. Yasmine lo guardava con la coda dell'occhio, mentre prendeva a pugni la porta.

"Ma dai, stupida porta!"

Finalmente, la porta cedette, aprendosi. Il padre trovò una lama e corse alla fine della corda attaccata alla carrucola che usava per sollevare i cadaveri.

"Sbrigati papà. Non riesco più a tenerla."

Il braccio del genitore si muoveva avanti e indietro sulla corda, uno strano ringhio gli fuoriuscì dalla bocca, spaventandola quanto la madre appesa per la testa.

La corda improvvisamente cedette, e la madre cadde a terra, portando con sé Yasmine. Atterrarono l'una sull'altra, lasciando la bambina parzialmente intrappolata sotto il peso della madre. Era talmente esausta, ma si tirò fuori, mentre il padre sollevò la moglie, così che fosse a faccia in sù.

Yasmine guardò negli occhi sporgenti, il volto della madre di una strana sfumatura di blu, e seppe che ormai era troppo tardi. Il labbro inferiore le tremò, mentre il padre iniziò a fare pressione sul petto della moglie, soffiandole in bocca.

"Yazzy, vai a chiamare aiuto. Subito!"

Yasmine si tirò fuori dal ricordo, appena si ritrovarono davanti all'ospedale e, con uno stridio, l'auto si fermò.

Dean le prese la mano e l'aiutò a scendere dall'auto.

Perché stava succedendo di nuovo? Perché tutti coloro che amava finivano per lasciarla?

Capitolo Ventuno

Erano ormai trascorse delle ore, e Mabel era ancora in sala operatoria. Lei si tenne la testa tra le mani, guardando il sangue marrone ormai essiccato sulle scarpe. Le bruciavano gli occhi, la gola era secca e non riusciva a smettere di tremare. Dean le aveva dato la sua giacca, ma continuava a tremare. Le immagini di Mabel distesa inerme sul pavimento, di sua madre appesa per il collo e di Raquel che cercava di raggiungerla, gridando il suo nome, continuavano a passarle in una sorta di loop nella testa.

"Ehi, prendi questo." Dean si sedette accanto a lei, e la attirò più vicino a sé. Aveva in mano un caffè, e lei lo prese ma non ne bevve nemmeno un sorso. "Lei starà bene."

"Questo non puoi saperlo. Tutti quelli che amo muoiono. Penso di essere maledetta."

Dean le strinse la spalla e poggiò il mento sulla sua testa. In qualsiasi altro momento, sarebbe stata eccitata dalla sua vicinanza, dall'idea di condividere un momento di dolcezza, mentre si stringevano l'uno all'altra, ma non ora, non qui e non così.

"Non sei maledetta, e so che starà bene, perché l'infermiera è appena uscita e ha detto che non hanno finito, ma, a quanto pare, Mabel ce la farà."

Yasmine si raddrizzò sulla sedia, con il cuore che le balzava nel petto. "Davvero?"

"Sì, mi ha fermato mentre venivo qui con i caffè. Lei è un osso duro, non sottovalutarla." Yasmine si coprì la bocca, un sorriso apparve sul viso, mentre le scorrevano le lacrime sulle guance.

Avvolse istintivamente le braccia intorno al collo di Dean, e vi seppellì la testa.

"Grazie, grazie di essere venuto in questa città, di averla salvata, e di essere qui con me. Non riesco a trovare le parole per ringraziarti per tutto."

"Dove altro dovrei essere?" Lei si rilassò e lo guardò in quegli occhi nocciola. Non sapeva che cosa le stesse accadendo, ma si stava innamorando di quell'uomo proibito. Si sarebbe bruciata. Non c'era modo di evitarlo.

Non ci si poteva innamorare di un prete, e non finire male.

"Veglierò sempre su di te," le sussurrò Dean all'orecchio.

Lei chiuse gli occhi e lo abbracciò di nuovo, con il cuore compresso nel petto — era decisamente segnata.

———————————

Dean era seduto su una sedia dell'ospedale sorprendentemente comoda e vegliava Yasmine e Mabel. Yasmine era nella sedia di fronte a lui, raggomitolata come una palla in fondo alla stanza, con la giacca ancora avvolta intorno al corpo. Le piaceva vederla in quella posizione, rilassata e con indosso qualcosa di suo — il che suscitava in lui molto di più del desiderio carnale che provava sempre per lei. In realtà, avrebbe potuto indossare una scatola di cartone, e sarebbe sembrata provocante addosso a lei. Stava lentamente diventando la sua kriptonite, e la domanda restava: gli stava bene oppure doveva trovare il modo per tirarsene fuori?

Si abbassò, poggiando gli avambracci sulle ginocchia, e si guardò le nocche. Riportavano i segni della scazzottata al diner. Avrebbe potuto ucciderlo, avrebbe dovuto farlo in realtà, per ciò che aveva fatto a Mabel, per aver messo in pericolo la vita di Yasmine. L'aggressore era un ragazzo, non più di diciannove anni, e strafatto come una pigna. Dean immaginava che intendesse rapinare Mabel, approfittando della sera tranquilla al diner. L'avrebbe trovato, e gli avrebbe dato quello che meritava.

Dean fece scrocchiare le dia, mentre immaginava di portare a termine ciò che aveva iniziato sulla faccia del tizio.

"Spero che quello sguardo non sia per me."

Dean alzò la testa, e sorrise, mentre guardava negli occhi di Mabel.

"Ci hai fatti spaventare. Vado a svegliare Yasmine. Vorrà parlarti."

"No, aspetta un attimo." Mabel protese la mano verso di lui, e le si avvicinò. Si sedette sul bordo del letto, e prese la mano nella sua. Gli occhi di Mabel si posarono su Yasmine, e le lacrime le si formarono negli occhi. "Noi due dovremo scambiare due chiacchiere."

Dean sollevò un sopracciglio, in modo inquisitorio. "Davvero? A proposito di cosa?"

"Prima di tutto, il ragazzo che mi ha aggredito, si chiama Jeremy Whyte, ma ti chiederò di non ucciderlo." Dean si raddrizzò, esterrefatto, e guardò il viso di Mabel, in cerca di una traccia di umorismo, ma non ne trovò alcuna.

"Che cosa ti fa credere che farei una cosa del genere?"

Mabel sospirò e provò a tirarsi un po' sù, nel letto. Lui reagì dandole la mano, poi le aggiunse un altro cuscino dietro la schiena.

"Vedi, figliolo, non sono mica nata ieri. Diciamo soltanto che ho i miei sospetti, sebbene non abbia le prove concrete." La donna inclinò il capo, mentre lo guardava. "Di certo so che non sei un prete, ma lo so dal primo istante in cui ho posato gli occhi su di te."

Dean inspirò profondamente, il cuore accelerò leggermente i battiti. Era davvero stato così trasparente?

"Tranquillo, il tuo segreto è al sicuro con me. Penso che tu sia troppo buono per questa città. Soprattutto, penso che tu vada bene per lei." Mabel annuì verso Yasmine, che giaceva addormentata.

"Non capisco."

"Oh, andiamo, non fare lo stupido. Siamo stati invasi dal libertinaggio in questa cittadina addormentata, e nessuno voleva affrontarlo o parlarne. Poi, sei arrivato tu e improvvisamente la gente con moralità discutibili è scomparsa. Il peggio del peggio è stato spazzato via, e la nostra città sta lentamente tornando più sicura. Una specie di Dio ha fatto un miracolo nel bel mezzo di questo posto, per aiutarci a uscirne." Mabel gli strinse la mano. "Non credo nelle coincidenze e, di certo, non credo che sia dovuto al fatto che c'è stato un aumento delle confessioni, che ha trasformato la gente."

Dean annuì lentamente. Non l'aveva considerata da quel punto di vista — a preoccuparlo di più era che, se Mabel lo aveva capito, allora sarebbe potuto succedere anche a qualcun altro.

"Ok, fingiamo per un momento che questa tua teoria sia vera. Perché sceglieresti di non dire niente?"

"Come ho detto, penso che qualunque cosa tu stia facendo vada bene per questa città. Il fatto è che il ragazzo che mi ha rapinato e accoltellata... insomma, lo conosco e non è una mela marcia. È uno dei miei clienti abituali alla mensa dei poveri e non ha una bella vita." Lei poi sollevò la mano, per impedire l'imminente protesta di Dean. "So che non gli da il diritto di fare ciò che ha fatto, ma ha bisogno di una possibilità per sistemare la propria vita. Ho visto il buono in lui, e non merita di incontrare il tipo di fine che temo tu possa destinargli, per avermi fatto questo."

Dean si sedette in silenzio, e rifletté sulle parole di Mabel.

"D'accordo, se fossi quello che tu pensi io sia, e mi capitasse di trovarlo, non farò quello che pensi potrei fare, ma soltanto perché sei tu a chiederlo."

Mabel ridacchiò e poi si tenne un fianco, mentre sussultava dolorante. "Non farmi ridere. Fa male."

"Adesso dovrei davvero svegliare Yasmine," disse Dean.

"Stai calmo ancora un secondo. Quella ragazza laggiù è una gemma preziosa, la più rara che esista. La poverina non ha avuto una vita facile, finora, e certamente non l'ha meritato. Se la trascinerai in qualunque cosa tu abbia intenzione di creare con lei, assicurati solo che accada perché intendi restare."

Mabel gli diede un colpetto al braccio con l'altra mano.

"È ovvio quanto voi due tenete l'uno all'altra. Yasmine ha provato a nascondermelo, ma a questi occhi non sfugge niente."

"Lo vedo."

Mabel gli diede un altro colpetto. "Consideralo un avvertimento. Non spezzarle il cuore o il mio mestolo troverà un luogo oscuro in cui conficcarsi."

L'uomo esplose in una fragorosa risata, l'immagine chiara nella mente, e non dubitava che Mabel ci avrebbe provato, facendo del suo meglio. Quando arrivato in città, avrebbe ucciso di fronte a una confessione come quella di Mabel, ma era stato prima di incontrare Yasmine e iniziare a conoscere l'anziana. Il suo segreto era nelle sue mani, ed era scioccato di essere d'accordo con la cosa.

"Mabel?" Yasmine si massaggiò gli occhi e, quando vide che la donna anziana era sveglia, balzò in piedi come una gazzella dalla sedia, per andare ad abbracciarla.

"Accidenti, ragazza, stai provando a soffocarmi?" disse Mabel, ma strinse forte Yasmine.

"Ho delle cose di cui occuparmi, ma poi sarò di ritorno," disse Dean.

"Yasmine, vorresti che passassi da casa tua a prenderti qualcosa?"

"Non ce n'è bisogno. Non starai qui per tutta la notte. Non lo permetterò!"

"Non fare l'impertinente con me. Se voglio stare qui e viziarti, allora sta' sicura che lo farò," Yasmine si appoggiò le mani sui fianchi, mentre le due donne si squadravano.

"Va bene! Resta se vuoi fare la testarda. Significa solo che dovrai sopportare il mio russare," disse Mabel.

"Che ne dici di questo?" esordì Dean. "Scrivimi quello che ti serve se decidi di restare. Ad ogni modo, torno più tardi."

"Grazie, Dea—padre O'Sullivan." Yasmine arrossì, il rosa si diffuse sulle guance, mentre sollevò lo sguardo verso di lui, sotto le folte ciglia.

Era la sola cosa più graziosa che lui avesse mai visto.

Dean uscì dalla stanza, lasciando le due donne, mentre andava a caccia. Mabel gli aveva chiesto di non uccidere quel ragazzo, Jeremy, ma questo non significava che non potesse dargli una bella lezione di vita.

Capitolo Ventidue

Con le informazioni che Mabel gli aveva fornito, Dean era riuscito a rintracciare facilmente la sua preda. Era a bordo dell'Hummer parcheggiato a pochi vicoli dal buco di merda che Jeremy chiamava casa. Secondo la receptionist del rifugio per senzatetto, aveva lasciato il suo letto una settimana prima, e avevano dovuto assegnarlo a qualcuno che ne aveva davvero bisogno.

Una brutta mossa per Jeremy, ma una buona situazione per lui.

"Ehi Sexy, planimetrie e tracce di calore dell'edificio 6969."

Dean sogghignò al numero civico. Avrebbe decisamente preferito trovarsi nella 'posizione del 69', rispetto a quella in cui al momento si trovava. Si sistemò i pantaloni, pensando a Yasmine che gridava il suo nome, mentre veniva sulla sua faccia, ma scosse rapidamente il capo. Doveva concentrarsi sul compito imminente, non sognare una dolce figa rosa.

"Ci sono nove tracce di calore sparse nei tre piani," disse Sexy. "C'è un deterioramento strutturale in diverse zone chiave, e non ci sono telecamere nelle vicinanze."

"Ci sono telefoni dotati di capacità di riprese video?"

"Trentatré telefoni nel raggio di due isolati hanno capacità di riprese video."

"Disattivali." Dean sistemò la lente sull'occhio. "Colora la mappa e inviala al mio casco." Scese dal veicolo e chiuse la portiera. "Inizializzazione blocco, password Ginger."

"Blocco iniziato. Mappa inviata."

Dean raggiunge la fine del vicolo, e scrutò dietro l'angolo. C'era un uomo sullo stesso lato della strada, intento a fumare una sigaretta e a sbattere il cellulare contro il palmo della mano.

Immagino che le telecamere siano state disattivate.

Dean corse dall'altra parte della strada, evitando i lampioni e restando occultato nell'ombra, la mimetica nera sarebbe stata difficilmente notata. Non che ci fossero molte persone in giro in quel momento che potessero vederlo. Accelerò il passo e corse in fondo al vicolo che aveva avuto senz'altro la sua dose di piscio. Tutta la strada emanava un forte odore di ammoniaca, persino con l'ondata di freddo. Alla fine del vicolo, sbucò in una fatiscente strada residenziale. Per fortuna, le case si affacciavano tutte sull'altra direzione e avevano alte recinzioni, come se nemmeno il costruttore avesse voluto che le abitazioni subissero le cose che accadevano nell'altra strada.

Una tenda allestita per i senzatetto rallentò il passo di Dean. All'interno c'erano tracce di calore, a giudicare dalle forme appallottolate sembrava stessero dormendo, perciò passò silenziosamente davanti a loro. Dean diede una leggera spinta alla porta sul retro e fu piacevolmente sorpreso nel trovarla aperta. Emise un lieve stridio, consentendogli di aprirsi abbastanza da lasciarlo entrare, ma mentre controllò i puntini che indicavano le persone, nessuno sembrò dirigersi verso di lui.

Si concesse un momento per guardare nella tromba delle scale. Avvertì il tanfo di un corpo umano, di vecchi rifiuti e di cibo andato a male; dei graffiti coprivano ogni parete. Sul pavimento, Dean vide sporcizia, cartoni e un mucchio di oggetti a caso.

Non poteva fare un passo senza incappare in qualche forma di rifiuto.

Estraendo il coltello dal gilet, lo girò nella mano, mentre rifletteva sul modo più semplice per entrare. Sapeva che Jeremy era nell'edificio, ma non sapeva quale dei puntini sulla mappa fosse il suo bersaglio.

Scegliendo di svoltare prima a sinistra, si diresse verso la persona seduta nel corridoio su un cartone. Mentre si avvicinava, non fu difficile determinare che quella donna non l'avrebbe notato. Era viva, ma aveva gli occhi vuoti puntati verso la parete, e aveva un laccetto intorno al braccio, con un ago che le fuoriusciva dalla vena.

Dean stette a guardare la ragazza e scosse il capo.

Ne aveva visti tanti ridotti in questo stato. Il padre amava tenere le donne che assistevano le sue guardie e i suoi dipendenti molto accondiscendenti. Costringerle a drogarsi con la forza era un modo semplice per renderle dipendenti e farle desiderare di più, anche se gli uomini le trattavano come pezzi di carne di cui abusare.

Proseguendo, Dean guardò nella stanza successiva, e vide un uomo che giaceva su un fianco col viso rivolto verso la porta, ma sembrava troppo vecchio e la barba indicò a Dean che non si trattava della persona che stava cercando.

Stanza dopo stanza, era tutto uguale, persone strafatte che fissavano con gli occhi vuoti il niente, o si scuotevano avanti e indietro, mentre tornavano lucide. Ad ogni modo, nessuno di questi individui era in grado di pensare abbastanza lucidamente da ricordare di averlo visto. Perciò, Dean corse su per le scale fino all'ultimo piano, dove era indicata l'ultima fonte di calore.

A differenza delle altre persone che aveva trovato fino a quel momento, questo soggetto si stava spostando. Riuscì a sentire i suoni distinti di borbottii e il trascinarsi dei piedi. Dean si avvicinò ulteriormente all'entrata e vide l'ombra della persona proiettata lungo la parete del corridoio.

"Che cos'ho fatto? Che cos'ho fatto?" gemette una voce maschile.

Dean osservò e aspettò, fino a quando l'ombra cessò di spostarsi e scrutò intorno alla porta che conduceva alla stanza. Vide Jeremy con la stessa felpa nera e jeans strappati, mentre si colpiva la testa. "Che cos'ho fatto? Oh Dio, che cos'ho fatto?"

Valutando rapidamente lo spazio, Dean scorse la pistola che Jeremy aveva usato per derubare Mabel. Giaceva su un vecchio sacco a pelo. Sfortunatamente, Dean non aveva modo di sapere se contenesse ancora i proiettili da prima, o se il ragazzo avesse scaricato l'arma.

Jeremy cessò di andare avanti e indietro, e Dean mantenne la sua posizione. Quando si voltò verso Dean, afferrò il telaio marcio intorno alla finestra e continuò a farneticare. "Che cos'ho fatto?"

Come un'ombra letale, Dean entrò nella stanza e ancora una volta restò perfettamente immobile. Jeremy scagliò un pugno contro la parete accanto alla finestra, facendo volare a terra piccoli pezzi di cartongesso, e Dean entrò in azione. Si avventò su Jeremy, afferrandolo intorno al polso, sollevandolo facilmente, per poi scaraventarlo contro il sacco a pelo.

Jeremy grugnì per l'impatto, mentre Dean lo bloccava, mettendogli un ginocchio sui tetti e uno stivale sul braccio. Gli occhi sgranati e iniettati di sangue fissarono Dean e, poi, si spostarono sulla pistola.

"Fallo, e ti taglierò la gola ancora prima che tu possa riuscire ad afferrare la pistola." Jeremy scosse la mano, ma la tenne poggiata a terra. "Buona scelta. Considerando che ne hai commesse di alquanto terribili stasera."

Jeremy sbatté gli occhi, e poi la bocca si aprì leggermente. "Sei il -il-p-prete," balbettò. "Ma sembri un super-soldato di un film."

"Sono la persona che tiene la tua vita tra le sue mani. La tua scelta determinerà se vivrai o morirai stanotte. Hai capito?" Jeremy si leccò le labbra e annuì. "Molto bene. Lasciami essere chiaro con te, così che non ci siano fraintendimenti. Voglio ucciderti." Il ragazzo sotto il suo ginocchio si scosse un po'. "E se non fosse per quella dolce anziana che hai accoltellato e derubato stasera, staremmo avendo una conversazione molto diversa in questo momento."

"Aspetta, Mabel è viva?"

"Non certo grazie a te, ma sì, ha subito un'operazione e sembra si stia riprendendo." Quello che Jeremy fece lo sdoccò più di qualunque altra cosa avesse visto.

"Grazie, Signore!" Gli occhi di Jeremy trovarono i suoi, e lacrime rigarono le sue guance sporche. "Uccidimi, ti prego, metti fine a questo. Non ce la faccio più. Non posso essere questa persona. Mabel era l'unica che mi abbia dimostrato gentilezza, e le ho fatto del male, io..." Jeremy distolse lo sguardo da Dean. Non era più irrigidito sotto il suo ginocchio, e sembrò essersi rassegnato al proprio fato.

"La mia unica amica e ho cercato di ucciderla, quando ha provato a darmi del cibo invece del denaro." Jeremy tornò lentamente a posare gli occhi su di lui, e il dolore che vide era troppo familiare.

Solo un'anima che ha subito violenze orribili per tantissimo tempo aveva uno sguardo simile, un buco infinito di vera disperazione, desiderando la morte come unica via d'uscita.

A un certo punto, prima di fuggire dalla prigione creata dal padre, anche Dean si era sentito così, e conosceva fin troppo bene lo sguardo sul volto del ragazzo, proprio perché lo aveva avuto anche lui. Ora comprendeva quello che Mabel vedeva in Jeremy. Non era una persona malvagia per natura, era un prodotto della circostanza. La domanda era, che cosa avrebbe fatto Jeremy se avesse avuto una scelta migliore?

Correndo il rischio, Dean si alzò lentamente e fissò Jeremy.

Prevedibilmente, il ragazzo afferrò la pistola e la sua mano tremò violentemente mentre la puntava contro Dean.

"Tu devi uccidermi! Non puoi lasciarmi vivere così. Sono peggio dei topi che arrivano qui di notte per rubarmi il cibo. Ti prego." Il labbro inferiore di Jeremy tremava tanto quanto la mano che reggeva l'arma.

"Se la tua mano continua a tremare in questo modo, potresti uccidermi prima che possa ucciderti io."

Il ragazzo guardò la pistola nella sua mano, e poi la gettò a terra.

"Non ho più proiettili. Non potrei ucciderti nemmeno se volessi."

"Vuoi farlo? Se avessi un proiettile lì dentro, che cosa ci faresti?"

Occhi, dallo sguardo perso come una nave arenata in mare, lo guardarono. "Me la metterei in bocca."

"Alzati," ordinò Dean.

"Perché?"

"Alzati e scoprilo." Jeremy si alzò in piedi. Era alto, della stessa altezza di Dean, ma magro e snello. Gli sporchi e trasandati capelli castani necessitavano di un taglio, e il ragazzo avrebbe dovuto entrare in un autolavaggio per togliersi tutto lo sporco di dosso, ma si sarebbe ripulito in modo decente. Dean si avvicinò e afferrò la pistola dal pavimento. Controllò due volte, ma il ragazzo aveva detto la verità. Era vuota, perciò la mise via e si diresse verso la porta.

"Seguimi."

Ci volle un minuto ma, infine, Jeremy uscì dalla stanza e si unì a Dean nel corridoio. Si diresse alla porta che portava sul terazzo e salì per le scale fino in cima. A Jeremy non occorse molto tempo per aprire la vecchia porta. Scricchiolarono pietre sotto i piedi, mentre camminava verso il bordo.

"Che cosa ci facciamo quassù?"

"Vieni a dare un'occhiata."

Il vento soffiava e una folata di neve girò intorno al tetto. Jeremy si strinse ulteriormente la felpa al corpo, e tremò mentre avanzava timidamente.

"Signore, non so che cosa voglia lei da me." Lo sguardo diffidente tornò negli occhi di Jeremy. Purtroppo, le cose sarebbero di gran lunga peggiorate per lui prima di migliorare.

"Da' un'occhiata laggiù e dimmi che cosa vedi."

Timidamente, Jeremy avanzò e Dean annuì. Il ragazzo distolse lo sguardo e scrutò verso il cornicione. Rapidamente, Dean si posizionò dietro di lui, e tirò in avanti un capo della corda respingente attaccata al suo gilet. Prontamente, fece un nodo con la cima e aspettò.

Non appena Jeremy fu abbastanza vicino al bordo, Dean fece la sua mossa.

Assestando un pugno alla schiena del ragazzo, Dean lo spinse verso il basso, perciò pendeva dal bordo del cornicione con la vita in su. Disperatamente, Jeremy provò ad arrampicarsi per tornare indietro, ma Dean lo teneva inchiodato con il ginocchio, costringendolo a fissare la strada verso il basso.

"Ma che cazzo!" imprecò, lottando per non perdere l'equilibrio.

Dean spinse ulteriormente sulla sua schiena. "Guarda. Dimmi cosa vedi," e Jeremy s'immobilizzò.

Dean sfruttò quel momento per far scivolare la corda legata intorno alle gambe di Jeremy, irrigidendogli i piedi, e dando a Jeremy una spinta oltre il cornicione. Completamente appeso al lato dell'edificio per i piedi come una impotente pentolaccia, Jeremy urlò.

"Oh mio Dio! Amico, mettimi giù. Non è divertente." Dean lo abbassò di un paio di centimetri, e Jeremy urlò ancora più forte. "Ti prego! Soffro di vertigini. Mettimi giù. Oh mio Dio!"

"Non è questo che volevi? Mi hai appena implorato di ucciderti," gridò Dean.

"Non così!" Dean lo abbassò ulteriormente di due centimetri, e Jeremy imprecò e gridò di nuovo. "Ti prego amico, farò tutto ciò che vuoi, ma mettimi giù."

"Voglio che tu lo dica."

"Dire che cosa?"

Dean lo sporse in avanti in un movimento improvviso, e Jeremy emise il suo grido più forte. "Che cazzo! Dimmi quello che vuoi che ti dica."

"Vuoi morire?"

"Sì ma..." Dean lo abbassò ancora un po'. "Voglio dire, no."

"Come hai detto? Scusa ma non ti ho sentito." Dean sorrise.

"No! No, non voglio morire, ok! Voglio... voglio vivere, ma non così."

"Hai detto che ti saresti infilato la pistola in bocca. Era vero?" chiese Dean.

La risposta non venne fuori abbastanza in fretta per lui, perciò si tirò indietro e poi, abbassò Jeremy di un metro.

"Ahhhhh—Noooo... Cazzo!"

"Perciò se ti fosse proposta un'altra vita, una seconda possibilità per una vita migliore, l'accetteresti?"

"Sì!"

"Ne sei sicuro? Non ti sento," insisté Dean.

"Cazzo sì!"

"La risposta corretta è sì, signore."

"Sì, signore!" gridò Jeremy.

Soddisfatto, Dean indietreggiò e riportò il ragazzo a terra sul cornicione. Jeremy tremava come una foglia, le lacrime gli scendevano lungo il viso, mentre si sedeva, avvolgendo le braccia intorno alle ginocchia. Dean proseguì e si accovacciò per slegarlo.

"Tu, ragazzo, sei un fortunato figlio di puttana. Forse non te ne rendi conto in questo momento, ma quello che ti offrirò cambierà per sempre la tua vita. Ma devi dimenticarti la roba pesante. Sopporterai l'astinenza, la paura, e persino la confessione dei tuoi peccati e il dolore. Se ti allontanerai dei demoni che ti hanno condotto a questo momento e diventerai un uomo, allora avrai quello che desideri davvero."

"Cioè?"

"La possibilità di essere una persona migliore. Una vita che ti permetterà di guardarti allo specchio e sentirti orgoglioso." Jeremy distolse lo sguardo dagli occhi di Dean, e si asciugò le lacrime sulle guance.

"Sei un fottuto prete pazzo, signore."

Dean rise e si alzò, offrendo la mano a Jeremy. "Questo è fuori discussione, figliolo. Lo sono certamente."

"Ora, ci sono tre cose a cui devi acconsentire innanzitutto. Assicurati di fare attenzione. Niente di tutto questo è negoziabile." Gli occhi di Jeremy si soffermarono sul suo viso. "Come prima cosa, devi disintossicarti, e sceglierò io la struttura di riabilitazione, e non la lascerai finché non sarò io a stabilire che sei pronto. Poi, prima di andare in riabilitazione, verrai con me in ospedale e ti scuserai con Mabel per quello che le hai fatto. Quando ti sarai disintossicato, come tua penitenza, l'aiuterai al ristorante e farai qualunque cosa ti dirà, a meno che non ti dirò io di fare altrimenti."

"Trovo un elemento comune qui." Jeremy incrociò le braccia sul petto.

"Capirai in fretta. Terza cosa, e questa è molto importante. Devi acconsentire alla completa segretezza su di me e sul mio coinvolgimento, perché, se non lo fai, e violi qualcuna delle condizioni, ti squarcerò la gola. Te lo prometto e mantengo sempre le mie promesse."

"Qualcuno ti ha mai detto che non sei un venditore molto bravo?" chiese Jeremy, con il volto pallido quanto la neve sul tetto.

Dean esplose in una fragorosa risata e gli tese la mano. "Andiamo a cercarti quella seconda possibilità."

Jeremy guardò la mano per un istante, e poi si allungò prima che le mani si toccassero. "Non mi appenderai di nuovo come prima, vero?"

Dean rise di nuovo. "No, non stasera, ma c'è sempre domani."

"Non è nemmeno un po' divertente." Jeremy gli strinse la mano.

"Prima regola. Non giocare con il tuo superiore. Questo ti riporterà a testa in giù sopra il cornicione."

Jeremy deglutì rumorosamente, ma il ragazzo aveva le palle — si raddrizzò leggermente e annuì.

Dean poteva essere pazzo per averlo fatto, ma era giusto. Era come se pagasse in anticipo e come se fosse ora che assumesse il suo protetto. Ma, prima il ragazzo doveva ripulirsi, il che significava andare alla clinica di riabilitazione di Morry. Lì, nel bel mezzo del cazzo di nulla, il campo di addestramento avrebbe creato Jeremy oppure lo avrebbe distrutto.

Capitolo Ventitré

Dean guardò Jeremy dormire nel sedile passeggero dell'Hummer. Non gli piaceva allontanarsi così tanto dalla casa base, ma odiava anche di più l'idea di stare lontano da Yasmine. La parte irrazionale della sua mente gridava che aveva bisogno di stare vicino per proteggerla, ma, in realtà, la sola cosa da cui doveva essere davvero protetta era proprio lui.

Per essere sincero con se stesso, detestava l'idea di essere così vicino al confine col Messico. Dieci anni erano un lungo periodo per restare nascosto dal padre, ma sapeva anche che non era nemmeno abbastanza lungo. Persino da uomo adulto, e letale macchina di morte, temeva che suo padre riuscisse a trovarlo.

Svoltò per una strada accidentata del deserto, che nessuno avrebbe mai trovato, nemmeno se l'avesse cercata intenzionalmente. Mentre guidava, l'Hummer sbandò violentemente da un lato all'altro sul terreno accidentato.

"Dove siamo?" chiese Jeremy, massaggiandosi il viso.

Era nello stadio iniziale dell'astinenza, e Dean lo voleva fuori dal suo veicolo, e nelle mani di Morry prima che peggiorasse. "La località è segreta, ma posso dirti che sei da qualche parte in Arizona."

"Segreta? Non mi è permesso sapere dove sto andando? Non riguarda un cazzo di traffico sessuale, vero?"

Dean rivolse un'occhiata a Jeremy, e vide le sue mani stringersi in pugni sulle ginocchia.

Stava tremando, e non aveva niente a che fare con la strada.

"No, questo posto non è niente del genere. Ero serio quando ho detto che devi farti aiutare."

"Ti chiami davvero Dean?" chiese il ragazzo. "Perché non hai affatto l'aspetto di un Dean, o di un O'Sullivan… o persino di un prete."

Dean gli sorrise. Era perspicace.

"Dean è il nome che ho scelto di adottare tanto tempo fa."

"Quindi non è così che ti chiami?"

"È il solo nome che devi conoscere, e ormai siamo arrivati," disse Dean, mentre percorreva una ripida salita che conduceva ad un'area a conca, completamente invisibile agli occhi indiscreti.

Morry aveva apportato delle aggiunte dall'ultima volta in cui Dean era stato qui, come i maestosi cancelli con il pannello di sicurezza. Dean accostò e guardò il numero della telecamera.

"Motivo dell'arrivo," disse una voce maschile attraverso il citofono.

"Sono qui per vedere Morry. Mi chiamo Dean."

La persona dall'altra parte non aggiunse altro, ma i cancelli scattarono e si spalancarono lentamente, lasciandolo entrare con l'Hummer.

Nonostante gli eleganti cancelli di sicurezza, le case e gli edifici amministrativi erano semplici, nulla di appariscente, proprio come Morry. Parlando del diavolo, Morry camminò verso di loro, mentre lui parcheggiava il veicolo. Dean scese, ma Jeremy restò all'interno dell'Hummer.

"Ehi, devi scendere." Dean lo guardò.

Gli occhi di Jeremy incontrarono i suoi, e notò qualcosa in essi che non riuscì a interpretare, prima che il giovane distogliesse lo sguardo e scendesse lentamente dal veicolo.

"Bene, bene, bene… sei proprio tu in carne e ossa. Credevo mi avessero fatto uno scherzo, quando mi hanno detto che avevi chiamato."

Dean sorrise. "Sì, non mi aspettavo neanch'io di venire così da queste parti."

Si sentì un forte rimbombo provenire da uno degli edifici più grandi, ed emerse una fila di moto, dirette al cancello. Tutti fecero un cenno di un saluto a Morry, mentre passavano.

"Gli affari vanno bene?"

"Certo." Un sorriso malizioso si sollevò all'angolo della bocca della donna.

"Sei ancora un figlio di puttana sexy. Finalmente mi lascerai fare un giro sulla tua leva del cambio?" Morry lo stuzzicò, mentre gli rivolse uno dei suoi classici sorrisi da 'ti scoperei contro il muro e poi ti mangerei le viscere'.

"Resti sempre la fottuta meccanica più affascinante su cui abbia mai posato gli occhi, ma la risposta è sempre no."

"Cazzo, sei una nocciolina dura da aprire." Morry esplose in una fragorosa risata. Dean strinse la vecchia amica in un abbraccio da orso, sollevandola e facendole fare un piccolo giro.

"Allora, che cosa ti porta da queste parti?"

Jeremy si spostò ancora un po' dalla parte anteriore dell'Hummer, con gli occhi che osservavano tutta la zona: le persone che lavoravano nel giardino, le persone che correvano in gruppi, così come le numerose guardie che erano pesantemente armate.

"Questo è Jeremy, e ha bisogno di lavorare."

Morry gli si avvicinò, girando intorno al giovane con occhi ridotti a fessure, scrutandolo accuratamente.

"Lo terrai con te?"

Dean si appoggiò contro il fianco del veicolo, incrociando le braccia. "Questo è ancora da decidere."

Morry rivolse a Jeremy un'altra occhiata, osservandolo ben bene, e Jeremy non era il primo ragazzo che finiva sotto il suo sguardo indagatore. "Di quali droghe fai uso?"

Jeremy incrociò lo sguardo e posò gli occhi sugli stivali malconci e sporchi che indossava. "Che cosa importa?"

"Se vuoi stare qui, cazzo, importa. Ora rispondi alla domanda o torna nell'Hummer, e Dean seppellirà il tuo corpo nel deserto, andando via da qui."

"Tu e i tuoi amici siete tutti così stronzi?" chiese Jeremy, e Dean rise mentre Morry prese il ragazzo per la parte anteriore del maglione con un braccio, lo stese sul cofano dell'Hummer. Gli uomini tendevano sempre a sottovalutarla, ma realizzavano in fretta che era un grosso errore.

"Rispetto, imparalo, e in fretta, oppure conoscerai il lato ostile della mia personalità. Fidati. Non vorresti andare per quella strada." Morry rilasciò Jeremy, e indietreggiò di un passo. Gonfiando il petto, intrecciò le dita dietro la schiena, offrendo a Jeremy un'opportunità di colpirla.

Morry era nata in questa vita, e lo faceva capire, e Dean rispettava il look non vistoso composto da pantaloni cargo con tracce di grasso, e un top corto. Aveva i capelli corti e spettinati e, al collo, indossava delle targhette. A pensarci meglio, Dean non l'aveva mai vista con un look diverso.

E Morry aveva sfidato tutte le aspettative degli uomini intorno a sé, e si era conquistata ogni singolo grammo di rispetto che meritava. Era diventata una Delta, finendo seconda dietro di lui. Purtroppo, il loro percorso reciproco era diventato una strada infernale, allontanandoli.

Non avevano più visto spazio per sé all'interno di organizzazioni governative ma con i Giusti era diverso.

Jeremy non si mosse per reagire e fu una scelta intelligente.

"Riproviamo. Di quali droghe fai uso?"

Jeremy si schiarì la gola e si erse in tutta la sua altezza. Aveva lo sguardo spaventato, ma provò a mascherarlo. "Non ce n'è una sola. Prendo tutto quello su cui riesco a mettere le mani, a seconda di quanti soldi riesco a racimolare. Flakka, Ecstasy liquida, China Girl, e Serial Killer se fossi davvero disperato."

"Cazzo ragazzo, sei fortunato a essere vivo," commentò Morry. "Sei sicuro di volere questo pony al tuo fianco?" Morry non distolse lo sguardo da Jeremy, ma Dean sapeva che la domanda fosse rivolta a lui.

"Una sfida troppo grande per te?" chiese Dean e sorrise, mentre Morry lo guardava.

"Hai sempre saputo come irritarmi più di chiunque altro."

"È il mio fascino speciale."

"D'accordo Jeremy, se Dean ritiene che vali la pena, lo prenderò in parola. Ti farò fare il check-in e chiederò a uno degli altri iscritti di farti fare un giro. Dean, resti per la notte?"

"Sì."

"Bene, allora andiamo."

Dean e Morry si vennero incontro, i loro stivali calpestavano il suolo a perfetto ritmo, come se il tempo non fosse passato. Lui si voltò a guardare Jeremy, e seppe dal modo in cui gli occhi del ragazzo guizzavano intorno, che stava cercando una via di fuga. Una reazione istintiva, ma l'unico problema era che, in quel posto, una volta entrati, o si usciva diplomati oppure in forma di nutrimento per le piante.

Capitolo Ventiquattro

Dean appoggiò i piedi sulla sedia accanto a sé, mentre fissava le fiamme del falò, che lentamente si stavano spegnendo. Aveva perso il conto di quante notti era rimasto seduto così intorno al fuoco con la sua unità.

"Ti spiace se mi unisco a te?" Morry si sedette, senza aspettare una risposta. Spostò i piedi dell'uomo dalla sedia e si accomodò.

"Non ho detto di sì."

"So anche che non diresti no. E, poi, ti ho portato questa." Morry gli mostrò una birra, così che lui la prendesse.

"Hai sempre saputo come arrivare più in fretta al mio cuore." Le bottiglie cozzarono tra loro in un brindisi, e poi ci fu un confortevole silenzio.

"Li vedi mai?" domandò Morry.

"Chi?"

Morry gli rivolse il classico sguardo da 'vaffanculo'. "Sai a chi mi riferisco."

Dean spense le fiamme con i piedi, tizzoni si sollevarono nel cielo scuro.

A distanza, si sentì un tuono, come se anche quello ricordasse i momenti bui. "Li vedo continuamente. Da sveglio, mentre dormo, nelle fiamme, non importa. Mi seguono sicuramente come fa la mia stessa ombra."

"Sembrerà folle, ma pensavo di aver visto TK seduto al tavolo della mia cucina una mattina. L'ho persino salutato e ho iniziato a versarmi il caffè, prima che il mio cervello partorisse l'impossibile. Quando mi sono girata, lui era sparito. Sto impazzendo, non è vero?"

Dean rise, la sua voce attirò l'attenzione del folto gruppo di motociclisti radunati intorno al falò accanto. "Donna, sei sempre stata pazza, ma non certo perché hai visto TK nella tua cucina."

"Sei un coglione."

"Non posso negarlo." Il suo sorriso scemò lentamente. "Ha senso che tu lo veda. Voi due eravate uniti."

"Lo pensi davvero?"

"Certo che sì, coglierebbe l'opportunità di vederti nuda persino nella morte. Forse sta vegliando su di te, come angelo da scopata in buonafede," la stuzzicò Dean.

Morry esplose in una fragorosa risata.

"Allora questo spiegherebbe perché le mie luci lampeggiano quando mi masturbo."

Dean sputò la birra che aveva appena iniziato a bere, spruzzandola dappertutto.

"Ehi, non bagnarmi tutta!"

"Non era questo che volevi prima." Dean le fece l'occhiolino, mentre la donna le diede un pugno sul braccio. Questo era sempre stato il loro rapporto. Battute e innocenti prese in giro, ma potevano sempre contare l'una sull'altro.

"Sai che non ti ho mai ringraziato per avermi salvato il sedere." Dean si piegò, poggiando gli avambracci sulle ginocchia. "Te lo devo."

"Non mi devi un cazzo. Avresti fatto lo stesso per me."

"Avrei dovuto restare con Perez, e lasciare che mi prendessero. Ero sfinito, ma tu..." Dean prese un altro sorso di birra.

"Sta' zitto! Non voglio più sentire uscire queste stronzate sdolcinate dalla tua cazzo di bocca da fighetta. Ho fatto quello che qualsiasi soldato avrebbe fatto, e tu mi hai salvata tante volte. È questo che facciamo. Sissignore!"

"Sissignore," replicò Dean, e decise di cambiare argomento prima che Morry scegliesse di picchiarlo sul serio. "Ti sta piacendo la tua nuova vita e tutto questo?" Lui indicò la bottiglia di birra ai motociclisti, che lo stavano ancora guardando di sbieco.

"Sì, sono brave persone. Forse non affidabili quanto la nostra unità, ma ho realizzato una bella casa e sto costruendo qualcosa di grandioso. Senza contare che uccido le teste di cazzo."

"Sì, quella è la parte buona del giro. Fa sentire come se combinassimo qualcosa di utile. Come se tutto il duro lavoro e l'addestramento non fossero andati sprecati, come se fossimo ancora parte del gioco." Dean guardò Morry, mentre le ombre proiettate dal fuoco le danzavano sul viso, la luce evidenziò la cicatrice che tracciava il lato della sua mascella. Ricordava troppo chiaramente quanto fosse stata vicina alla decapitazione, quando frammenti derivati dall'esplosione di un'auto li avevano colpiti prima che trovassero riparo.

"Odio che ci siamo presi la colpa per quell'operazione. Quella merda non è stata colpa nostra, nessuno avrebbe dovuto sapere che eravamo lì. Non conto più le volte in cui ho provato a riflettere su ciò che è andato storto, e la stessa risposta continua a tornarmi in mente."

"Siamo stati traditi," terminò per lei Dean.

"Esattamente, e se mai riuscissi a scoprire il bastardo responsabile, gli strapperò le palle, e gli darò da mangiare merda. Metterò il Clan Wu-Tang alle sue calcagna," ringhiò Morry.

Dean sorrise, mentre la immaginava fare quelle cose, e per niente sorpreso, le immagini gli scorsero nella mente con facilità.

"Allora, che mi dici di questo Jeremy?"

"Non c'è molto da dire. Lo conosco a malapena. Ha rapinato una mia amica, rubandole denaro, e lasciandola quasi morta."

"Oh beh, adesso ha senso il motivo per cui lo vorresti."

"Fanculo." Dean rise, soprattutto perché lei aveva ragione.

Aveva la strana abitudine di radunare personalità curiose intorno a sé.

Piombavano dritte dal cielo e poi gli restavano attaccate addosso. Era ciò che rendeva tanto unica Yasmine. Lei era diversa.

Gli faceva desiderare di più dalla vita, che non fosse semplicemente dispensare morte come roast beef in un buffet all-you-can-eat.

"Ti sei preso un bel rischio a portarlo qui. Questo posto è a portata di tuo padre, hai le palle. Perciò, dimmi, perché lui?"

"In un certo senso, immagino perché posso prenderlo. Vedo tanto di me in lui, e come sarei potuto finire se fossi rimasto. Esiste un vero potenziale dietro quell'arrogante coglione. Gliel'ho visto negli occhi, e il rimorso che ha provato per quello che ha fatto mi dice che non è completamente perduto, ma sta solo brancolando nel buio. Inoltre, se non esce fuori da questa merda ... allora uccidilo."

"Vedi, ecco perché non puoi avere delle cose belle." Morry scoppiò a ridere, ma Dean non lo fece.

Ad ogni modo, Morry aveva ragione. Era questo il motivo per cui lui e Yasmine non erano destinati a stare insieme. Come aveva fatto a credere di poterla trascinare in questa vita con sé?

"Era una battuta, amico. Dovresti ridere."

Dean tracannò il resto della birra e si alzò. "Farei meglio a schiacciare un pisolino se intendo portare il mio sedere fuori di qui all'alba. Grazie di aver accettato Jeremy. Tienimi aggiornato con un messaggio."

"Contaci," commentò Morry.

Si diresse verso la casa in cui soggiornava, quando Morry gli gridò: "Oh e Dean. Prego."

L'uomo guardò di sottecchi verso di lei ma la donna non aveva gli occhi su di lui. Quello era il suo modo di dire che non avrebbe mai voluto parlare del fatto che gli avesse salvato la vita. Sorridendo, aprì la porta dell'abitazione, e seppe che, da quel momento, sarebbe trascorso un bel po' prima di rivedere Morry. Lei aveva ragione. Era troppo pericoloso avvicinarsi così tanto a suo padre e al suo territorio.

Capitolo Venticinque

La frustrazione di Yasmine nei confronti di Dean stava aumentando ad ogni istante che trascorreva. Era arrivato all'ospedale con il coglione che aveva ferito Mabel, dicendo che il ragazzo voleva scusarsi. A lei non importava quante volte lo facesse. Non lo avrebbe mai perdonato per ciò che aveva fatto a Mabel. Aveva quasi perso l'ultima persona a cui voleva bene, per colpa di quel verme.

Poi, Dean aveva detto che avrebbe accompagnato il ragazzo in riabilitazione e che sarebbe tornato qualche giorno più tardi. Perché non potesse lasciarlo semplicemente nella struttura più vicina e basta, lei non riusciva a capirlo. Mabel diceva che era per via della sua natura di aggiustare e proteggere.

Beh, lei avrebbe potuto perdonarlo per volere aiutare il tizio e non essere tornato all'ospedale come aveva promesso. Dopotutto, era un prete. Ma lei era anche davvero consapevole che Dean era tornato in città, e non era ancora andato a trovarla né l'aveva chiamata. Erano trascorse due settimane, ed era ovvio che fosse sparito con lei.

L'aveva invitata a parlare, ed era sembrato davvero tanto, ma tornare in città e sparire con lei di nuovo?

"Va bene, ne ho avuto abbastanza."

"Che cos'hai detto, cara? Non ti ho sentito per via dell'acqua che scorre," gridò Mabel dalla cucina.

"Niente, sto solo parlando con me stessa. Tornerò a controllarti più tardi. Ho una faccenda da sbrigare."

"Va bene, tesoro. Non c'è bisogno di fare in fretta. Sai che sono un osso duro."

Oh, lo so.

Mabel aveva provato ad alzarsi dal letto il giorno seguente l'aggressione, chiedendo di essere dimessa. Se non fosse stato per un medico ugualmente testardo, l'avrebbe avuta vinta. Poi, non appena aveva portato Mabel a casa, la donna aveva cominciato a cucinare, dicendo di essere annoiata e di aver bisogno di tenere la mani occupate. Aggiungendo qualcosa che aveva a che fare con Dio e le mani oziose.

Yasmine prese la borsa e le chiavi. Beh, queste mani stavano per diventare un bel po' meno oziose.

————————————

Dean era triste quanto un cane castrato. Aveva perso il conto di quante volte aveva preso il cellulare per chiamare Yasmine, ma poi aveva riagganciato immediatamente. Sapeva che tenerla a distanza da lui era la scelta migliore, ma fare la cosa giusta era dannatamente difficile. Picchiettò con la penna contro il taccuino davanti a lui. Doveva scrivere il suo prossimo sermone, ma non aveva messo giù una parola da un'ora ormai.

"Merda," si lamentò Dean, mentre la lucina sulla scrivania diveniva di un rosso lampeggiante.

Era il segnale che qualcuno si trovava all'interno del confessionale. Le "confessioni" che aveva ascoltato fino a quel momento lo stavano facendo pentire di aver accettato quella posizione.

Seriamente, a chi importava se qualcuno desiderava che le torte di qualcun altro avessero un gusto terribile e se un tizio era geloso? Sospirando, si alzò e si diresse verso il confessionale.

La chiesa era silenziosa. Solo poche persone erano sedute al suo interno, ognuna intenta a completare una preghiera o auto-riflessione. Dean spostò la tenda pesante, e la vecchia cabina di legno scricchiolò, appena si sedette sul sottile cuscino che copriva la seduta. Spostò il piccolo pannello e si mise il più comodo possibile, pronto ad affrontare l'ennesimo noioso sproloquio.

"Mi benedica padre, perché ho peccato. Non mi sono mai confessata."

Dean si drizzò sulla seduta, il battito accelerato al dolce suono della voce di Yasmine. "Ti prego, figlia mia, va' avanti."

"Continuo ad avere questi desideri, questi bisogni terreni per qualcuno, che non dovrei provare." Dean si avvicinò leggermente al piccolo schermo di legno.

"Davvero, figliola, sembra una cosa grave, ti prego, va' avanti."

"La mia... la mia figa finisce per bagnarsi e diventare così calda e non riesco a controllarmi. Sebbene quest'uomo sia off-limits, non riesco a smettere di toccarmi." La tranquilla voce di Yasmine s'incrinò leggermente.

Dean si allargò il collare, mentre rivoli di sudore gli imperlavano la fronte. Il suo cazzo era diventato duro prima soltanto pensando a lei, ma questo era troppo. Premette forte la mano sulla veste, massaggiandosi, per provare a stemperare la tensione crescente.

"Persino adesso, non resisto. Devo toccarmi."

Dean deglutì rumorosamente, e premette il viso contro i piccoli fori, provando a vedere nella cabina oscurata. Riuscì a tracciare soltanto il profilo di Yasmine. Inizialmente, non comprese ciò che vide, ma più guardava e più questo si palesava. Era seduta con la schiena contro il muro, una gamba sulla panca mentre l'altra era in alto contro il muro. Il suo vestito era arrotolato intorno allo stomaco, dandogli la più dolce vista sgombra di lei che infilava e toglieva le dita dalla sua figa.

"Questi sentimenti, questi bisogni sono molto naturali, figlia mia. C'è qualcosa di specifico che vuoi fare?" Le chiese, mentre s'infilava la mano sotto la veste e lentamente, silenziosamente si abbassava la cerniera dei pantaloni. Quando il suo cazzo fu libero dai confini aderenti, soffocò un gemito, afferrandolo. Con un colpo singolo, si bagnò col liquido pre-eiaculatorio, e ben presto ne fu completamente inondato.

"Oh sì, padre, c'è una cosa molto specifica che voglio fare."

Dean si leccò le labbra, ricordando quanto fosse dolce il suo sapore. Poteva quasi sentire il suo profumo e fece un respiro profondo, mentre si accarezzava il cazzo pulsante. "Ti prego, figlia mia, va' avanti. Posso assolverti dai tuoi peccati, solo se ne conosco tutti i dettagli."

Un piccolo gemito di piacere raggiunse le sue orecchie, e lui sforzò la vista per guardare meglio la scena dall'altra parte. La donna aveva entrambe le mani delicate in movimento, una massaggiava in piccoli cerchi quello che poteva essere il clitoride, mentre l'altra penetrava velocemente nella sua umidità. Quei suoni erano musica per le sue orecchie.

"Sogno quest'uomo che infila la lingua dentro di me e mi lecca, finché non gli vengo sul viso."

"È così?" Dean soffocò un gemito. "È una cosa naturale. Sei una donna con dei bisogni. Che altro, mia cara?" insisté Dean.

"Voglio il suo grosso brutto cazzo nella mia bocca. Voglio far scorrere la lingua su e giù, lungo quell'asta lunga e dura, e succhiarla, infilandola nella mia sporca bocca. Voglio sentire la sua sborra calda scendermi lungo la gola, sentirne il gusto salato, sapendo di averlo fatto godere tanto."

Dean spostò la veste di lato, infastidito dal pesante ingombro che ancora si palesava sul suo grembo. La masturbazione andava a tempo con le dita di Yasmine, i suoi lievi gemiti, una vera droga per lui. Spostando lateralmente il divisorio, l'uomo infilò il braccio attraverso il piccolo spazio. Si sentiva come un animale in gabbia, che anelava alla libertà.

Yasmine sussultò e sobbalzò, quando le dita di Dean trovarono le sue, ma decise di cedere a lui il compito di farla godere, e lui non perse tempo ad affondare le dita quanto più in profondità possibile dentro di lei. Il calore della donna lo inondò completamente, e le pareti si restrinsero, facendogli roteare gli occhi all'indietro, mentre si stringeva forte l'asta dura.

Era questo ciò che voleva, ciò che aveva bramato. La sensazione di lei era paradisiaca, ed era un bene che non credesse in Dio, perché sicuramente lo avrebbe fulminato per questo.

La mano lasciò la piacevolezza della sua figa calda abbastanza a lungo da mettere la mano sulla vita. Agitandosi, Yasmine avvicinò di più il suo sedere e le sfuggì un gridolino dalle labbra. Lui tossì per nascondere quel suono.

"Ti prego, continua, figlia mia. Tutti quei peccati ti stanno sicuramente logorando dentro. Liberati da quel fardello." Dean si strinse il cazzo, mentre le sue dita trovarono di nuovo il calore di Yasmine. Amava sentire il suo corpo tremare sotto il suo tocco.

Voleva sentirla infrangersi per opera delle sue mani. Farle gridare il suo nome, mentre le sue unghie gli tracciavano linee di passione sulla schiena.

"Io... io voglio." Sembrava incerta, la sua voce esitante.

Lui rallentò il passo, il pollice massaggiava dolcemente il suo clitoride gonfio.

Yasmine dimenò il sedere, chiedendogli silenziosamente di continuare. Un sorriso nascosto si sollevò all'angolo della bocca di Dean. Lei voleva venire qui e giocare con lui in questo modo, rendendolo schiavo dei suoi stessi desideri? Allora l'avrebbe fatta faticare per arrivare al rilascio. Tirò completamente fuori le dita, e massaggiò in piccoli cerchi su quel piccolo fascio di nervi.

"Parla con me, figlia mia, e il dolore che stai trattenendo sarà rilasciato."

"Ho fantasticato su di lui, che mi piega sulla sua scrivania e mi infila il cazzo da dietro. Mi sono toccata, mentre pensavo a lui che mi prendeva con violenza, appropriandosi di ciò che vuole da me e ordinandomi di assecondare i suoi desideri."

Dean affondò ulteriormente le dita dentro di lei, ricompensandola per la confessione. Un profondo gemito gutturale si sentì dall'altra parte del muro. Era ovattato, come se avesse una mano sulla bocca. Lui sapeva che era vicina, il respiro stava accelerando e le sue pareti interne tremavano intorno alla sua mano. Usando il pollice, le massaggiava il nucleo, alternandolo alla spinta con la mano mentre gemeva.

Improvvisamente, la sua mano fu impregnata dei suoi umori, e le pareti si chiusero così tanto intorno alle dita, che il suo corpo provò a respingere la sua mano.

Lui era così vicino, che le palle gli dolevano. Il pugno era impegnato in un folle scuotimento su e giù dell'asta dura. Ritrasse il braccio attraverso il piccolo pertugio, e usò i succhi di Yasmine per lubrificare ulteriormente la masturbazione. Gli servivano soltanto poche spinte.

Un fascio di luce attirò la sua attenzione, mentre filtrò nella cabina accanto a lui.

"È pronto a vederti ora," disse Yasmine.

Quella piccola sfacciata! Stava riavendo Yasmine per questo.

Richiuse i due pannelli, bloccandogli la vista, perché niente avrebbe fermato il suo corpo. Non sapeva chi fosse entrato nella parte opposta del confessionale, ma appena la seduta scricchiolò per il peso della presenza di qualcuno, lui superò il limite.

Si serrò la bocca con la mano per impedirsi di gridare per la portata dell'orgasmo che stava consumando il suo corpo. La tenda spessa e la parete del confessionale colsero la violenza della sua beatitudine orgasmica, ma non gli importava un cazzo di che cosa si vedesse, il lieve movimento era l'unico indicatore che stava accadendo qualcosa. Diede un'occhiata al suo cazzo, mentre lo scosse ancora un po', per assaporare le ultime sensazioni del piacere. Dio, era uno sporco bastardo.

Un lieve bussare provenne dal pannello solido.

"Padre, è ancora lì dentro?" Lui roteò gli occhi al suono della voce di Whitney. "Penso che possa esserci una perdita nel soffitto. È tutto bagnato qui."

"Sì, sto solo finendo di prendere appunti. Dammi un momento." Un sorriso si sparse sul viso di Dean, al pensiero che Whitney fosse seduta sugli umori di Yasmine. Appoggiò il capo al muto, e rinfilò il cazzo nei pantaloni con fare riluttante. Questa sarebbe stata una confessione lunga e dolorosa.

Capitolo Ventisei

Yasmine scosse il capo, facendo appello a tutte le sue forze, per scacciare dalla mente le immagini con Dean di poco prima. Non aveva idea di che cosa le fosse preso, ma di qualunque cosa si trattasse, che Dio l'aiutasse, ne voleva di più.

Tuttavia era felice di avergli dato un piccolo assaggio della sua stessa medicina.

Allargò il sorriso, mentre s'infilava sotto le coperte e si dedicava alla sua ultima lettura. Il cellulare indicava l'arrivo di un messaggio, e lo prese, preoccupata che Mabel avesse bisogno di lei. Yasmine si morse il labbro, il corpo avvolto da un calore improvviso, realizzando che era stato Dean a inviarglielo.

Doveva leggerlo? E se fosse stato arrabbiato con lei e avesse deciso di non volerla rivedere?

Facendo un respiro profondo, aprì il messaggio.

Dean: Come hai fatto a ingannare tutti?

Yasmine: Che cosa vuoi dire?

Dean: L'intera città pensa che tu sia una dolce ragazza che non commetterebbe mai niente di immorale. Mi permetto di dissentire.

Lei esplose in una fragorosa risata.

Yasmine: Hai solo avuto ciò che meritavi per avermi evitata. Mi devi almeno una conversazione, anche se vuol dire che non potrà succedere mai più nulla.

Dean: Hai ragione. Sono stato un cafone, e meritavi di meglio. Mi dispiace, dolce Yasmine.

Yasmine: Accetto le tue scuse.

Dean: Che ne diresti se provassi a rimediare? Sabato a cena da me. Sfortunatamente ho degli impegni domani che non posso rimandare.

Yasmine ci rifletté su. Prolungare l'agonia o rifiutare l'invito? Lui avrebbe rimediato, almeno avrebbe saputo entro la fine della cena come stessero le cose tra loro.

Yasmine: D'accordo. Ci vediamo sabato.

Dean: Perfetto, vieni alle sette.

Yasmine: Ci sarò.

Le sue dita schioccarono per l'eccitazione, mentre selezionava l'emoji che arrossiva e premette invio.

Dean: Dormi bene, Yasmine. Ci vedremo presto, e speriamo che la nostra conversazione di prima possa riprendere da dove abbiamo interrotto.

Riappoggiò quindi il cellulare sul comodino e, incapace di trattenersi, si lasciò avvolgere completamente dal piumone. Non era possibile che questo stesse davvero accadendo.

Capitolo Ventisette

Dean lasciò l'Hummer a poco più di un chilometro lungo la strada, nascosto in un vecchio terreno da pascolo. L'unica struttura rimasta, al cui riparo potesse parcheggiare, era una vecchia stalla. Attraversando la campagna, corse verso la sua destinazione; amava la sensazione di spostarsi in silenzio nel cuore della notte. La capacità di fondersi con le ombre per evitare di farsi rivelare ampliava l'eccitazione della caccia.

Non apprezzava la periferia. C'erano troppe telecamere e occhi che potevano coglierlo sul fatto. Sicuramente le telecamere erano elementi facili di cui occuparsi, difatti Sexy faceva tutto il lavoro pesante, ma sguardi indesiderati potevano trasformarsi in omicidi indesiderati.

Ulteriori omicidi equivalevano a lavoro extra, pensò Dean, mentre saltava, facendo leva sulla cima della staccionata di legno alta circa due metri, scavalcandola per poi atterrare facilmente dall'altra parte. Si accovacciò e rilevò il miglior punto d'entrata, mentre nuvolette di vapore generate dal suo fiato si spargevano nell'aria.

La casa era buia, proprio come lui aveva previsto. Infatti, questo scenario si presentava come da programma: funzionava proprio come un orologio, ogni singolo venerdì.

Andava fuori a cena con chissà chi, scopava e, poi, tornava lì per l'ultimo bicchiere.

Dean diede un'occhiata all'ora. Era ancora nei tempi previsti, perciò corse alla porta sul retro e scrutò all'interno. Una piccola scatola alla parete attirò la sua attenzione.

"Ehi, Sexy, il mio obiettivo è dotato di un sistema d'allarme?"

"La casa 333 è dotata di un sistema d'allarme."

"Disattivalo." Dall'interno della casa si sentì un leggero bip, la luce passò da rossa a verde.

"Sistema d'allarme disattivato."

Si occupò poi della serratura, con gli occhi che cercavano qualcuno che potesse diventare una seccatura. Girando ancora una volta, il forte clic annunciò che la serratura era stata violata, permettendogli di penetrare all'interno della modesta abitazione.

Gli ci era voluto tanto per mettere insieme tutti i tasselli del puzzle. Ma l'ultima volta che aveva ascoltato la confessione di Whitney, lo stesso giorno in cui Yasmine gli aveva fatto visita, qualcosa era scattato. C'era qualcosa che non quadrava nel modo in cui aveva detto che era venuta a pregare per il marito, perché non stava molto bene. Le sue parole erano sembrate abbastanza innocue allora. Ma non era così, e lo sentiva. Era giunto il momento di scoprire la verità.

La visione notturna gli rese semplice attraversare la casa. Fermandosi, fissò il calendario alla parete della cucina e poi procedette ad aprire ogni credenza e cassetto.

Da quando era arrivato in città, erano morte molte persone, il che era una cosa prevedibile, visto che la gente muore continuamente. Ma c'era qualcosa, nel modo disinvolto in cui Whitney aveva accettato la dipartita di quelle bambine. Quello era stato il secondo campanello d'allarme. Il fatto che fosse una perenne adultera era stato il primo, ma poteva ancora contare soltanto su quei due indizi. Non esattamente materiale degno di un omicidio.

Spostandosi nel soggiorno e nella camera da pranzo, tutto appariva piuttosto uguale. Le cose erano talmente ordinate da far pensare ad una ossessione. Non erano presenti foto di famiglia ad eccezioni di quelle che presumeva fossero del figlio.

Fu allora che indietreggiò e guardò la casa nel suo insieme. La sua disposizione era strana, come se le pareti fossero state rimosse, per essere poi sostituite da nuove, infrangendo il piacevole flusso dello spazio. Fece scorrere la mano lungo la parete che sembrava fuori posto, e bussò leggermente a intervalli casuali. Una cavità lo fece bloccare. Guardò la carta da parati rosa a motivi floreali e non scorse un bordo, perciò Dean seguì la parete all'interno di quello che sembrava un armadio. Porte bianche di legno coprivano lo spazio.

"Ehi, Sexy, ci sono strumenti di registrazione video nascosti in questa casa?"

"Ci sono molti strumenti nascosti, tutti attivi."

"Disattiva tutti i video, cancella quelli che coinvolgono la mia presenza e distruggi ogni allarme silenzioso." C'era un po' troppa tecnologia per essere l'abitazione di un agente immobiliare.

"Tutti gli strumenti sono stati disattivati."

Poggiò dunque la mano sulla maniglia e diede una leggera spinta. C'era una parete di giochi e libri, ma il segno sulla parete gli raccontava una storia diversa. Si sentì come all'interno di una escape room, mentre prendeva ogni libro per vedere l'anno di pubblicazione e infine lo trovò, inserito all'interno della statua di metallo a forma di un pene.

Accidenti se non è appropriato.

Indietreggiò e lasciò che la porta si aprisse silenziosamente. Concedendosi un attimo, ispezionò la cornice ed estrasse un piccolo pezzo metallico che sarebbe stato abbastanza pesante per fungere da tassello. Non voleva rimanere bloccato lì. Le scale erano di cemento, e le seguì accuratamente, senza sapere quali altre trappole potesse trovare. Quando Dean si trovò in fondo alle scale, i suoi occhi si spalancarono, mentre fissava la parete con le foto della città, o meglio, di uomini della città.

Si avvicinò ulteriormente e osservò attentamente i loro volti, alcuni li riconobbe, a differenza di altri. Molti di essi erano tracciati da una X rossa, e altri invece, erano indicati con un segno di spunta. Gli si drizzarono i peli sulla nuca, appena si trovò faccia a faccia con la propria immagine.

Il cacciatore era diventato una preda.

Strinse i pugni, quando vide una linea che portava a Yasmine, e una nota scritta a caso che diceva *"lei deve sparire."*

Dean si voltò e controllò il resto della cantina. Si accovacciò e fissò delle taniche di vetro trasparente. Sentì un brivido lungo la schiena, mentre osservava un'ampia varietà di ragni velenosi.

"Ma che cazzo!" sussurrò.

In fondo all'angolo della cantina, c'era un assortimento di strumenti scientifici. Erano presenti microscopi e recipienti disposti su un tavolo, che sembrava fossero stati usati di recente. Questa donna era più fuori di testa di qualunque conclusione a cui lui potesse essere giunto. Avanzando, trovò una cassaforte nascosta proprio sotto le scale, e s'inginocchiò ammirandone l'elegante fattura moderna. Le casseforti non erano la sua specialità, ma aveva passato tanto tempo con Morry, da avere idea di come agire. Purtroppo, però, non aveva gli strumenti adatti con sé.

Era piuttosto certo di ciò che avrebbe trovato. Con una simile predisposizione, lei aveva un piano di fuga, tutti gli assassini l'avevano. Un piano B nel caso in cui la vita vada in pezzi.

"Un veicolo si sta avvicinando alla tua posizione, berlina argentata, occupata da donna sola."

Era lei.

Dean corse su per le scale, e spostò il piccolo tassello dalla sua posizione. Con cautela, si assicurò che le porte fossero tornate a posto. I fasci di luce filtrarono nel soggiorno, mentre parcheggiava nel vialetto. Dean fu extra cauto a non lasciare tracce. Persino un grumo di polvere avrebbe indicato la presenza di qualcuno agli occhi di una persona molto meticolosa.

Convinto di essere al sicuro, l'uomo aprì la porta sul retro e se la chiuse alle spalle.

"Ehi, Sexy, accendi tutti i sistemi nella casa, assicurati che la marcatura temporale non sia stata interessata," disse Dean, mentre armeggiava con la serratura riportandola allo stadio originale, mentre l'allarme iniziò a suonare, quando Whitney aprì la porta dell'abitazione.

Dean corse verso la direzione da cui era arrivato, scavalcando la recinzione e sparendo di nuovo nel buio. Mentre tornava di fretta verso Sexy, Dean modificò la sua lista, facendo guadagnare a Whitney la prima posizione.

Capitolo Ventotto

Yasmine diede un'occhiata all'ora sul cruscotto della sua auto: erano le 7:15 di sera. Stava per piovere, era riuscito a sentirlo nell'aria poco prima, ma ormai le nuvole grigie si estendevano a perdita d'occhio. Erano un fatale promemoria che stava per commettere una sciocchezza.

Si asciugò i palmi sudati sul vestito mentre guidava. Aveva i nervi in massima allerta, dopo quello che aveva vergognosamente fatto durante la sua "confessione." Sentiva che ogni persona che le passava davanti, durante il suo tragitto a cena, condannava lei e le sue scelte discutibili. Come se già sapessero quale terribile peccatrice fosse, e come stesse corrompendo il parroco della città.

Che diavolo sto facendo?

Sto davvero corrompendo un uomo di fede, un uomo che ha giurato di servire Dio.

"No, è un uomo adulto. In grado di fare le proprie scelte. Inoltre, non le avrebbe fatto quelle cose meravigliose, ormai due volte, se non fosse interessato," si disse, mentre si grattava la fronte. "Grandioso, e ora ho mal di testa." Ma continuò a guidare.

Accostò l'auto dietro la chiesa, così che fosse invisibile dalla strada, non volendo rischiare. Si fermò nel piccolo spazio accanto al cassonetto dei rifiuti, circondato da una siepe decorativa. Nessuno sarebbe riuscito a vedere la sua auto.

Yasmine si mise a fissare le nubi che si stavano radunando ad un ritmo serrato, e rabbrividì mentre l'auto sobbalzava. La forza del vento creò una sorta di ruggito all'interno del veicolo e il rombo di un tuono a distanza le fece tremare tutto il corpo.

Perché era lì?

Se lo avesse fatto, il suo cuore non avrebbe potuto tornare indietro, eppure era un metodo sicuro perché le finisse in pezzi. Non avrebbero mai potuto avere una vita insieme, giusto?

Yasmine fissò il sedile del passeggero e la torta di mirtilli che aveva preparato per dessert, e sospirò. Sarebbe dovuta tornare a casa, dimenticando quel prete incredibilmente sexy e mangiare da sola, mentre implorava il perdono.

Un improvviso colpetto al finestrino le strappò un grido, facendole stringere il cuore, mentre si voltava. L'intenso sguardo di Dean era fisso su di lei. La sua bocca era piegata in un sorriso malizioso, e lei fece un respiro tremante, mentre pigiava il pulsante per aprire il finestrino.

"Non intendevo spaventarti. Stavo portando fuori la spazzatura e ti ho vista seduta qui dentro." Dean alzò lo sguardo verso il cielo scuro, mentre ci fu un altro rombo di tuono. "Se vuoi entrare, ti conviene farlo prima dell'arrivo del temporale, a meno che tu non preferisca restartene seduta in auto accanto al mio cassonetto sotto la pioggia battente."

Il calore s'impossessò immediatamente delle guance di Yasmine, diffondendosi poi in tutto il corpo, mentre lui la stuzzicava. Inspirò il caratteristico profumo di Dean, he le rammentava sempre il cuoio e il pino. I suoi occhi trovarono lo strato di pelle che normalmente era coperto dal suo collare da prete, e si leccò le labbra. Il momento era arrivato, doveva fare la sua scelta. Doveva decidere se andarsene via e stare lontano da Dean per sempre, o assecondare i sentimenti, a prescindere da quanto fossero sbagliati. Apparentemente, non riusciva a decidere, ma chiuse in fretta il finestrino, afferrò la torta e aprì la portiera, nello stesso istante in cui Dean gliela apriva.

In quella fredda serata, guardò l'uomo, che era oggetto dei suoi desideri da tanto tempo. Le sembrava di sprofondare negli abissi dell'oceano, lasciando alle spalle quello che era giusto. Alcuni boccoli ribelli scivolarono sul viso e, ancora una volta, Dean intervenne: le sue mani le accarezzarono il viso, spostando i boccoli selvaggi che le ostacolavano la vista.

Un fulmine squarciò il cielo e un fascio di forte luce si rifletté negli occhi di Dean che la guardavano. Era come se il battito di Yasmine avesse raggiunto un nuovo massimo, mentre un miscuglio di eccitazione e paura le scorrevano lungo la spina dorsale. C'era uno sguardo da predatore nel modo in cui i suoi occhi vagavano sul suo viso. Un leggero gemito lasciò le sue labbra, mentre il pollice di Dean tracciava il suo labbro inferiore.

"Sei così bella, Yasmine. *Como las flores de primavera me recuerdas qua todavia hay bien en el mundo.*"

"Voglio sapere che cos'hai detto?" chiese lei, mentre il sorriso sul volto di Dean si allargava.

"Come i fiori in primavera, mi ricordi che c'è ancora del buono in questo mondo."

Yasmine lo guardò affascinata, fissando ciò che sembrava miele liquido nei suoi occhi. Lui doveva essere frutto della sua immaginazione. Nessuno era così fantastico. Grosse gocce scesero sulla fronte di Dean e lui alzò lo sguardo, rompendo l'incantesimo. Le afferrò la mano, ed entrambi risero, mentre correvano verso la porta sul retro.

Entrarono giusto in tempo: in pochi istanti dal cielo scese una pioggia torrenziale, piuttosto rara in quel periodo dell'anno. Il ghiaccio era inevitabile con il freddo, dopo un temporale, e guidare fino a casa sarebbe stato difficile. Yasmine si morse il labbro mentre assisteva già alla formazione di piccoli torrenti mentre la neve si trasformava in una scivolosa poltiglia. I casi erano due: Madre Natura le stava dicendo di restare, oppure Dio stava comunicando di essere furioso. In ogni caso, aveva fatto la sua scelta, quando Dean chiuse il portone di legno, facendo riecheggiare il suono, mentre chiudeva entrambi all'interno.

Capitolo Ventinove

"Vieni, lascia che la prenda per te; appendo anche la tua giacca." Dean le prese il cappotto lungo e la torta dalle mani.

Non appena girò le spalle, lei si asciugò di nuovo le mani. Le sue emozioni erano dappertutto, ma la sua libidine non aveva problemi a decidere ciò di cui aveva bisogno. Il profumo invitante proveniente da una magnifica pietanza in cottura raggiunse le sue narici, mentre scendevano per le scale che conducevano all'appartamento di Dean. I gradini di legno scricchiolarono mentre la scala scarsamente illuminata non aiutava il suo cuore, che già minacciava di saltare in gola.

Dean le tenne la porta aperta, così da consentirle di entrare, quando raggiunsero la cima delle scale. Per lei fu quasi come togliere il velo di un mondo, a cui non avrebbe dovuto accedere: si ritrovò sulla soglia degli alloggi di Dean.

"Ti farebbe piacere del vino con la cena? Ho preparato le enciladas di pollo. Spero ti piacciano."

"Il vino sembra perfetto. Mangerò quello che hai preparato." Yasmine annusò, apprezzando, il profumino delizioso. "Ha un profumo magnifico. Adoro le enchiladas."

"È una ricetta di mia mamma. Mi ha insegnato a cucinare quando ero piccolo, tanto da lasciare sgomento mio padre." La sua voce s'incupì menzionando il padre. "Lei diceva 'non si sa mai quando un giorno ne avrai bisogno per impressionare una bella ragazza.'" Yasmine non poté fare a meno di allargare il sorriso sul volto al complimento.

"Allora devo assumere che tua madre non ti abbia mai visto diventare prete, giusto?"

"È morta quando avevo otto anni. Credo che all'epoca volessi diventare astronauta," disse Dean.

Lei fissò la sua schiena e si sentì triste per lui. Anche lei aveva avuto la sua dose di tristezza, e sapeva che cosa si provava a perdere un genitore in tenera età.

"Mi dispiace per la tua perdita. Non dev'essere stato facile."

"No, infatti. Era una donna dolce, e ne sento ancora la mancanza."

Yasmine vagò per lo spazio limitato che aveva visto molti preti andare e venire. Fece scorrere la mano lungo il legno scuro del tavolo decorato e delle colonne a spirale che caratterizzavano l'ambiente del soggiorno. Pesanti arazzi erano appesi alle pareti. I loro colori, oro e marrone, conferivano all'ambiente una distinta aura maschile. Molte croci erano appese alle pareti, e Yasmine si assicurò di distogliere gli occhi dai promemoria fisici di quanto fosse sbagliato tutto ciò.

"Ecco qua."

Yasmine sorrise a Dean, che le porse un bicchiere. "La cena sarà pronta tra pochi minuti. Vuoi accomodarti?"

La donna si sedette diligentemente su una delle sedie morbide, lisciando il suo vestito. Aveva frugato a fondo nell'armadio, finché aveva trovato l'abito perfetto, che non fosse troppo sexy e neppure del suo solito stile casual. Sapeva che il suo punto forte erano gli occhi, e il colore verde primavera del vestito li faceva risaltare.

Non aveva mai visto Dean così rilassato o aperto. Aveva le gambe incrociate sul ginocchio mentre era seduto sul divano, intento a sorseggiare il vino; al contrario lei non sembrava sentirsi a proprio agio. Ebbe un sussulto al suono prodotto dalle vecchie tubature; il vento picchiava contro la finestra, e il suono della voce di Dean la teneva sulle spine, lasciandola tesa come la corda di un violino. E persino con tutte le emozioni che da tanto tempo albergavano dentro di lei, Yasmine non poteva fare a meno di fissare la piccola V della pelle esposta in cima alla camicia button-down di Dean. Si leccò le labbra, fantasticando su che sapore potesse avere lì.

"Se continui a fissarmi così, potremmo non riuscire a cenare," disse Dean. La sua voce era bassa e roca, lo sguardo intenso mentre la guardava.

Le guance di Yasmine s'infiammarono di nuovo. Incrociò in fretta le braccia, portando a controllare la libidine bruciante. "Mi... mi dispiace, io..." balbettò. Smettendo di provare a dire qualcosa, tranguggiò il vino, svuotando il bicchiere, al che Dean scoppiò a ridere.

"Volevo scusarmi di nuovo per non averti chiamata o essere venuto da te, quando sono tornato in città. Ero in conflitto tra ciò che è giusto e ciò che voglio."

Yasmine distolse lo sguardo, lasciandosi divorare dal senso di colpa.

"Mi dispiace per ciò che ti ho fatto nel confessionale."

"Non ce n'è bisogno. Quella è stata la confessione più divertente che abbia mai ascoltato." Il volto splendeva completamente di umorismo, il che la fece sentire peggio anziché meglio rispetto a ciò che aveva fatto.

Yasmine si schiarì la gola. "Hai degli hobby?"

"No, ma amo il baseball," rispose Dean. Si allungò, appoggiando il suo bicchiere di vino sul tavolo.

"Mio padre amava il baseball. Di solito, mi sedevo accanto a lui sul divano, e sebbene non comprendessi che cosa stesse accadendo, esultavo con lui e tenevo il broncio quando la sua squadra sembrava andare male. Il mio momento preferito era fare 'boo' quando la squadra avversaria aveva un fuoricampo."

"Eri una brava figlia." Dean sorrise, ma lo sguardo nei suoi occhi era attraversato da ciò che poté descrivere soltanto come tristezza.

"Forse. Abbiamo smesso di guardare il baseball dopo aver avuto un paio di tragedie in famiglia." Yasmine abbassò gli occhi, guardando all'interno del bicchiere di vino dorato. Era sempre doloroso pensare al rapimento della sorella, al suicidio della madre e al padre finito in depressione. Era stata lasciata da sola ad affrontare il proprio trauma, e non era sicura di esserci riuscita tanto bene. Qualcuno avrebbe detto che avrebbe dovuto terminare gli studi invece di rilevare l'attività di famiglia, perché non aveva mai vissuto.

Suonò un campanello nell'altra stanza altrimenti silenziosa, facendo saltare Yasmine.

"Vieni, mangiamo, e ti verso dell'altro vino. Sembri assetata."

"Ti ringrazio." Non riusciva a sostenere lo sguardo di Dean ma non ebbe scelta quando le mise un dito sotto il mento, costringendola a guardare in quei profondi occhi nocciola. Il suo corpo ebbe un fremito istantaneo.

"Non fare pensieri tristi stasera." Le diede un piccolo bacio sulla guancia. "E non preoccuparti, Yasmine, non accadrà niente che tu non voglia, ma, se andrà a modo mio, sarai il mio dessert," sussurrò Dean, poi le depose un leggero bacio sulle labbra.

Lei era certa che il suo corpo stesse andando in fiamme, mentre desiderava di più. Rabbrividì mentre Dean si voltò e si allontanò, portando tutto il calore presente nella stanza con sé. Aveva un effetto innaturale su di lei, e odiava quanto facilmente fosse preparata a mettersi in ginocchio, implorandolo di farle ciò che lui desiderava.

"Ecco a te," disse Dean, mettendole davanti il piatto dall'aspetto delizioso. Aveva anche preparato un'insalata e qualche stuzzichino.

"Dean, posso chiederti una cosa?"

"Sembra una cosa seria."

"Non ti senti in colpa?" Yasmine odiava rovinare la loro cena deliziosa, ma aveva bisogno di capire.

"In colpa per condividere un pasto con una bella donna? No, per niente." Lei incrociò le braccia e sollevò un sopracciglio, guardandolo, e Dean sospirò. "Immagino tu non ti riferisca alla cena."

"Sai che è così."

"Non so che cosa risponderti. Sai che prima di diventare prete, ho avuto un passato, pieno di un'ampia varietà di cose che non sono proprio tipiche del mio mestiere. Quando ho preso i voti, non comprendevo perché fosse necessario restare celibe se si trova qualcuno in grado di renderti felice.

Tu, Yasmine, mi rendi felice, perciò no, non mi sento in colpa, non nel modo in cui penseresti tu."

Poi, si allungò dall'altra parte del tavolo e le tese la mano, così che lei la prendesse. Non appena sentì quella mano nella sua, la donna rabbrividì per la strana connessione che avevano.

"Ti prego, Yasmine, possiamo evitare di parlarne stasera? Ci saranno molte altre serate per discutere di moralità."

Yasmine annuì; si disse che si era presentata, e aveva avuto la scelta di non farlo, allora perché rovinare il momento? Quando finì di mangiare, si sentì sazia. Non poté nemmeno negare di sentirsi molto più rilassata. Il sereno andamento della conversazione, i sorrisi gentili, e le battute ironiche alterarono il suo stato d'animo. Forse aveva anche qualcosa a che fate con la metà della bottiglia di vino che aveva consumato da quando era arrivata.

Non contava cosa sarebbe accaduto quella sera, sarebbe stata solo una proiezione che splendeva su una parete. Qualcosa che poteva fingere per un breve lasso di tempo che fosse vero, ma presto sarebbe finita, e sarebbe dovuta tornare alla realtà. A prescindere dal fatto che voleva qualunque cosa fosse riuscita ad ottenere.

Amava il modo in cui le sorrideva, come se fosse la sola persona al mondo. Tutti di lui la affascinava, dal modo in cui i bicipiti si flettevano sotto la camicia nera o persino il leggero e inconscio tamburellare delle dita alle fossette che apparivano solo quando rideva. Tutte queste cose di lui la attraevano. Il suo oscuro odore mascolino la faceva fremere, e si rese conto che a partire da una settimana da lì o un mese, avrebbe dovuto dedicarsi senza riserve ai propri desideri. Quella notte sarebbe stato inevitabile, perché lui era stato fatto apposta per lei.

"Vuoi un po' di torta?"

Dean era intento a sparecchiare, e lei non poté fare a meno di ammirare la sua erezione mentre si allontanava. Lo vedeva raramente indossare altro che non fosse la sua veste talare, ma era innegabile che riusciva a sfoggiare un paio di jeans divinamente.

"Sono davvero piena. Forse dopo?"

La stanza era troppo silenziosa, e il rumore della pioggia e della grandine inaspettata fu tutto ciò che lei poteva sentire, mentre si fissavano profondamente negli occhi. Il nervosismo di poco prima si stava di nuovo manifestando, ma stavolta era frutto dell'aspettativa. Il tocco del dito di Dean sul suo mento indugiò, così come il ricordo della sua mano fin troppo esperta dentro di lei.

Yasmine sapeva che lui aveva un passato alle spalle. L'aveva ammesso circa un'ora prima, ma l'assillante consapevolezza di quanto privato dovesse essere stato prima di scegliere tale percorso si era insinuato nel suo inconscio. Lei voleva sapere di più. Dean era stato sposato, forse fidanzato, aveva perso l'amore della sua vita, e che cosa lo aveva spinto a diventare un prete? Oppure era stato semplicemente un giocatore, ritenendo che quello fosse un buon modo per incontrare più donne?

"Adoro quando mi guardi in quel modo." Dean interruppe le sue riflessioni.

"E come mai?" Lo stuzzicò Yasmine, sorridendo oltre la cima del bicchiere di vino.

"Come se fossi il tuo prossimo pasto, come una volpe sexy che vuole essere liberata."

Dean si spostò dal banco della cucina. Più si avvicinava facendo lunghi passi, più il cuore di Yasmine accelerava i battiti. La sua spavalderia saltò fuori dalla finestra con lo sguardo predatorio di Dean, facendole mettere in discussione la sua decisione di venire in primo luogo.

"Alzati, Yasmine," ordinò Dean.

Le ginocchia le tremavano, ma eseguì ciò che le era stato chiesto. Lui fece scorrere il pollice sul suo labbro inferiore, la ruvidità le comunicò che non era estraneo al duro lavoro.

"Che cosa vuoi, Yasmine?"

"Non lo so," sussurrò la donna, mentre Dean le poggiò l'altra mano sul fianco, attirandola più vicino al suo corpo più grosso.

"Ne sei sicura?"

Rivoli di sudore le scesero lungo la schiena, e sentì la pelle d'oca su tutto il corpo. Il modo appassionato in cui le parlava la diceva lunga sul modo in cui sarebbe stata totalmente soddisfatta, se si fosse donata completamente a lui, prendendo tutto ciò che desiderava.

"Dimmi che cosa vuoi," le mormorò Dean alla base del collo.

La mente quasi le si spense, il corpo ruggiva con una passione che lei non aveva mai conosciuto, se non attraverso i libri o guardato nei video porno. Dean fece un respiro profondo, mentre con la lingua tracciava una linea bagnata che andava dalla sua clavicola all'orecchio.

"Che cosa vuoi?" le chiese di nuovo. Il furioso incendio che le divampava tra le gambe s'intensificò e la fece gemere, mentre la gamba di Dean strusciava contro il suo bocciolo sensibile.

"Io... io voglio..."

Suonò un campanello, e lei si sottrasse bruscamente alla presa di Dean, guardandosi intorno in cerca della fonte di quel rumore. Dean si lamentò rumorosamente, alzando gli occhi al cielo, la bocca piegata in un evidente disappunto. Il forte e fastidioso suono tornò a palesarsi, e Dean si recò verso la porta. Premette il bottone del citofono e parlò.

"Padre O'Sullivan."

"Padre O'Sullivan, mi dispiace disturbarla, ma abbiamo bisogno di lei per un incidente. Sembra grave, e il ragazzo dice che vuole l'estrema unzione. Non la disturberei a quest'ora, se non fosse una questione di vita o di morte."

Yasmine diede un'occhiata all'ora e vide che erano quasi le undici.

"Sì, certo, sceriffo. Mi dia cinque minuti, e sarò da lei." Dean rilasciò il piccolo pulsante, e sospirò. Tornando nel punto in cui l'aveva lasciata, Dean le spostò una ciocca di capelli mossi dietro l'orecchio.

"Scusa, ma devo andare."

"Lo so. Probabilmente, dovrei andare anch'io comunque." Yasmine uscì dalla sua presa, e riprese il cappotto.

"Puoi restare qui se vuoi."

"No, penso sia meglio che vada. Forse questo è un segno, sai?" Lei annuì verso la croce alla parete. "Grazie per la buona cena e la compagnia."

Rivolgendo a Dean un piccolo sorriso, iniziò ad allontanarsi da lui, ma le afferrò un braccio. Yasmine non riuscì a impedirsi di guardare in quegli intensi occhi, sentendo di annegarci dentro.

"La nostra conversazione non è finita, mia dolce Yasmine. Mi hai fatto oltrepassare due volte il limite, da cui ora non voglio più tornare indietro."

Le diede un bacio sulla mano e, subito la testa incominciò a girarle. Lui uscì dalla porta davanti a lei, che restò a guardarlo, con il cuore in gola.

Capitolo Trenta

Lo sceriffo non aveva esagerato. L'auto era ridotta in orribili condizioni, incastrata tra un tir e un albero. L'odore di zolfo, pioggia e benzina permeava l'aria. Secondo i paramedici, non avrebbe avuto molto tempo a disposizione una volta estratto il giovane dai rottami. Dean non aveva bisogno di alcuna preparazione medica per comprendere la verità che si celava nelle loro parole.

Afferrò la testa del ragazzo, mentre esprimeva parole di conforto che aveva bisogno di sentire. Il giovane era aggrappato alla parte anteriore del suo impermeabile, con il viso fin troppo pallido e gli occhi sgranati per la paura. Era uno sguardo non diverso da quello dei soldati che aveva confortato a suo tempo. L'ultimo uomo che aveva tenuto in quel modo era stato il suo migliore amico. Sbatté le palpebre, quando al posto del volto del giovane estraneo, apparve quello di Perez.

L'uomo non era più dolorante, i paramedici se ne assicurarono, ma sarebbe accaduto l'inevitabile. Dean restò in silenzio, mentre la vittima blaterava su qualcosa che intendeva fare o poteva aver fatto in modo differente.

Il senso di colpa avvolse la morte nel suo abbraccio. Di rado aveva assistito a una morte che non fosse colma di rimorsi. Lacrime e sangue si mescolarono sul giovane viso che sembrava così promettente. Dean osservò la luce oscurarsi, persino mentre il ragazzo si sforzava di non cedere: poi se ne andò. Come se un interruttore fosse stato spento, non era più in questo mondo. Dean non sapeva dove si finisse dopo, ma non esisteva alcun Paradiso. Ne era sicuro.

Dean si alzò lentamente, cedendo al coroner appena arrivato la possibilità di dichiarare la morte del ragazzo. I lampi si succedevano, apparendo nel cielo scuro, avvolgendolo con scie luminose. Altre fratture profonde si prendevano gioco di lui, mescolandosi con il suono assordante.

Ci fu un altro lampo, e apparve un'altra immagine del volto di Perez ricoperto di sangue, con il corpo privo di arti inferiori.

No, non adesso.

Dean si allontanò dal corpo ormai senza vita, e il dolore lo pugnalò dietro gli occhi.

Thump, thump, thump, il rumore delle eliche dell'elicottero era assordante nelle sue orecchie. Tante morti, tante parti di corpi, era una macabra partita a 'Humpty Dumpty, il soldato rimesso insieme.'

"Forza!" Gridò qualcuno e lo afferrò per lo zaino che indossava. Fu trascinato via da Perez, senza mai distogliere lo sguardo dal volto dell'amico. Riemerse dal proprio stato confusionale, mentre la realtà tornava a palesarsi. Si girò, così da poter correre adeguatamente, ma Morry rifiutava di lasciare il suo zaino. Aveva affondato la mano nella stoffa. Dean spinse la donna a fermarsi, e prima che potesse chiedergli spiegazioni, lui si chinò e afferrò una mano. Dean riconobbe l'orologio di Ringo.

Sopra le loro teste, si sentì un forte sfrecciare, e lui portò la mano mozzata al petto, mentre i due saltarono per cercare riparo. Stavolta, il bersaglio era un veicolo, il metallo stridente mentre veniva squarciato, i detriti volarono in ogni direzione, finendo contro i muri e mancando per un soffio il loro nascondiglio.

"Merda! C'è mancato poco."

Guardò poi Morry e il suo cuore smise di battere. La donna aveva gli

occhi spalancati dalla paura. Da un lato del viso, scorreva sangue. Un fram-
mento, che l'aveva quasi decapitata, era finito nel muro dietro di lei.

"No, non toccarti." Dean le afferrò la mano tremante. "È un taglio netto,
c'è molto sangue ma non è mortale." Si assicurò che la sua voce avesse un tono
autoritario e assertivo. Non aveva idea se lei sarebbe sopravvissuta, ma non
glielo avrebbe assolutamente fatto sapere.

"Devo tenerla pulita, finché non sarà cucita."

Morry annuì e si tolse lo zaino, estraendone il necessario per ricucirle la
mascella.

"Dean." Morry gli afferrò il braccio. "Non farmi morire qui," mormorò.

Dean si allontanò e si appoggiò a un albero vicino, afferrando la corteccia
ruvida per reggersi in piedi. Nel cielo, apparvero altri lampi. La forte luce
bianca era accecante e la testa gli pulsava.

"Sta bene, padre?"

"Sì, mi passerà, ho soltanto mal di testa. Grazie."

Dean non guardò lo sceriffo. Raggiunse la sua BMW barcollando, e vi
entrò. La pioggia, che prima aveva rallentato brevemente, ora stava scendendo dal cielo a secchiate, consentendogli di vedere unicamente le luci
lampeggianti dei veicoli d'emergenza. Gridò per il dolore fisico, così reale
mentre altri ricordi riemersero dal suo subconscio.

Le esplosioni lo circondavano. L'edificio si scosse, mentre i detriti cadevano
dal soffitto. Erano intrappolati, bloccati e incapaci di muoversi, eppure dove-
vano altrimenti non sarebbero sopravvissuti per i dieci minuti successivi.
Prendendo la sua decisione, provarono a uscire dall'area divisi in due
gruppi, erano in dodici in totale, pronti a tracciare una linea di fuga. Il
primo nella fila scrutò fuori dalla porta, prima di posizionarsi davanti ad
essa.

Dean sentì il fischio e aprì la bocca per gridargli di tornare indietro,
quando le porte saltarono in aria all'interno, il legno squarciato, mandando

frammenti di cemento in aria. Le orecchie gli fischiavano per l'esplosione, e aiutò in fretta l'amico accanto a lui, prima di correre dal soldato caduto.

Il giovane era stato spinto all'indietro, i detriti gli fuoriuscivano dal corpo, esponendolo in una macabra posizione. Inghiottiva il suo stesso sangue, annaspando in cerca di ossigeno, con gli occhi spalancati e il sangue che gli fuoriusciva dalla bocca. Un altro membro dell'unità del soldato caduto lo raggiunse, afferrandogli la mano. Non si poteva fare altro.

"Dobbiamo andare adesso!" gridò al di sopra del ruggito degli incendi e delle infinite esplosioni.

"Non possiamo lasciarlo qui!"

Intervenendo, prese le piastrine dell'uomo tra le mani e gliele strappò.

"Prendi, torneremo a prendere il corpo. Non c'è altro che possiamo fare. In piedi, soldato, è un ordine! Se vuoi vivere, dobbiamo andare!" gridò Dean.

L'istinto gli gridava di non lasciare indietro un uomo, ma sapeva che non avevano altra scelta se volevano restare in vita. Dean afferrò il giovane soldato per la spalla, e lo trascinò in piedi.

"Ho detto andiamo! Subito!" Spinse il soldato davanti a sé, mentre l'ultimo del gruppo usciva dalla porta e corse verso il deserto circostante.

Dean trasse un respiro ansimante, mentre la mente tornava al presente.

Stava stringendo così tanto il volante, che le nocche gli divennero bianche, con le unghie che gli scavavano nei palmi.

"Perez, Scooter, Mel, TK, Ringo, Jimmy." Dean recitò il mantra di tutti i nomi degli amici caduti, a ricordargli costantemente il motivo per cui continuava a dedicarsi a ciò che faceva.

Il battito rallentò, e il dolore alla spalla che accompagnava sempre quei ricordi, iniziò a svanire. Dean tolse la mano dal volante e accese il motore. Aveva bisogno di lasciare quel posto.

Gli pneumatici si muovevano sul terreno scivoloso, mentre guidava l'auto, raggiungendo l'autostrada deserta. Nessuno sano di mente sarebbe uscito con un tempo del genere. I tergicristalli funzionavano benissimo, oscillando su e giù, intaccando a malapena la pioggia accecante. Era sicuro che quel tempo avrebbe causato più di una vittima quella sera. Prese una curva a gomito e l'auto slittò sulla superficie scivolosa, ma non per questo lui rallentò. Aveva visto la morte in faccia. L'aveva persino baciata tenendole la mano. Se era giunta la sua ora, non avrebbe potuto farci niente, ma sapeva di doversi occupare di alcune faccende prima che la morte lo baciasse per l'ultima volta.

Capitolo Trentuno

Yasmine si svegliò di soprassalto. Rimase seduta per un momento, con il cuore in gola, tentando di individuare il motivo per cui aveva aperto gli occhi. Dei colpi frenetici riecheggiavano in tutta la casa. Saltando giù dal letto, prese la vestaglia, indossandola, e si precipitò alla porta. Se qualcuno era fuori con questo tempo, allora poteva aver bisogno di aiuto.

Oppure poteva trattarsi di un assassino con un'ascia.

Yasmine sbatté l'alluce contro lo stipite della porta, prima che l'uomo reclamasse la sua bocca. Aveva le mani fredde e bagnate, e lei saltò per poi emettere un gridolino, mentre quelle mani s'infilavano nella sua vestaglia e sotto il top corto.

L'uomo agì in modo frenetico. Le afferrò il sedere e la sollevò sul suo corpo, finché non gli avvolse le gambe intorno alla vita. Il corpo di Yasmine reagì subito a quel tocco, come se fosse il frutto di una magia, innescando un fuoco ardente che minacciava di divorarla per poi risputarla fuori. Gli tirò i capelli e gemette nella sua bocca, mentre la fece improvvisamente distendere sui gradini, con il suo corpo più pesante che premeva nelle sue zone sensibili.

"Oh Dio sì!" gridò lei, mentre lui strusciava i fianchi dentro di lei.

Yasmine sentiva l'asta dura premere dentro di lei, e voleva si spogliassero. Voleva che martellasse dentro di lei, fino a farle perdere la voce e a indebolirle le gambe.

"Mi vuoi?" la voce di Dean emerse da quella nebbia lussuriosa.

Aveva smesso di muoversi, e si mise a fissarla con occhi velati che sembravano selvaggi nell'ingresso oscuro. Yasmine annuì. Sembrò una domanda sciocca da fare, quando lei gli era praticamente saltata in grembo un momento prima.

"Dillo." La voce di Dean era rauca, mentre si strusciava di nuovo contro di lei.

Lei gemette, con la bocca spalancata mentre il piacere s'impossessava facilmente di nuovo del suo corpo.

"Dillo, Yasmine, guardami e dimmi le parole, o uscirò da quella porta."

Lei deglutì rumorosamente. Conosceva la sue opzioni, e comprendeva il suo peccato. Sapeva che non avrebbe dovuto farlo, eppure...

"Ti voglio, Dean. Ti voglio più di quanto abbia mai desiderato qualcosa. Perciò, sì, ti prego, scopami," disse dolcemente.

Un suono, che sembrava più animalesco che umano, eruppe dal petto di Dean, mentre si alzò, portandola con sé. Le loro bocche erano incollate, e la sua era calda e vogliosa, mentre le mordeva il labbro inferiore. Il bruciore fece serrare di desiderio proibito la sua figa già grondante. Si aspettava che la sbattesse sul letto e la scopasse forte mentre la baciava, ma invece la tirò gentilmente in piedi, e la guardò.

Lei sentiva ogni battito del suo cuore tamburellare nel petto. Dean le fece scivolare la vestaglia aperta lungo le spalle. Abbassandosi, le baciò una spalla dopo l'altra, e le sue labbra bollenti le lasciarono segni permanenti nella mente.

"E il serpente disse alla donna: "Tu non morirai sicuramente.""

Prendendo il bordo del top corto tra le grandi mani, sollevò e le levò l'indumento ormai bagnato. I capezzoli di Yasmine divennero così turgidi come spilli, mentre l'aria l'investiva, e si coprì in fretta con un braccio. Dean scosse la testa, e le spostò le braccia, esponendola di nuovo ai suoi occhi.

"Perché Dio conosce il giorno in cui te ne ciberai."

La Bibbia non era mai sembrata così bella. Lui si inginocchiò di fronte a lei, infilando le dita nella cintura elasticizzata degli shorts, e con movimenti lenti glieli fece scivolare lungo le gambe, togliendoli del tutto. Col respiro accelerato, abbassò lo sguardo sull'uomo che aveva di fronte e si sentì quasi svenire.

Afferrandole i fianchi, la portò a un livello più alto, esponendo in tal modo la propria femminilità ai suoi occhi lussuriosi. La donna emise un gridolino di sorpresa, quando lui seppellì il naso nella sua umidità e respirò profondamente. L'imbarazzo si riversò dentro di lei, mentre Dean continuò a fare respiri profondi, sprofondando nel suo profumo, assorbendolo dentro di sé. Eppure, quel trattamento servì solo a farla bagnare di più. Sentì l'eccitazione insinuarsi dentro di lei, partendo dai fianchi, e gemette di nuovo mentre la lingua di Dean tracciava delle linee bagnate sulla sua gamba. Prendendosi il suo tempo, ruotò la lingua quando raggiunse il clitoride.

"Oh cazzo," gemette lei. Afferrandogli i capelli, non riusciva a smettere di muovere i fianchi a tempo con quella lingua vorace.

"Allora i vostri occhi si apriranno, e sarete come dei, distinguendo il bene e il male." Dean si alzò dal pavimento, le punte delle dita tracciavano linee sulla sua pelle accaldata, causandole la pelle d'oca.

Yasmine si leccò le labbra, mentre lui si tolse la pesante veste, provocandole un brivido, gettandola a terra in un mucchio. Non le aveva mai tolto gli occhi di dosso, mentre si apriva ogni bottone della veste nera, con grazia metodica. La donna voleva spostargli le mani, per strapparglieli tutti.

"Desiderando la saggezza, la donna coglie il frutto proibito e se ne ciba. Ne diede un po' anche all'uomo, che accettò di mangiarlo."

La camicia nera cadde a terra, e Yasmine soffocò un gemito scioccato, quando gli occhi si soffermarono sul corpo cesellato, ampi muscoli scolpiti e addominali, ogni cosa disposta al posto giusto, e che Dio l'aiutasse, quella perfezione era ricoperta di tatuaggi scuri. La veste da prete era in netto contrasto con l'uomo che la riempiva.

"E gli occhi di entrambi si aprirono, e seppero che erano nudi. Genesi tre," continuò Dean.

Afferrò le piastrine che indossava al collo, e le sfilò dalla testa, sotto lo sguardo di Yasmine, che tracciò ogni movimento, mentre l'uomo appoggiava la catena sulla cassettiera. Poi, passò alla cintura e lei si leccò le labbra, continuando a guardarlo.

"Io sono il serpente in questa storia?" chiese Yasmine. La sua voce era a malapena un sussurro, mentre gli occhi seguirono la mano di Dean, che si abbassava la cerniera dei pantaloni neri.

"No, mia dolce Yasmine, tu sei il frutto." Dean si abbassò e si massaggiò il cazzo spaventosamente grosso tra le gambe. "Io sono il serpente."

Capitolo Trentadue

I tuoni riecheggiavano mentre i fulmini rimbombavano, illuminando l'uomo imponente che torreggiava su di lei. Dean le prese il mento, stringendolo. Fu quasi doloroso, mentre la costrinse a guardarlo negli occhi.

Il corpo di Yasmine tremò, mentre quello sguardo sondava le profondità della sua anima. Carica di aspettativa, osservò mentre lui abbassava le labbra avvicinandole sempre di più alle sue. Un tocco leggero la fece tremare incontrollabilmente. Le depose uno stesso casto bacio su mascella e collo, inviandole scosse elettriche nel corpo.

"Sei una brava ragazza, Yasmine," le sussurrò all'orecchio, sfiorandole il viso con l'alito caldo. "So che hai provato a resistermi, come io ho fatto con te." Lei annuì, chiudendo dolcemente gli occhi. "Ma la porta è stata aperta, e stanotte sarai esattamente ciò che voglio tu sia. Mi hai capito?" Lei annuì di nuovo. "Non va ancora bene. Quando ti faccio una domanda, voglio sentire la risposta."

Dean le morse il punto sensibile del collo, aumentando il tremore del suo corpo, mentre i muscoli le diventavano gelatina. Non sapeva come stesse riuscendo anche solo a restare dritta.

"Dillo." La morse di nuovo, affondando di più i denti stavolta. Il respiro le si mozzò.

"Sì."

"Sì, cosa?"

"Sì, sarò ciò di cui hai bisogno."

"A prescindere da ciò che voglio?"

"A prescindere da ciò che vuoi," ripeté doverosamente. Il bisogno di essere controllata da quest'uomo la stava consumando. Era sempre stata dolce, ma non aveva mai mostrato una personalità passiva, ma questo era diverso. Voleva che la usasse. Voleva darsi completamente a lui, permettendogli di assecondare i propri desideri. Quel pensiero la eccitava come nient'altro era mai riuscito a fare.

Il bisogno di dargli piacere la investì come un'onda, spazzando via la sua natura normalmente timida. La pioggia ghiacciata battente contro la finestra, era come un tamburo nella sua mente, un suono ipnotico che la spingeva in fondo a questo sentiero oscuro, che soffocava le voci petulanti nella sua testa, secondo cui era un errore. In quel momento, niente di quanto era accaduto tra loro lo era stato.

"Qui dentro, devi chiamarmi signore, hai capito?"

La fece girare, e premette l'intera asta dura contro lo spacco in mezzo al sedere. Un gridolino uscì dalle sue labbra, i lunghi capelli le caddero intorno al viso, coprendolo come una tenda.

"Sì, signore."

"Sai che cosa mi fai?"

"No, signore."

"Mi fai venire voglia di divorarti come la ragazza cattiva che so puoi diventare." Le mise una mano intorno alla gola, spingendola verso di lui, e rendendole più difficile respirare. Lei sollevò il petto e crollò, mentre cercava ossigeno.

"Dillo."

Ora Yasmine sapeva che cosa volesse da lei.

"Sì, signore. Sono una ragazza cattiva, e voglio che tu mi dia piacere nel modo in cui dovrebbe essere."

"E?" Dean le pizzicò il capezzolo, facendola gridare, mentre il dolore si diffondeva dritto in mezzo alle gambe.

"E che mi scopi come la ragazza cattiva che sono," riuscì a dire Yasmine, ansimando.

Sentì la sua mano scivolare più in basso, e lei si contorse. Afferrandole il clitoride, si dedicò a un veloce massaggio e il corpo si dimenò, mentre un potente orgasmo le esplose in tutto il corpo. Le gambe le cedettero, e Dean si fiondò con le mani sulla figa, stringendole il corpo contro il suo, mentre continuava l'assalto. Le dita premevano bruscamente nelle pieghe delicate, distanziandola dall'orgasmo, prolungando il piacere. La donna si contorceva nella sua stretta, le mani di Dean unici strumenti a impedirle di crollare sulle ginocchia, mentre raggiungeva il climax.

"Sei pronta per me?"

"Sì... signore," rispose infine Yasmine. Con il cervello avvolto nella nebbia della lussuria, riuscì a malapena a mettere quelle due parole insieme.

"Poggia le mani sulle ginocchia." La voce roca di Dean le sussurrò all'orecchio, mentre le tornava il respiro affannoso.

Yasmine eseguì e indietreggiò riluttante dal calore del suo corpo. L'aria fresca le accarezzava la pelle, facendola rabbrividire, mentre assumeva la posizione richiesta al centro del letto. Era indubbio nella sua mente che la carta da parati con dei fiori di pesco non avesse mai assistito a qualcosa di così blasfemo.

"Sarò crudele con il tuo corpo." Non era una richiesta. Glielo stava dicendo.

Le sue grandi mani le afferrarono i fianchi, e Yasmine quasi gridò, trascinandola all'indietro, finché il sedere non si ritrovò sul bordo del letto.

"Ma guarda qui." La sua mano iniziò a scorrere dolcemente sul sedere della donna. "È dolce come il resto di te." Quelle parole gentili furono seguite da un violento schiaffo.

Il corpo le barcollò in avanti, ma lui la tenne ferma. Dean emise un suono di disapprovazione alle sue spalle e lei guardò oltre la spalla, per vederlo scuotere la testa mentre la fissava.

"Mi dispiace, signore."

Con lo sguardo su di lei, Dean abbassò un sopracciglio, l'angolo della bocca si sollevò in un sorriso, che lei scommetteva avrebbe intimorito chiunque altro. Yasmine gemette e dimenò leggermente il sedere, amando come i suoi occhi guizzavano, esprimendo lussuria carnale.

Il bruciore provocato dalla manata le procurò un formicolio che andò dritto in mezzo alle gambe. Come o perché la cosa la eccitasse non le era dato saperlo, ma si morse il labbro, sperando che lui lo rifacesse.

"Oh, sei una ragazza cattiva. Dimmi che cosa vuoi." Dean le schiaffeggiò di nuovo il sedere.

La donna gridò e poi gemette, mentre il calore si diffondeva ancora una volta tra le gambe. Stavolta, non si sottrasse alla sua presa, ottenendo un gemito di approvazione dall'uomo dietro di lei.

"Scopami, signore, scopami forte con quel grosso cazzo." Restò scioccata dalle parole oscene che aveva osato pronunciare.

Le venne voglia di seppellirsi la testa nel cuscino, era così mortificata, ma per quanto mortificata si sentisse, aveva detto le parole magiche.

Non ci furono esitazione e avvertimenti, quando le spalancò le gambe e s'infilò completamente all'interno della figa bisognosa. Il curioso miscuglio di piacere e dolore provato nel sentirsi così spalancata e riempita, la rese soltanto più vogliosa.

"Cazzo!" Inarcò la schiena, mentre lui la teneva ferma.

Osando guardarsi indietro, vide che Dean aveva piegato la testa all'indietro e aveva gli occhi chiusi, mentre era dentro di lei. Se non fosse stata riempita con il suo enorme cazzo, avrebbe potuto affermare che stesse pregando oppure no? In quel momento, strinse i muscoli intorno alla grande intrusione. Dean fletté gli avambracci, e le dita affondarono ancora di più nel sedere di Yasmine.

"Oh dolce, dolce Yasmine."

Quegli occhi penetranti si fusero con i suoi. Si tirò lentamente fuori, e poi la schiaffeggiò di nuovo. Ancora una volta, il dolore fu incredibile, ma lo fu altrettanto il piacere, e lei gemeva mentre l'atto veniva ripetuto. Dean continuò a spingere nella sua umidità bollente, a un ritmo lento e costante, e poi prese ad accelerare i movimenti.

L'unico suono oltre a quello della pioggia battente contro la finestra, era quello proveniente dal loro amplesso.

"Sei dolce come un frutto proibito," gemette Dean.

Yasmine gridò, mentre, avvolta da Dean, il suo corpo era in preda agli spasmi, raggiungendo ancora una volta l'orlo della beatitudine. La potenza dell'orgasmo fu così devastante, che Dean gemette e imprecò, mentre il corpo di Yasmine s'immobilizzava e le pareti interne stringevano attorno al suo cazzo pulsante. I deliziosi suoni del sesso si amplificarono, mentre i suoi succhi le scorrevano lungo le gambe, e al contempo, Dean continuava a spingere dentro di lei.

L'uomo usò la mano e le asciugò le gambe. Non era certa di che cosa stesse facendo il partner, finché le asciugò gli umori appiccicosi sul bocciolo stretto. Avrebbe voluto dirgli di smettere, emergendo uno spiraglio di paura, ma fu troppo veloce e lei troppo in ritardo, e un dito s'infilò nel suo buco posteriore. La donna spalancò la bocca in un grido silenzioso per la strana intrusione.

"Un culetto davvero stretto. Sei vergine lì?"

Dean muoveva il dito, e l'insolita pressione si trasformò lentamente in qualcosa di molto più piacevole. Smise di spingere, lasciando solo la testa del grosso cazzo dentro il suo corpo, aspettando una reazione.

"Sì, signore."

"Brava. D'ora in poi, questo buco è solo e soltanto mio. Non lo darai mai a nessun altro, non importa quanto desideri farti scopare nel culo stretto. Sono stato chiaro?"

Dean mosse il dito intorno, e lei chinò il capo mentre lo strano nuovo desiderio bruciava dentro di sé.

"Sì, signore," gemette forte Yasmine.

"Ripensandoci, da questo momento in poi, tutti i tuoi buchi mi appartengono. Sono stato chiaro?"

"Sì, signore!" disse con convinzione. Yasmine non riusciva a pensare a niente di meglio che subire questo trattamento da parte sua varie volte al giorno.

"Scoperò questo buco stretto dopo ma, adesso, voglio che mi cavalchi."

Fuoriuscì dunque dal suo corpo, e la figa le pulsava per la perdita della sua presenza. Si posizionò poi tra le sue gambe e le massaggiò il clitoride, desiderando disperatamente di farla venire ancora. Dean le afferrò la mano e scosse il capo, dicendo di no. Sulle labbra di Yasmine si formò inevitabilmente un broncio.

"Salimi sopra. Solo allora, potrai venire."

Dean si distese sul suo letto, e la donna si concesse un momento per apprezzare l'esemplare sexy che aveva di fronte. Gambe lunghe, sottili e definite e una vita che scendeva lentamente nella V nei duri addominali, un petto e spalle muscolosi. Si concesse dunque un istante per tracciare i tatuaggi a forma di croce che aveva sui pettorali, annunciando orgogliosamente che prima di diventare prete, in passato era stato molto di più. Yasmine si arrampicò sul suo corpo e dovette spalancare le gambe per stare a cavalcioni su di lui. Dean impugnò il cazzo, raddrizzandolo. Era lucido per i fluidi di lei, la punta bagnata del frutto della sua stessa eccitazione e Yasmine desiderò assaggiarlo. Aveva sognato di avere quel cazzo nella sua bocca.

"Posso prima succhiarti, signore?"

"Vuoi sentire il tuo stesso sapore sul mio cazzo, non è vero?"

"Sì, signore."

"Sì, ma non osare toccare la tua figa bisognosa."

Yasmine annuì, gli occhi incollati su quell'asta in tensione che sembrava fissarla. La punta era così nera, con una sfumatura viola, e mentre gocciolava sembrava arrabbiata. Luccicante liquido pre-eiaculatorio scorreva lungo i lati come un vulcano in miniatura, e non immaginava altro che infilarselo in bocca.

Sostituendo la mano con quella di Yasmine, fu colpita dal peso e dalla circonferenza. Incapace di avvolgere la mano intorno all'asta, si meravigliò del fatto che fosse riuscito a entrarle dentro. Tirando fuori la lingua, assaporò quel gusto salato. Gemette, con gli occhi chiusi, mentre lo ingoiava. Come poteva qualcosa che aveva avuto un gusto terribile con altri uomini essere tanto deliziosa con lui?

Quello per lei sapeva di casa, mentre ruotava la lingua intorno a quella punta nerboruta, e trattenne un sorriso mentre Dean gemeva. Il verso del suo piacere ebbe un effetto diretto sulla sua figa, che bisognosa, chiedeva di più.

Con entrambe le mani, lo scosse, amando vedere quella punta scappellata muoversi tra di esse. Rivolgendo a Dean un piccolo sorriso, affondò la bocca sulla punta, e fu ricompensata da un gemito più forte. Quel cazzo reagì con molta più forza di quanto si sarebbe mai aspettata. Muovendo la testa, trovò il giusto ritmo e succhiò forte, i piccoli gemiti e i movimenti dei fianchi di Dean la incoraggiarono a continuare. Colse quindi l'opportunità di far scorrere le mani lungo le gambe muscolose che si flettevano sotto il suo tocco.

Dean le afferrò la testa, intrecciando i suoi capelli tra le mani. Si sfilò poi dalla sua bocca, per poi dare una forte spinta al suo interno. Fu colta dal riflesso faringeo, e lei provò a tirarsi via, ma lui la tenne ferma.

"Prendilo," comandò lui.

La saliva le usciva dalla bocca, mentre chiudeva gli occhi, concentrandosi sul compito che le era stato ordinato. Ci vollero pochi minuti, ma la sua gola si rilassò, accogliendo il resto del lungo cazzo nella gola.

"Oh cazzo, Yasmine! Sì, che brava ragazza."

Come se fosse posseduta, mosse la testa, assicurandosi di toccare il glande con il naso, prima di ritrarsi.

"Oh, mi farai venire," disse lui, con voce affaticata.

Dean non smise di spingere, vicino all'orgasmo, accelerando di più il ritmo rispetto a quello che lei potesse sostenere, e invece la tenne ferma, mentre usava la sua bocca.

Lacrime si formarono sui suoi occhi, mentre le scopava la bocca. Lo accolse con entusiasmo e amò ogni istante. La bestia nella sua bocca si fletté, e seppe che stava per venire un momento prima che l'uomo imprecasse e le tirasse forte indietro la testa. Caldi getti le scesero in gola, e lei li inghiottì, assaporandone il deciso gusto salato, che aveva una sapidità unica in lui.

Con sua grande sorpresa, il cazzo non si afflosciò come lei si aspettava, e si sentì improvvisamente pervadere dall'eccitazione, mentre la sollevò lentamente, per poi disporla nuovamente a cavalcioni sull'asta.

"Spero che non pensi che abbia finito, giusto?"

"No, signore."

Yasmine allargò un sorriso, incapace di controllarsi, mentre si ripuliva la bocca con il dorso della mano. Sparita ogni forma di timidezza, sollevò i fianchi e si lasciò guidare sul cazzo. Yasmine piegò indietro la testa, mentre veniva invasa fino all'utero.

Chinandosi, si massaggiò vigorosamente il clitoride, mentre iniziò a cavalcarlo, prendendo il suo piacere. Dean si allungò e con mani esperte, le tracciò piccoli cerchi sui capezzoli, facendola gridare, mentre la sensazione travolgente la consumava.

"Che brava ragazza. Scopami fino a farmi venire di nuovo."

Spinse i fianchi verso l'alto per aiutarla, e lei obbedì. Anche se le gambe le bruciavano per lo sforzo, non smise. Gridando il suo nome, Yasmine raggiunse l'orgasmo per ben due volte, e lo inzuppò prima che lui grugnisse e l'afferrasse per i fianchi. Si mosse poi dentro di lei a ritmo e, con tale forza, lei seppe che sarebbe stata dolorante dopo, eppure si ritrovò a chiedere di più.

"Dove vuoi che venga?"

"Dentro di me, signore," gemette ad alta voce, Yasmine.

"Cazzo!" gridò Dean.

Inarcando la schiena, le sue dita le afferrarono i fianchi con sufficiente forza, da renderla consapevole della presenza di lividi, cosa che lei accolse. Li avrebbe mostrati con orgoglio se si fosse dimostrata abbastanza sfacciata.

Lei sentiva il cazzo pulsare, mentre gli dava ciò che voleva, riempiendola e rendendola sua. Yasmine crollò sul suo petto e ascoltò i rapidi battiti del suo cuore. Lo sentì prendere qualcosa, ma era troppo stanca per muoversi e le sfuggì un lieve gemito, mentre venivano entrambi coperti con un lenzuolo, le braccia di Dean intorno al suo corpo. Era intrappolata contro il suo petto, con il cazzo ancora dentro di lei.

Mentre si cullava nel calore e nella sicurezza dell'uomo, non riusciva ad immaginare qualcosa di meglio, mentre scivolava tra le braccia di Morfeo.

Capitolo Trentatré

Yasmine si svegliò di soprassalto, e come un migliaio di volte prima, aveva il nome della sorella sulle labbra. Si portò il lenzuolo al petto e provò in fretta a ricordare che cosa stesse succedendo, mentre scacciava i ricordi legati al rapimento della gemella dalla sua mente.

Le immagini le scorrevano davanti agli occhi, e lei scosse il capo, ordinandosi di smettere di pensarci. Il cuore batteva forte nel petto mentre riapriva gli occhi, controllando la stanza. Dean era seduto sulla vecchia sedia con schienale all'angolo, con la testa tra le mani e ondeggiando avanti e indietro. Saltando giù dal letto, corse da lui.

"Che cosa c'è? Cos'hai?" Lo strinse forte a sé, e fu ricompensata quando venne abbracciata a sua volta. Le forti braccia si avvolsero intorno al suo corpo.

"Hai avuto un incubo?" gli chiese quando l'uomo non rispose.

Yasmine riconobbe lo sguardo nei suoi occhi. Le ricordava il suo, quando per tante notti si era svegliata, fissandosi allo specchio. Dean annuì ma restò in silenzio.

"Anch'io ho degli incubi ... beh, a dire il vero soltanto uno. Continuo a riviverlo nella mia mente."

Dean le baciò il petto nudo, le labbra calde scivolarono dolcemente sulla pelle del capezzolo, facendola sussultare mentre i suoi denti stuzzicavano la sua gemma sensibile.

Sottraendosi alle braccia di Dean, indietreggiò abbastanza da mettersi a cavalcioni sul suo grembo.

"Non devi parlare se non vuoi."

Dean l'attirò di più a sé, e lei sospirò quando entrò in contatto con il suo petto. Gli occhi nocciola splendevano alla luce della lampada, ricordandole lo sguardo predatorio di un felino.

"Che cosa sogni?" chiese Dean, spostandole i capelli dal viso.

"Anch'io non voglio parlarne." Yasmine chiuse gli occhi e ascoltò il battito del muscolo ritmico sotto il suo orecchio.

"Ti prego, solo un po'. Voglio conoscerti, la Yasmine che il mondo là fuori non vede." Dean fece scorrere le dita sulla sua schiena, lisciando la massa di capelli selvaggi.

Yasmine non aveva mai condiviso i suoi sogni con qualcuno, ad eccezione dei suoi terapisti, che aveva visto solo alcune volte. Trovare le parole giuste era molto più difficile di quanto immaginasse.

"Sogno mia sorella. Ho una gemella — avevo una gemella."

Lei si mise a giocherellare con i capelli neri alla base del collo di Dean, sentirseli scorrere tra le dita ebbe un effetto calmante.

"Lei è stata rapita, com'è accaduto a quelle bambine. Eravamo più grandi di loro quando è successo, ma quello che le hanno fatto ... mi sento continuamente in colpa."

Sollevò il capo per guardare Dean, mentre gli occhi iniziarono a luccicarle per via delle lacrime, e il labbro inferiore tremava. Dean baciò le lacrime che le scorrevano sulle guance, con le mani calde e, mostrandosi così tenere mentre la stringevano.

"Perché ti senti in colpa?" le chiese.

"Perché l'ho lasciata. Perché sono corsa fuori dalla stanza per chiedere aiuto e l'ho abbandonata, ed è morta nel modo più orribile..."

S'interruppe di nuovo, il referto autoptico apparve nella sua mente, e le parole sodomizzata, lesioni vaginali e femore rotto le fecero scorrere di nuovo un mare di lacrime. Dean le sollevò il mento, così che potesse guardarlo negli occhi.

"Non hai nulla di cui sentirti in colpa. Eri una ragazzina contro un uomo adulto."

"Come facevi a saperlo?" gli chiese.

"Hai detto che è stato come per quelle bambine che sono state ritrovate, perciò l'ho solo desunto. Il punto è che non c'è niente più che potessi fare. Tua sorella non vorrebbe che ti biasimassi."

"Tu non hai visto lo sguardo che aveva. Mi ha pregato di non lasciarla."

Yasmine alzò il tono di voce, mentre si lasciò prendere dall'emozione che aveva provato a seppellire.

"Allora, dimmi che cosa avresti potuto fare in modo diverso?"

"Avrei potuto procurarmi un'arma. Avrei potuto gridare fino a quando qualcuno mi avesse sentito, io..."

"Yasmine, smettila. Non potevi assolutamente prevedere cosa sarebbe successo, posso trovare un migliaio di falle in ciascuna di quelle possibilità." Le depose un dolce bacio sul naso.

"Non voglio più parlarne," tirò su col naso Yasmine.

Dean la guardò, e lei gli avvolse le gambe intorno alla vita.

"Allora forse non dovremmo parlare affatto."

Yasmine gli rivolse un sorrisetto.

"L'idea mi piace." La mise giù, con i capelli che cadevano intorno a lei.

"Lo sai quanto sei bella?"

"Preferirei che me lo dimostrassi." Si morse il labbro, e gli occhi le brillarono.

"Quest'idea mi piace," la stuzzicò.

Le sue labbra catturarono le labbra di Yasmine in una danza sincronizzata, come se fossero amanti da anni. Se i desideri si avverassero davvero, allora lei avrebbe desiderato che in qualche modo, questo potesse durare per sempre.

Capitolo Trentaquattro

Yasmine si stiracchiò, guardandosi intorno nella stanza. Quella mattina sembrava diversa. La vecchia carta da parati che aveva desiderato sostituire appariva più luminosa. I vecchi mobili rivendicavano di avere personalità piuttosto che apparire vecchi e privi di colore. Persino il plaid lavorato a maglia sullo schienale della sedia, che era appartenuto alla madre, non la rendeva più triste.

Dean non c'era, ma era impossibile che la notte precedente fosse stata frutto di un sogno.

Dondolando le gambe sul letto, le tastò e in effetti tremavano leggermente. Inoltre, aveva dolore in punti che non sapeva fossero possibili, ma il riflesso sulla cassettiera la fece sorridere. Piccoli morsi tracciavano il petto, e distinti segni di manate erano visibili sulla pelle chiara dei fianchi. Doveva essere impazzita. Era impossibile che una persona sana di mente potesse volere essere marchiata in quel modo, eppure un sorriso stupido non voleva sparirle dal volto.

Si sentiva rinvigorita e più viva che mai, come prima che la sua vita andasse a puttane. Non toccava un pallone da calcio da quella terribile notte, ma forse lo avrebbe rifatto solo per divertirsi. A tutti serviva un passatempo. A quel pensiero, s'interrogò in merito a quale potesse essere l'hobby di Dean.

Indossando la vestaglia, scacciò frettolosamente le immagini tristi della sorella dalla mente, e andò in cerca dell'uomo che le stava facendo perdere la testa.

Il caffè era pronto, sentì pertanto l'intenso aroma della tostatura, ma la cucina era vuota.

"Dean?" Prese una tazza e notò un bigliettino sul banco.

Dolce Yasmine,

Dove il sole sorge e tramonta, dove la marea incontra la riva, e dove le montagne raggiungono il cielo, quelli sono i soli luoghi che si paragonano a te.

Il tuo signore

Lei si morse il labbro e aspettò di cadere preda del senso di colpa, come sempre accadeva dopo i pensieri peccaminosi che faceva su Dean, ma non arrivò.

Era un uomo adulto, che aveva dimostrato di avere un'ampia esperienza e non si vergognava affatto di metterla in pratica. Se non era nervoso, allora perché lei doveva tormentarsi sulle proverbiali braci? Era davvero innamorata di lui?

Scuotendo il capo, decise di sorprenderlo andando in chiesa. Riempì due thermos di caffè e si mise velocemente in bocca un pezzo di toast con la marmellata. Poi, si preparò il più in fretta possibile. Per fortuna, non aveva un funerale da organizzare quel fine settimana. Accadeva di rado, ma ne avrebbe tratto il massimo vantaggio.

Indossando il cappello di lana, il cappotto e le muffole, uscì diretta in chiesa. La sua piccola auto non era troppo felice di mettersi in moto. *Brava ragazza*, pensò tra sé e sé, colpendo il cruscotto, quando l'auto scoppiettò alla vita.

Finalmente, si formò un buco nel fitto strato di ghiaccio che copriva il parabrezza e lei riuscì a guardare la strada, vedendo persone che andavano al lavoro oppure si dirigevano da Mabel per fare colazione.

Non riusciva a credere che Mabel fosse già tornata al lavoro, ma insisteva che le persone andassero a trovarla, e aveva bisogno di assicurarsi che i dipendenti non lasciassero che la qualità venisse compromessa. Yasmine sorrise a se stessa, mentre immaginava Mabel seduta a un tavolo a gridare ordini.

Yasmine sentì il veicolo prima ancora di vederlo. Il rombo caratteristico raggiunse le sue orecchie e, nell'arco di pochi istanti, un Hummer nero le passò davanti.

Yasmine fece un piccolo respiro, restando a fissare il veicolo per alcuni secondi, prima che sparisse dal suo raggio visivo. Non era il veicolo stesso ad incuriosirla; era il braccio pesantemente tatuato poggiato contro il finestrino: anche senza vedere un altro singolo tratto del guidatore, era certa che si trattasse di Dean.

Attivando i tergicristalli, eliminò quanto più ghiaccio possibile, prima di immettersi sulla strada e, per capriccio, seguì il veicolo. Era già in fondo alla strada, diretto alla vicina autostrada. *Che sciocchezza. E se non è Dean, e ho solo immaginato i tatuaggi?* No, l'istinto le diceva che aveva ragione, e continuò a seguirlo a debita distanza.

Dove diavolo stava andando a quell'ora del mattino e, soprattutto, a chi apparteneva il veicolo che stava guidando?

———————————

Dean fissò a lungo la sede delle pompe funebri, mentre ci passava davanti, gli occhi incollati alla finestra di Yasmine, sperando di cogliere un segno della sua bella rossa. Forse Yasmine stava ancora dormendo o forse stava sorseggiando il caffè che le aveva preparato. Ad ogni modo, avrebbe di gran lunga preferito restare a letto con lei, ma non poteva lasciare che scoprissero che aveva passato la notte lì. Non ancora in ogni caso, ma stava già studiando il modo di rettificare quella questione.

Immettendosi sull'autostrada, sfrecciò lungo l'ampio tratto di strada, con auto che scorrevano su entrambi i lati. Sexy gli mostrava tutti i potenziali ostacoli, i lavori in corso, gli incidenti e naturalmente, l'amichevole polizia di quartiere. Non gli interessava prendere una multa per eccesso di velocità, e superare i limiti a meno che non fosse nelle vesti di padre O'Sullivan.

Lo scopo del viaggio di quella mattina era assicurarsi che il fratello coglione gli avesse riferito il posto giusto e che l'obiettivo fosse lì. La seconda visita era per sondare il territorio e trovare le trappole cui il fratello dell'uomo aveva fatto cenno e, accidenti, erano veramente innumerevoli.

C'erano trappole per orsi, fosse con spuntoni e tronchi appesi, e queste costituivano solo la punta dell'iceberg. L'uomo in questione era coinvolto nel bracconaggio a un livello estremo, oppure non voleva che qualcuno si avvicinasse alla sua baita, vivo. Era come se avesse guardato i film di Indiana Jones troppe volte.

Ma la cosa peggiore che Dean aveva scoperto durante il secondo viaggio era una vecchia auto nascosta in una rimessa. Era in perfette condizioni, il che significava solo una cosa. Quell'auto era il suo veicolo per la caccia.

Fu allora che Dean fu certo di aver trovato il bastardo, perché era una prova schiacciante. La sporca Cutlass marrone del 1980 era l'auto vista nell'area in cui era avvenuto il rapimento della sorella di Yasmine. Inoltre, Dean trovò sangue e campioni di capelli nel veicolo, appartenenti ad almeno dieci donne diverse, e furono gli unici elementi che la sua limitata tecnologia riuscì a raccogliere. Era sicuro che ci fossero ben più di dieci vittime, il che gli fece ribollire il sangue nelle vene.

La terza visita era servita a Dean per impostare la sua trappola, per pianificare la scena drammatica da realizzare per il finale per questo pezzo di merda. Di sicuro, avrebbe potuto facilmente sparargli in mezzo agli occhi mentre fumava una sigaretta, ma sarebbe stata una morte troppo facile per quest'uomo. Doveva pagare con le sue urla. Ogni volta che pensava a quanto fosse stato vicino, questo pezzo di merda, a prendere Yasmine, una furia oscura gli bruciava nel petto.

Ora era alla sua ultima visita, e l'ultima parte del tragitto si stava rivelando duro su una strada senza manutenzione. Quella che era una volta una superficie innevata ora era roccia dura e scivolosa, e non avrebbe lasciato alcuna traccia della sua presenza. L'uomo fissò il cielo e, persino con le nubi, sapeva che sarebbe arrivato in tempo. Sarebbe arrivato al tramonto e la sua preda sarebbe stata in fuga. Inserendo la marcia necessaria, s'inoltrò nella foresta circostante.

Capitolo Trentacinque

Dean si mise a terra, strisciò lungo il fianco della collina per poi imboccare il sentiero verso la piccola baita. Piccoli ciottoli lo perseguitarono fino a quando non si avvicinò ai piedi della collina. Prendendo fiato nascoso nelle ombre circostanti, scrutò nell'oscurità. L'uomo che stava cacciando passò davanti alla luce calda della finestrella e poi scomparve, ma si sentiva il suono di un televisore acceso.

Uscito dalla copertura degli alberi, corse verso un pick-up ultimo modello arrugginito e si nascose al di sotto. Estraendo le pinze dallo zainetto, apportò delle modifiche che avrebbero impedito al veicolo di sembrare 'a un punto morto'.

Sentendo sbattere la porta della baita, si abbassò il più possibile per non essere individuato. Gli sporchi scarponi da lavoro con i lacci slacciati scricchiolarono proprio davanti al suo nascondiglio, poi si diressero verso il retro della baita. L'uomo sparì dal suo raggio visivo, ma sentì sbattere un'altra porta di legno e seppe che era entrato nella latrina. Dovette ammettere che aveva contemplato di ucciderlo proprio lì dentro, gettando i suoi resti nel buco a marcire. Gli era sembrata una soluzione adeguata ma, ancora una volta, troppo rapida e facile. Il lato positivo era che l'uomo non avrebbe potuto fare stronzate mentre veniva torturato, perciò la notte sembrava davvero promettente.

Dean rotolò via da sotto il furgone e si guardò intorno. Quel posto sembrava l'ambientazione perfetta per un film dell'orrore, e la luce attenuata proiettava ombre, indicando a gran voce che l'abitazione era la "casa di un serial killer." Si trattava di un genere di posto talmente spaventoso che, anche nel caso ci si fosse trovati a rischiare di morire di fame o congelati in mezzo al bosco, si poteva preferire di rimanere all'addiaccio. A completare il quadro mancavano solo una donna pazza con un martello in casa e un uomo legato al letto.

Dean si mosse rapidamente e silenziosamente nella zona aperta e penetrò nel piccolo cottage, cogliendo l'opportunità di ficcanasare in giro. Aprì le credenze e la porta dell'armadio, ma trovò quello che stava cercando sotto il televisore. Afferrò la videocassetta vecchio stile, e lesse l'etichetta. Riportava il nome di una ragazza seguito da una data. Ne raccolse un'altra, e anche lì lesse il nome di una ragazza con una data trascritti su un'etichetta. Attivò la sua piccola torcia, illuminando lo spazio buio, e digrignò i denti quando lesse un nome: Raquel Jacobs. Ripose la videocassetta al suo posto, e decise che se ne sarebbe occupato in seguito.

Dean afferrò l'unica sedia da cucina posizionata di fronte al camino, e si sedette di fronte alla porta. Diede un'occhiata all'orologio quando udì il suono di passi avvicinarsi alla porta. Udì un rutto sfacciato, proprio prima che la maniglia della porta si muovesse.

Giusto in tempo.

Dean estrasse il coltello dal fodero sulla gamba e lo tenne sollevato brandendolo per la lama. *Coraggio, maialino.* L'uomo lo vide e s'immobilizzò, con un'espressione confusa, rendendosi conto di essere nei guai.

"Ciao, Simon," disse, facendo volare la lama.

"Che cazzo!" Simon imprecò e balzò fuori dalla porta, mentre la lama finiva nel telaio della porta di legno accanto al suo viso.

Dean estrasse tranquillamente la lama dal legno, mentre si dirigeva verso la porta, appoggiandovisi per assistere allo spettacolo. Come previsto, l'uomo corse verso il suo veicolo, e Dean sorrise quando il bersaglio ci saltava dentro. Lo sentì imprecare, mentre il motore si lamentava e scoppiettava, ma non voleva saperne di fare il proprio dovere. L'uomo balzò fuori dal veicolo, lasciò la portiera aperta, e corse verso il bosco, diretto al garage nascosto. Dean iniziò una lenta corsa nella notte, cacciando la sua preda.

"Sexy, attiva la visione notturna," disse, abbassando le piccole lenti sugli occhi.

"Visione notturna attivata."

Le lenti lampeggiarono, e Dean vide l'uomo correre in mezzo agli alberi. Il suo passo era affannoso in mezzo all'oscurità. Dean si fermò e si poggiò a un albero, mentre l'uomo perdeva il senso dell'orientamento e correva in cerchio. *Incredibile.* Dean prese la mira e sparò con la pistola, il proiettile sfiorò la corteccia di un albero vicino alla testa dell'uomo. Sparò ancora varie volte per deviare l'uomo sulla via giusta.

Dean inseguì la preda. Era decisamente più veloce di quell'uomo più vecchio e fuori forma. Continuava a dover rallentare fino a tenere un passo normale, per non colmare troppo la distanza. Avvicinandosi al punto in cui voleva che arrivasse, tolse la linguetta di una granata stordente e la lanciò a destra del sentiero per indurlo a svoltare. Usando l'avambraccio, si coprì il volto. Proprio come ogni altro animale in fuga dal suo predatore, l'uomo emise uno straziante urlo di paura, cambiando direzione.

Dean mantenne la distanza, ma si fece vedere, per indurre l'uomo ad andare nella direzione che desiderava. Simon si fermò, appoggiandosi a un albero, con il respiro affannato.

Dean lasciò che si riposasse. Avevano ancora tanta strada da fare. Dean dovette ammettere di essere scioccato che Simon avesse corso tanto a lungo.

Non volendo che la preda si mettesse troppo a suo agio, Dean sollevò la sua arma e sparò. Il proiettile finì nell'albero più vicino a Simon, frammenti di corteccia e ghiaccio finirono per spruzzargli addosso. L'uomo evitò il colpo, coprendosi la testa, e poi riprese a correre, più affaticato stavolta. C'era un intoppo nell'andatura di Simon, un ginocchio malandato sospettò Dean dal mondo in cui trascinava la gamba.

Simon era ormai sulla giusta traiettoria, seguendo il tragitto che Dean si era preso il tempo di creare, assicurandosi che l'uomo finisse nella sua trappola in attesa.

Dean si fermò, in attesa. Quando Simon emise un grido tale da gelare il sangue, Dean sorrise e osservò divertito, mentre una delle trappole disposte accuratamente si stringeva intorno alla gamba di Simon. Dean rise, vedendo l'uomo, trascinato sul terreno accidentato, sbattere contro piccoli alberelli e rocce ghiacciate, prima di giungere finalmente a penzoloni nell'aria. C'erano notti semplicemente più divertenti di altre.

Dean scavalcò la trappola nascosta per orsi che Simon aveva mancato per un soffio, e si avvicinò al penzolante pezzo di carne.

"Chi cazzo sei?" Il pesante anziano sussultò e poi tossì.

La sua camicia a quadri era sollevata intorno al collo, e mostrava la pallida pancetta e il petto peloso. Il naso di Dean gli fece comprendere che quest'uomo non faceva la doccia da molto tempo. Il tanfo di vecchio sudore, sporco e ora piscio permeava l'aria.

"Non ha importanza chi sono io. Quello che voglio è avere una conversazione, maialino, ma se non risponderai alle mie domande..." Poi, afferrò l'uomo per i capelli diradati e lo girò così che lo guardasse negli occhi. "Ti farò strillare, proprio come ho fatto gridare tuo fratello."

Simon sgranò gli occhi, mentre assimilava quelle parole. "Che cos'hai fatto a mio fratello?"

"Non preoccuparti. È vivo. Ha solo qualche chilo in meno." Dean sogghignò.

"Non sono come mio fratello."

Dean s'inginocchiò, così da poter guardare Simon negli occhi. "Oh, so che sei molto, molto peggio."

La rabbia sotto la pelle, che lentamente stava montando in superficie, gli scorreva tra le vene. Arretrando il braccio per caricare il colpo, scagliò un primo pugno, e il corpo del bastardo si afflosciò, sotto quel potente montante.

È ora di divertirsi un po'.

Capitolo Trentasei

Yasmine non aveva idea di come avesse fatto a perderlo e decise di tornare indietro.

Aveva seguito Dean, incollata a lui come una mosca sulla merda, più determinata ad ogni chilometro, volendo sapere cosa lui stesse facendo, quando, improvvisamente, era sparito. Un momento prima era di fronte a lei e quello dopo se n'era andato. Aveva guardato abbastanza serie poliziesche da sapere di dover tenere una giusta distanza per non farsi scoprire, eppure...

Questa era l'ultima strada che lui poteva aver preso, e lei se l'era fatta sfuggire un milione di volte mentre ci passava davanti. Non c'era traccia del suo passaggio, e persino con la neve e il ghiaccio, gli alberi circostanti erano così ingombranti da ostruirne l'accesso. Perché la gente costruiva le strade e poi non le sistemava era andava ben oltre la sua comprensione.

Yasmine accostò lentamente sulla strada dissestata e se ne pentì quasi subito. I denti le battevano rumorosamente, mentre provava a tenere saldamente il volante, mantenendo sulla strada l'auto vibrante. Il veicolo sbandò a destra e poi, tornò a sinistra, e lei sbatté violentemente la testa contro il vetro.

"Ahi!" Si massaggiò il capo e il punto su cui era sicura che si sarebbe formato un livido. "Che cosa diavolo sto facendo? borbottò.

Sarebbe tornata indietro, andando a casa. Quella settimana, l'aspettava un funerale da organizzare e avrebbe dovuto occuparsi delle preparazioni necessarie, ma no. Invece, era lì fuori a girovagare alla ricerca di Dean o di qualcuno che credeva fosse lui. Per quanto ne sapeva, non era lui, ed era tornato in chiesa oppure era andato a trovarla, mentre lei non era a casa.

Yasmine sospirò.

Era quasi il tramonto, e la foresta scura che si estendeva su ogni lato della strada, non la stava affatto aiutando a calmare i nervi. C'era una piccola apertura in mezzo agli alberi, e lei vi penetrò lentamente con l'auto, per poi invertire la marcia e tornare a casa, ma quando i fari puntarono sulla foresta, la vide: l'Hummer nero e lucido. Strinse forte il volante con entrambe le mani, con gli occhi incollati sul veicolo imponente. Che cosa diavolo avrebbe detto a Dean, sempre che si trattasse di lui?

Ehi, stamattina ti ho visto e ho deciso di seguirti? Spero che non ti dispiaccia che ti abbia seguito nel bel mezzo del fottuto nulla. Che ne dici di prenderci un caffè visto che ho già finito quello nel thermos che ho portato per noi?

"Sono ridicola."

Inserì la retromarcia, per fare ciò che intendeva e andare a casa, maledizione... ma non riusciva a farlo.

"Merda!"

Parcheggiando l'auto, spense il motore e realizzò improvvisamente di quanto fosse diventato buio. S'infagottò e cercò timidamente di scendere dal veicolo riscaldato, inoltrandosi nell'oscura foresta. Gli occhi di Yasmine scrutarono l'ambiente, mentre un brivido le scese lungo la schiena, e tirò ulteriormente su la cerniera del cappotto.

Che cosa ci avrebbe fatto comunque lui qui fuori? Un rifugio, forse, isolato nei boschi? Voleva fondersi con la natura selvaggia? Aveva bisogno di riconcentrarsi, chiedendo perdono per quello che loro due avevano fatto la notte precedente?

L'idea che Dean chiedesse il perdono di Dio per aver preso una sbandata per lei, le faceva male. Era stupido, ma desiderava una vita con lui. Voleva che gettasse via il collare e dichiarasse che lei era più importante.

Yasmine chiuse la portiera, e i suoi piedi scricchiolarono nella superficie ghiacciata, mentre si avvicinava al veicolo nero. Non riuscì a fare neanche una dozzina di passi, quando un grido le raggiunse le orecchie, quel suono colmo di terrore la immobilizzò sul posto.

Oh Dio, e se fosse ferito là fuori?

Si sentì di nuovo quell'urlo agghiacciante e, andando contro il proprio istinto, lei si diresse verso il suono e si mosse più in fretta possibile. Ogni grido la colmava sempre più di paura. Non aveva nemmeno un'arma con sé. Inoltre, che cosa poteva fare che Dean non potesse fare? Tirando fuori il cellulare, la mano iniziò a tremare, e imprecò per come l'oggetto indicasse che non c'era campo e la batteria fosse ormai quasi andata.

Perfetto.

Il grido divenne più forte stavolta, e lei portò il passo a una corsa lenta. Sperava di essere in tempo per salvarlo da... non aveva idea da che cosa, ma non era importante. Non l'avrebbe lasciato morire dopo che i suoi sentimenti per lui erano stati svelati.

Yasmine si fermò, mentre l'urlo riecheggiava; si rese conto di stare andando nella direzione sbagliata. Era in forma, ma non si allenava spesso, e i polmoni le bruciavano per lo sforzo fisico nell'aria fredda.

Un fascio di luce a malapena accennato sbucò alla sua sinistra, e come una falena attirata dalla fiamma, si voltò e riprese il passo. Il suono stridulo che raggiunse le sue orecchie le fece gelare il sangue. Yasmine si fermò, dopo essersi avvicinata a quello che sembrava uno squarcio nella vegetazione. Controllò il terreno ricoperto di neve. Dopo aver trovato un rametto, vi si aggrappò con una mano, fece un respiro profondo e corse a tutta velocità verso la luce.

Attraversò la foresta, fino a quando decise di fermarsi. La mente non riusciva a comprendere quello che stava vedendo. Un uomo che non riconosceva era appeso tra due alberi. Le gambe così tirate, da formare una X, mentre penzolava a pochi metri dal suolo. Era stato spogliato completamente, e il sangue gli scorreva copiosamente lungo il corpo, che sembrava luminoso contro la pallida pelle, persino così al buio. Sbatté un paio di volte le palpebre, concedendo un istante al cervello per registrare che il lato sinistro dell'uomo era privo di pelle. Questa giaceva in un mucchio a terra, come una montagna di carne in miniatura.

Oh mio Dio, lo hanno scuoiato vivo.

Tremò involontariamente, mentre il corpo colse ciò che il cervello stava urlando nella sua testa. Muscoli e ossa erano esposti in maniera disordinata sul suo corpo. Lei conosceva l'anatomia, e nulla di quanto gli era stato fatto l'avrebbe ancora ucciso, ma non riusciva a immaginare quanto dolore gli stesse procurando. Una risata isterica emerse in fondo alla sua gola. *Era una follia!*

L'uomo che impugnava una lama minacciosa si girò verso di lei, che gettò il rametto, portandosi le mani alla bocca, mentre la mente divenne incapace di formulare un pensiero razionale.

Dean era tutto vestito di nero, con il volto dipinto, come aveva visto fare solo nei film. Armi gli adornavano il corpo, come gioielli. Le mani che le avevano procurato così tanto piacere la notte prima stringevano il coltello, mostrando l'increspatura del muscolo nel suo avambraccio. Un'immagine della mano di Dean intorno al suo collo le tornò in mente, e la bile le salì in gola.

"Yasmine?"

Il suo nome sulle labbra di Dean portarono i suoi occhi a fissarlo finalmente, lo sguardo di quell'uomo che pensava fosse gentile e generoso. Certamente era questo che avevano dimostrato la notte precedente, ma questo? L'uomo che amava, no, non poteva essere vero. Doveva esserci un errore. Dean avanzò di un passo verso di lei, e quando lo fece, la lama luccicò nell'oscillante luce della torcia. Lei vide il sangue fresco che scorreva su di essa... *Scappa!* Si girò e corse nella direzione da cui era arrivata.

Non aveva idea di dove stesse andando. Aveva avuto tanta paura per la vita di Dean da non lasciare tracce del percorso fatto. Stupidamente, guardò alle sue spalle e finì contro un albero, gridando all'impatto. Lui stava arrivando da lei. Lo sentiva avvicinarsi sempre di più. Poggiandosi una mano sulla bocca, si girò, provando a ricordare dove avesse parcheggiato la sua auto. Afferrando le chiavi dell'auto, pigiò freneticamente il tasto dell'allarme, ma non s'innescò, nulla lampeggiava.

"Yasmine, fermati!" gridò Dean.

Era più vicino. Lei riprese a correre, preferendo mettere distanza tra loro, piuttosto che restarsene lì dove sarebbe sicuramente morta. Aveva il respiro affannoso, mentre svoltava ad un angolo, ritrovandosi sul sentiero avvolto dalla fitta vegetazione; Dean le gridava di fermarsi, e quel suono le riecheggiava nelle orecchie.

"Fermati! Ci sono delle trappole!"

Lei ebbe soltanto un istante per domandarsi che cosa intendesse, quando qualcosa le volò accanto al viso, graffiandole la guancia. La donna gridò e si afferrò il volto, mentre un liquido caldo le scendeva sulla guancia. Con mani tremanti, si allontanò; quello che poteva essere soltanto sangue aveva macchiato la muffola.

"Stai bene? Yasmine, sto arrivando, non muoverti! Ci sono delle trappole intorno a te!"

In altre circostanze, lei lo avrebbe ascoltato, ma la paura superò ogni forma di buon senso. Corse lateralmente, distanziandosi da Dean, e lo sentì imprecare nell'oscurità. Non andò molto lontano, quando emise uno strillo, mentre inciampava in un ceppo caduto dall'alto. Atterrò bruscamente e gridò, poi strillò ancora più forte, quando un dente metallico sbucò da sotto le foglie e la neve proprio accanto a lei. Aveva quasi rischiato di perdere la faccia.

Con il cuore in gola, ormai, si sentiva svenire.

Fissò il letale pezzo di metallo, immaginando il peggio, se le si fosse stretto intorno al collo.

Sentì il sapore del sangue e seppe di essersi morsa la lingua, ma non riuscì più a muoversi. Si era rotta o distorta la caviglia o il piede. Non ne era certa. Spinse l'arto ferito verso di lei, realizzando che si trattava di una brutta distorsione o di una rottura. L'ipotesi si rivelò corretta, quando provò a poggiarci sopra il peso e gemette, cadendo bruscamente ancora una volta sulla terra ghiacciata.

"Yasmine, ti prego, fermati," disse dolcemente Dean, come se stesse provando a calmarla. Come un predatore nella notte, riemerse da dietro un albero. I passi degli stivali neri sembravano un po' più vicini.

Curiosamente, non le fece fretta. Sollevò le mani e avanzò con piccoli passi, ma calde lacrime scorrevano lungo le guance di Yasmine, mentre cadeva preda del panico. Sarebbe morta lì fuori in mezzo al bosco, proprio com'era successo a sua sorella. Con il labbro inferiore tremante, provò ad allontanarsi da lui, che la seguì facilmente. Presto la donna si trovò ad ansimare, con le braccia tremanti e prive di forza. Il corpo era scosso da tremiti; chiuse gli occhi e girò la testa, mentre lui s'inginocchiava accanto a lei.

Yasmine non potè fare a meno di pensare alla sorella. Forse era questo il suo karma, dopo essere scappata quella notte. Nessuno le aveva detto che cosa avesse subito la sorella, nessuno le aveva fornito i dettagli ma, quando aveva rilevato l'impresa di pompe funebri, aveva cercato nei registri. I dettagli raccapriccianti erano in bianco e nero e pagine e pagine di violenze, che non sapeva sarebbe stato possibile infliggere a un essere umano ad opera di un suo simile.

Al momento, era nei boschi con un assassino, ed era come se ciò segnasse la fine di un cerchio. Come se fosse quello che gli ultimi diciassette anni di tortura dovevano insegnarle.

Era giunta la sua ora. Era il momento di pagare il conto.

La mano di Dean le afferrò il mento, e lei gridò per il contatto, terrorizzata e mortificare per provare così tanta paura. Avrebbe dovuto lottare come aveva fatto la notte del rapimento della gemella. Strinse dunque il pugno.

"Non lottare Yasmine, non ti farò del male," disse Dean, come se le leggesse la mente. Posò l'altra mano sul suo pugno, e lei tremò ancora di più. "Guardami!"

Dean usava lo stesso tono autoritario che aveva in camera da letto, ma ora le fece solo venire voglia di piangere e strisciare in una fossa. Yasmine deglutì e aprì gli occhi. Non c'era ancora traccia del coltello.

"Te l'ho detto, non ti farò del male." La voce di Dean era più dolce, mentre un pollice scorreva lungo il suo mento. "Sei stata fortunata. Quella trappola avrebbe potuto decapitarti. Accidenti, quella freccia l'ha quasi fatto." Le inclinò il capo da un lato all'altro. "Ti verrà un livido, ma il taglio non sembra abbastanza profondo da richiedere dei punti."

Lei si sottrasse al suo tocco.

"Perdonami, ma è un po' difficile credere che non intendi uccidermi adesso. Hai messo delle trappole ovunque, senza contare quello che stavi facendo." Incrociò le braccia al petto, rivolgendogli la peggior occhiataccia che fosse in grado di mostrare.

"Ecco la Yasmine che conosco." Dean sorrise.

Il cuore traditore di Yasmine saltò un battito. Come poteva questo sorriso dare piacere dopo quello che gli aveva appena visto fare?

"Quelle trappole non le ho messe io. Ora, ti aiuto a stare in piedi."

"No. Non voglio il tuo aiuto."

Dean si guardò intorno nella foresta.

"Questo è il peggior momento per fare la testarda, considerando che non riesci a stare in piedi da sola, il tuo cellulare non ha campo e, anche se lo avesse, non saresti in grado di visualizzare tutte le trappole qui intorno."

Yasmine aprì la bocca per replicare, e poi la richiuse.

Non aveva altra scelta se non quella di fidarsi di lui? Bene. Non c'era. Forse sarebbe riuscita a capire come scappare?

Dean le mise un braccio intorno alla vita, e in un rapido movimento, lei fu in piedi; immediatamente fece un respiro profondo, mentre un dolore lancinante si diffondeva nella gamba. Dean non osò fare domande. La tenne solo tra le braccia e camminarono insieme verso la direzione da cui era arrivato. Lei immaginava che la stesse riportando al luogo dove si trovava l'altro uomo, probabilmente pianificando di lasciarli a morire appesi insieme. Ma se lei stava per morire, voleva sapere il perché.

"Hai intenzione di uccidermi?" Rabbrividì, pronunciando quella domanda, non desiderando conoscere la risposta.

"No, ti ho già detto che non ti farò del male." L'uomo smise di camminare e la guardò con occhi dolci. "Non ti farei mai del male, Yasmine. Non sono mio padre."

Lei non aveva idea di che cosa significasse quella frase, ma glielo avrebbe chiesto un'altra volta. Notò anche che aveva un apparecchio sull'occhio sinistro. Assomigliava a qualcosa che avrebbe potuto vedere in un film sull'esercito. Sapeva che lui ne aveva fatto parte, ma non gli aveva mai chiesto quale fosse la sua funzione. Le era sembrato inappropriato indagare, ma al momento avrebbe tanto desiderato averlo fatto.

"Allora... cosa? Perché?" Yasmine tacque, raccogliendo i pensieri. "Hai squarciato quell'uomo come un pezzo di carne appeso sul gancio di una macelleria."

"Quello non è un brav'uomo. Non uccido gli innocenti, Yasmine. La mia missione consiste nel trovare e dare la giusta punizione ai peccatori di ogni sorta, ma punto soprattutto ai violenti, stupratori e serial killer. Specialmente quelli che puntano ai deboli: bambini, donne e anziani. Sono il peggior tipo di predatori."

Lei fissò il lato del suo viso, la mascella serrata, scoprendo così che stava dicendo la verità.

Un prete che cacciava le persone?

La sua mente era in subbuglio.

"Missione per chi? Sei sempre nell'esercito?"

"No e sì. È complicato. L'organizzazione di cui faccio parte ha una missione che io seguo."

La mente di Yasmine era sempre più confusa, al pensiero di tutte le loro interazioni avvenute nel corso dell'anno precedente, specialmente la loro intimità recente, quando un pensiero le si formulò improvvisamente in testa.

"Aspetta un minuto, sei davvero un prete?"

Per il più breve degli attimi, vide la colpa negli occhi di Dean, ma poi svanì, mascherata da uno sguardo fisso. "No, non lo sono."

"Oh mio Dio!" Lei si picchiò la fronte con la mano. "Sono una sciocca. Sono un'idiota. Come ho fatto a non capirlo?" Si coprì poi gli occhi mentre l'umiliazione sostituiva la paura.

"Yasmine, tu hai visto ciò che volevo vedessi, proprio come ho mostrato al resto della città ciò che ho deciso di far vedere."

"Tutte quelle persone che si rivolgono a te in cerca di consigli e per mettere a nudo la propria anima, tu ti approfitti di loro. Come può non essere un peccato?"

"Do loro esattamente quello di cui hanno bisogno ed esattamente ciò che un vero prete può offrire. Conforto alle persone in lutto, perdono quando me lo chiedono, risposte al momento del bisogno, e punizione quando è necessaria. Che cos'altro potrebbe offrire un prete?"

"Non è la stessa cosa!"

"Perché no? Perché non ho avuto un altro uomo con la veste lunga a dirmi che ne sono degno? Ho visto più cadaveri, gustato il vero perdono e comprendo il dolore di una perdita meglio di chiunque altro cosiddetto rappresentante di Dio. Una cosa che nemmeno esiste. Credimi, Yasmine, se ci fosse un Dio, allora l'avrei già visto da un pezzo."

Stavolta, quando la guardò, tutto ciò che lei vide fu tristezza. Qualcosa di terribile doveva essergli accaduto. Il suo dolore rispecchiava quello di lei, e sebbene Yasmine non volesse sentirsene influenzata, avvinghiava il suo cuore in una morsa.

Lei sospirò dolcemente. "Padre O'Sullivan esisteva davvero?"

"Sì, ma l'ho ucciso."

Yasmine sussultò, con la bocca spalancata per la sua facile ammissione.

"Non era una brava persona." Dean le impedì di replicare.

"Imbrogliava, ha ingannato migliaia di innocenti; costringeva giovani a entrare nella chiesa per avere rapporti sessuali, Yasmine. Ti ho detto che non uccido gli innocenti. Non è la mia missione."

"Non sono considerata una peccatrice?" chiese lei sottovoce. "Voglio dire, dopotutto, pensavo di aver corrotto completamente un prete."

Yasmine incrociò le braccia. C'erano troppe emozioni da analizzare. Non sapeva nemmeno da dove cominciare: paura per ciò che lui le avrebbe fatto dopo aver finito di occuparsi dell'altro uomo, umiliazione per non aver visto con i propri occhi, rabbia per essere stata facilmente ingannata e tradimento. L'ultimo sentimento era quello che più le faceva male. Era come se lui si fosse approfittato dei suoi sentimenti. Amarlo l'aveva fatta stare davvero male, al pensiero di essersi approfittata di lui mentre anche lui si stava approfittando di lei.

Dean smise di camminare, e il battito del suo cuore le riecheggiò forte nelle orecchie, mentre aspettava di sentire il suo verdetto.

"Sono piuttosto sicuro di avere avuto un grosso ruolo nella tua caduta dalla grazia, o l'ho solo immaginato?" Yasmine evitò il suo sguardo. "E chi ha ferito il nostro peccato? Un Dio finto? No, il nostro peccato ci ha dato conforto e piacere in un momento in cui ne avevamo entrambi bisogno."

"Quello che è successo la scorsa notte è reale?" chiese Yasmine.

"Che cosa intendi?"

"La scorsa notte faceva parte di un piano più grande, oppure eri così tanto arrapato da fingere qualcosa che non sei?" mormorò. Il suo cuore doleva ironicamente all'idea che i sentimenti di Dean potessero essere falsi. "Mi hai usata, Dean?"

"Yasmine." Lui pronunciò il suo nome con autorità, proprio come aveva fatto la notte precedente. Lei si sentiva costretta a obbedire. Guardò in quelle sfere nocciola, che sembravano così scure nella foresta. "Il mio piano era quello di non farmi mai scoprire, continuando a fingermi prete e prestarmi al dovere che ho giurato di svolgere. Venire a letto con te certamente non era nei piani, ed è una grande complicazione."

Lei sollevò le sopracciglia. "Sono una complicazione?"

"Sì, lo sei. Avevo una missione, ed è saltata. La mia copertura è saltata. Puoi chiamare la polizia quando sarai fuori di qui, e raccontare tutto e, allora, sarò costretto a darmi alla fuga. Io la chiamerei una seria complicazione."

"Allora perché non uccidermi?"

"Direi che la risposta è ovvia." Il corpo di Yasmine si scaldò per le sue parole e rabbrividì sotto il suo sguardo intenso, che diceva molto più di quanto qualsiasi parola potesse fare.

Dean continuò a camminare, e lei rifletté per qualche istante.

Restando in silenzio, assimilò le informazioni.

"Perciò, chi è l'uomo laggiù?"

Dean non rispose, e lei guardò il suo viso, mentre provava a comprendere perché non volesse risponderle.

"Dean, se vuoi che mi fidi di te in questa follia, allora devi dirmi chi è quell'uomo e perché ritieni che debba morire." Mosse la mano in direzione dell'uomo in questione. "Voglio dire, la morte è una cosa, ma quello che ho visto..."

Smise di parlare, incapace di terminare la frase, mentre Dean si fermò proprio all'interno della piccola radura, che conteneva il quadro orrendo che le si parava davanti.

L'uomo non gridava più, ma lei non sapeva che cosa fosse peggio.

Gli arti afflosciati e il corpo inzuppato di sangue lo facevano apparire già morto oppure come se fosse già morto. Non era spaventata dalla vista dei cadaveri. Non era quello il problema. Era il modo in cui stava morendo quell'uomo, e chi era la causa della sua dipartita.

"Riesci a reggerti se ti poggi a un albero?"

"Forse."

"Poggia il peso sulla gamba buona."

Dean la mise in piedi prima di indietreggiare. Lei lo guardò, come se dinnanzi a lei ci fosse un estraneo, e in un certo senso, era così oppure no? Non era affatto chi credeva lui fosse. Indossava i panni di un assassino, sfoggiava i tatuaggi di un assassino, e aveva gli occhi di un assassino. Era il predatore vestito da agnello, che ora sapeva di aver visto in alcuni momenti, sentiva nel suo cuore che il ruolo di prete quasi non gli calzava, ma si era permessa di credergli.

"Rispondimi, ti prego. Chi è quest'uomo?" Yasmine annuì verso... quell'ammasso appeso lì. L'unico segnale che indicava fosse ancora vivo era il lieve sollevarsi e abbassarsi del petto.

Dean le rivolse uno sguardo che la donna non fu in grado di decifrare, e poi sospirò.

"Questo è l'uomo che ha ucciso tua sorella," disse Dean, fin troppo calmo.

La testa di Yasmine si piegò in direzione dell'uomo in questione, e poi, tornò a guardare Dean.

"Stai mentendo. Come puoi sapere che cos'è successo?"

"Yasmine, pensa a quello che ti ho appena detto. Lo faccio per vivere.

Do la caccia ai cacciatori che nessun altro è in grado di fermare." Dean allora la fissò, il peso delle suo parole scritto chiaramente nei suoi occhi.

"Stai dicendo..."

"Sì, ho trovato l'uomo che ha provato a rapirti e che ha rapito Raquel. Quell'uomo è ancora vivo, ma desidera essere morto. Questo è suo fratello, ed è l'uomo che ha torturato, stuprato e ucciso tua sorella, come ha fatto a oltre una dozzina di altre donne. Prima del tuo arrivo, ero riuscito a scoprire dove sono state gettate quelle che ancora non erano state ritrovate."

Dean incrociò le braccia sul grande petto.

"Riuscirò a dare una risposta alle famiglie rimaste indietro, e quelli che erano ancora in lutto riavranno le loro care scomparse. Per me, questo è un atto di Dio."

L'ultimo grammo di forza che stava sfruttando per reggersi in piedi, le fuoriuscì dal corpo. Dean la afferrò prima che crollasse al suolo, e la fece sedere.

Questo non stava succedendo davvero.

Capitolo Trentasette

Dean rimase in silenzio, dandole il tempo di assimilare quelle informazioni. Una morbida coltre di neve stava cadendo dal cielo. Sembrava bella, mentre atterrava sulle ciglia di Yasmine, sui suoi occhi verde primavera pieni di lacrime non versate.

Lei aveva lo sguardo fisso nel vuoto, e Dean sapeva che era in stato di shock. Le massaggiò vigorosamente le braccia, e quando il suo sguardo si posò su di lui, le depose un dolce bacio sulle labbra, sfidando la sorte.

Yasmine lo fissava, porgendogli silenziosamente domande a cui l'uomo non poteva rispondere. Le lacrime le scendevano sulle guance, e lui si precipitò ad asciugarle con i pollici, prima che potessero ghiacciarsi.

"Continuerò con il mio lavoro. Potrebbe essere difficile per te da guardare e sentire, ma non posso lasciarlo andare. Non posso lasciarlo in vita. Lo capisci?"

"È in grado di parlare? Voglio parlare con lui."

"Non gli ho ancora tagliato la lingua, ma non penso che sia una buona idea."

"Non m'importa ciò che pensi. Ha preso mia sorella, la mia gemella, la mia migliore amica."

Poi tacque e fece un respiro profondo. "Ha preso l'altra metà della mia anima e, facendolo, mi ha portato via anche mia madre e mio padre. Ha preso tutto quello che avevo di buono, e devo sapere perché."

Il labbro inferiore iniziò a tremarle, ma la sua voce non vacillò mai.

"Ho passato ogni singola notte a pregare per il perdono per non aver trovato aiuto in tempo per salvare mia sorella. Vedo ancora le sue braccia protese verso di me. Mentre gridava Yazzy, e io sono corsa via dalla stanza come una codarda."

"Tu non sei stata e non sei una codarda, Yasmine. Eri solo una bambina, e hai fatto tutto ciò che potevi."

Avvolgendo le braccia intorno all'albero, lei si sostenne e Dean poté affermare dallo sguardo determinato sul volto di Yasmine, che non avrebbe ceduto.

"D'accordo, ma non dovresti aspettarti tanto. Non è esattamente il tipo di persona in cerca di perdono." Aiutò Yasmine a reggersi in piedi e poi, insieme, s'incamminarono verso la sua preda.

Con cautela, la aiutò a stare in piedi, tenendole un braccio fermo intorno alla vita.

"Come si chiama?"

"Ha importanza?"

"Voglio saperlo."

"Io lo chiamo Maialino, ma il vero nome è Simon." Dean scrollò le spalle.

Yasmine si rivolse all'uomo.

"Perché hai preso mia sorella? Perché l'hai uccisa?"

La testa dell'uomo s'inclinò leggermente, esponendosi alla luce fioca, con gli occhi colmi d'odio, nonostante sapesse che ormai la sua vita era finita.

"Inginocchiati e succhiami il cazzo puttana, forse allora te lo dirò."

Dean gli diede un rovescio sulla faccia. Sangue e saliva schizzarono ovunque, mentre il rumore di ossa rotte riecheggiò intorno a loro.

"A meno che tu non voglia che trovi dei modi più creativi per punirti, ti suggerirei di contenere il linguaggio davanti alla signora e rispondere alle sue domande."

Quei freddi occhi grigi incontrarono i suoi. Rabbia e malvagità si celavano sotto la superficie e fu l'unica volta in cui Dean credette che esistesse un diavolo. Il modo in cui la sua preda sembrava sempre infettata dalle tenebre era tangibile, e gli fece mettere in dubbio il suo credo.

"Devo ripetermi?" Dean sollevò la mano, e l'uomo si divincolò nelle catene che lo legavano. Tintinnarono leggermente, annunciando quanto fosse impotente.

"No."

"Bene, ora rispondi alla domanda," ordinò Dean.

Dean guardò Yasmine e vide che lo stava osservando. Sapeva che, dopo quella notte, non avrebbe mai più voluto avere a che fare con lui. Inoltre, lui non sarebbe riuscito a nasconderle quella sua attività, in caso di una relazione con lei. Inoltre ebbe la consapevolezza che la donna potesse non accettare quanto lui doveva fare.

Eppure, non avrebbe cessato di inseguirla e, anche se non aveva mai voluto che lei lo seguisse, era stato meglio così. Era ora che lui andasse avanti. Sarebbe diventato troppo compiaciuto, e osava ammettere... felice. Gli occhi di Yasmine erano socchiusi, ma riconobbe l'incertezza che pesava su di lei.

"Volevamo prendervi entrambe."

Disse infine Simon, mentre sussultava e faceva un respiro irregolare.

"Gemelle con i capelli rossi e gli occhi verdi." L'uomo si leccò le labbra, e Dean sentì Yasmine tremare contro di lui. "Perché voi due? Perché non voi due? Eravate giovani, gemelle e bocconcini appetitosi. Quello era l'unico criterio del gioco. Beh, quello e l'opportunità, quello stupido festival vi ha fatto lasciare la porta spalancata."

Yasmine scosse il capo. "Vuoi dire che ci hai prese solo perché pensavi fossimo belle e hai avuto l'opportunità?"

"Sì."

"Ma lei era mia sorella, e eravamo le uniche figlie dei nostri genitori. Non t'importava di portarci via da tutti i nostri cari? Che ci avresti causato dolore fisico? Che ci hai provocato un dolore, che non potevi nemmeno comprendere?"

Simon rise, quel suono fece trasalire Yasmine, che si accoccolò ancora più vicino a Dean.

"Sei stupida o che cosa? Se ci fosse importato di qualcosa del genere, credi che avremmo pianificato di prendervi o prendere tutte le altre dopo tua sorella? Per quanto mi riguarda, la paura ti rende più stretta e più dolce da scopare. Tua sorella..." Simon si leccò le labbra. "Oh, lei è stata la più dolce che abbia mai avuto. Pensare alle sue grida mi fa indurire il cazzo ancora oggi."

Dean fu sul punto di colpirlo ma poi si fermò. Voleva che restasse cosciente.

"Sei un pezzo di merda!" gridò Yasmine.

"Mmmm, scommetto che il tuo culo ha lo stesso sapore che aveva il suo, come melassa in un giorno d'estate." L'uomo tirò fuori la lingua, facendola oscillare all'aria. Yasmine si sottrasse rabbiosamente alla stretta di Dean, il suo pugno entrò solidamente in contatto con il mento di Simon.

Quest'ultimo scoppiò a ridere, e Yasmine continuò a scagliarsi su di lui, un verso rabbioso eruppe dalla sua gola, mentre le lacrime scendevano sulle sue guance.

"Dammi il coltello!" comandò Yasmine. Si girò e gridò, mentre posava il peso sulla gamba ferita. Prima che cadesse al suolo, Dean la afferrò rapidamente.

Dean si allontanò il più possibile nella radura. Una risata ululante rieccheggiò dietro di lui, mentre Yasmine imprecava e agitava le braccia in aria, provando a tornare indietro dall'uomo. Arresasi, rivolse la propria attenzione a Dean, e batté le mani contro il suo petto mentre gli ordinava di metterla giù. Obbedì e lei si aggrappò all'albero più vicino, mentre Dean le prese il viso tra le mani.

"Guardami."

L'angoscia che riconobbe nella profondità di quegli occhi splendidi gli spezzò il cuore. Un cuore che non pensava potesse tornare a provare sentimenti, finché non aveva incontrato lei.

"Lo ucciderò!" imprecò furiosa, mentre le lacrime continuavano a rigarle il volto.

"Yasmine, guardami." Lei fece come le era stato chiesto, i suoi occhi emanavamo una rabbia non espressa. "Sta cercando di ferirti di proposito. Guardalo. Sa di essere un uomo morto, e tormentarti è l'ultimo frammento di divertimento che può avere prima di morire. Non lasciare che ti ferisca più di quanto abbia già fatto."

"Voglio ucciderlo."

"No."

"Perché no?"

"Perché non dici sul serio. Te ne pentiresti e odieresti te stessa. Non gli permetterò di contaminare la tua bella anima. Io sono nato nel sangue e nell'oscurità, Yasmine, e sono rinato in quello che vedi. Ho vissuto con più di quanto una persona dovrebbe, eppure lo faccio volontariamente, se significa che posso proteggere gli altri, ma ciò ha un costo."

Le mise il dito sotto il mento, mentre la donna provava a distogliere lo sguardo.

"Ti amo, Yasmine. Non pensavo di esserne capace, ma è così, e non importa quello che deciderai di fare dopo che avremo lasciato questi boschi, non lascerò e non posso permettere che quest'uomo rovini ciò che sei. Sei una di quelle persone belle che ha visto il dolore, eppure tratti gli altri con amore e tenerezza, persino nei loro ultimi istanti. Vedi ancora il buono nelle persone, Yasmine, e vuoi credere il meglio di loro. Non lascerò che te lo porti via."

Lei si morse il labbro inferiore, con gli occhi puntati sull'uomo appeso, i suoi lineamenti taglienti apparivano davvero malvagi nella luce della torcia, e poi tornò a posare gli occhi su Dean.

"Tu mi ami?" gli chiese dolcemente.

"Sì, da morire."

"Perciò gli hai dato la caccia per me?"

"Sì, dopo aver scoperto che cosa aveva fatto a te a tua sorella, ho deciso di cercare e uccidere l'uomo o gli uomini responsabili. Non mi basta regalare semplicemente un mazzo di fiori." Le rivolse un piccolo sorriso.

"Riderei ma non posso. Mi ha portato via così tante cose quella notte. Mi ha portato via molto di più di mia sorella." I loro sguardi s'intrecciarono, ma lui non si sarebbe arreso sulla questione. Non le avrebbe permesso di superare il limite.

"Lo so." Dean fece scorrere il pollice sulla sua guancia. "Credimi. Non vuoi percorrere questa strada. Devo percorrerla soltanto io e nessun altro."

Vide gli ingranaggi nella mente di Yasmine iniziare a muoversi, ma le lasciò elaborare il tutto. Sarebbe rimasto lì tutta la notte se fosse stato necessario. La donna si asciugò le lacrime e si raddrizzò sulla schiena, mentre nei suoi occhi appariva la risolutezza.

"Voglio che urli. Voglio che soffra come ha sofferto mia sorella," sussurrò.

Dean chiuse gli occhi, deponendole un bacio sulla fronte.

"Implorerà il tuo perdono prima che io abbia finito."

Dean estrasse la lama dalla guaina sulla gamba, e tornò alla sua preda.

"Oh, e Dean," lui si girò verso Yasmine. "Anch'io ti amo, per quanto possa sembrare incasinato al momento dirlo, ma è così."

Le rivolse il suo caratteristico sorriso da 'ti scoperò forte più tardi', e riprese a dirigersi verso Simon.

Capitolo Trentotto

Dall'episodio nei boschi erano ormai trascorse due settimane.

Lei era tornata a casa, accompagnata in auto da Dean, restando in silenzio a osservare le altre auto di passaggio, e non provava niente. Dean aveva mantenuto la sua promessa. La scena a cui aveva assistito... non aveva addolcito la pillola. Era stato orribile, ma era quello che gli aveva chiesto di fare - avere vendetta per l'omicidio di sua sorella.

Una volta svanita la rabbia, si sentiva terribilmente svuotata. Dean aveva provveduto a una pulizia metodica. Aveva osservato affascinata, mentre trasformava quella che era stata una strana zona di morte, in un'innocente piccola radura nella foresta, senza un corpo da trovare. Aveva gettato tutto all'interno di una fossa profonda che lui stesso aveva scavato, dicendole che il cadavere si sarebbe disfatto nell'arco di due giorni. E, in tal modo, l'uomo che l'aveva privata dell'innocenza dell'infanzia, sarebbe sparito dalla faccia della terra.

Persino in quel momento, mentre lei era seduta in cucina a guardare il caffè raffreddarsi, non sapeva come definire ciò che stava provando. In principio, aveva creduto di trovare sollievo nella consapevolezza che, finalmente, quell'uomo aveva pagato per ciò che aveva fatto.

Aveva pensato anche che avrebbe maturato un senso di colpa per avere, in un certo senso, preso parte a un omicidio, ma no.

Era completamente svuotata.

Afferrò le chiavi dell'auto e fissò l'emblema del veicolo.

Non aveva idea di come Dean l'avesse tirata fuori, ma il giorno successivo, era passato a prenderla per portarla dal medico, con la sua auto. Aveva indossato la solita veste talare, ma non riusciva più a immaginarlo come devoto uomo di fede.

Quello che portava era un costume, solo una parte della maschera che mostrava al mondo, per nascondere la sua vera identità.

Perciò, la domanda era, come lo vedeva lei?

Non ne aveva idea.

Che cosa provava? Beh, per quanto problematico fosse, lo amava. Era innegabile, era inutile negarlo persino con se stessa. Quella era la verità.

Avrebbe potuto denunciarlo mentre era all'ospedale, e aveva avuto molte opportunità, e sapeva che lui non avrebbe provato a impedirglielo. Ma aveva detto al dottore di essere caduta durante una corsa. Sebbene fosse tecnicamente vero, c'era un enorme tassello che mancava nella storia. Aveva mentito così facilmente al medico, perciò questo che cosa diceva di lei?

Aveva subito una distorsione a una caviglia e si era rotta il tendine di Achille, perciò avrebbe dovuto usare le stampelle, finché non fosse completamente guarita.

Yasmine non aveva saputo come gestire il funerale che doveva preparare per il mercoledì dopo la sua disavventura, ma Dean se n'era ricordato.

Non aveva chiesto o parlato con lei di nient'altro che non fosse del funerale, per poi occuparsi della sua organizzazione. L'aveva persino aiutata a preparare il corpo per la funzione.

Aveva avuto moltissime opportunità, nelle ultime due settimane, per rivelare a qualcuno il segreto di Dean, eppure non lo aveva fatto. Per quanto la riguardava, ormai non poteva certo definirsi migliore di lui. Aveva osservato un uomo morire in un modo spaventosamente orribile e non le importava. L'aspetto peggiore era che lei lo aveva incoraggiato. Si era proposta di farlo lei stessa — come avrebbe proseguito se Dean le avesse dato il coltello? Yasmine non lo sapeva ma, in quel momento, la rabbia che sentiva era pura e incandescente, come se avesse potuto eliminare un migliaio di Simon.

Lei scosse il capo per scacciare via dalla mente l'immagine dell'uomo e il suono delle sue grida. Portando la tazza alle labbra, prese un sorso e lasciò il calore le si diffondesse in tutto il corpo. Yasmine scrutò nei dintorni e accolse davvero il posto in cui si trovava. Era seduta nella sua cucina, ma il resto era come congelato nel tempo — congelato in un tempo in cui la sua famiglia era felice, e le risate riempivano questa stanza. Si era concessa di rimanerci e, per la prima volta, l'omicidio della sorella non la tormentava. Si sentiva libera.

La porta principale si aprì e si richiuse, il campanello la avvisò che qualcuno era arrivato. "Sono qui," gridò Yasmine.

Il profumo di Dean le colpì i sensi, persino prima che l'uomo entrasse nella cucina, e il suo cuore alquanto confuso iniziò a battere forte. Dean si fermò sulla soglia.

"Come stai?" le chiese, senza inoltrarsi nella stanza.

La donna sollevò la spalla, rispondendo. "C'è del caffè, se ti va."

"Sono a posto, ma ti ringrazio. Posso sedermi?"

Yasmine annuì e, senza che le fosse chiesto, si riempì una tazza di caffè prima che lui si sedesse. Dean mise una spessa cartellina sul tavolo e appoggiò le mani sul piano.

"Ho bisogno di prepararmi per il futuro ora, perciò te lo chiederò in modo diretto. Vuoi che lasci la città?"

Yasmine giocherellò con la frangia della tovaglia.

"No." La risposta giunse tranquilla, mentre lei si fissava le mani.

"Ne sei certa?"

La sua voce, sempre così autoritaria e calma, sembrava insicura mentre pronunciava quella domanda.

Lei osò guardarlo in quegli occhi accattivanti che le facevano battere forte il cuore: non riusciva a provare orrore verso di lui. Sapeva che, però, avrebbe dovuto provarne. Logica ed etica comunicavano che avrebbe dovuto gridare, correre alla polizia e non vederlo mai più.

Chiunque fosse in grado di fare determinate cose a un altro essere umano non era meritevole di fiducia, ma il cuore le diceva qualcosa di diverso.

"No, non voglio che te ne vada. Io... è solo che mi sento confusa, e non so che cosa pensare di — beh, sai a che cosa mi riferisco," gli disse sinceramente. "Perché profumi di cannella?" gli chiese mentre quell'aroma delizioso le penetrava nelle narici. Annusò l'aria di nuovo e poi, sospirò.

"Ho portato questo come offerta di pace in caso fosse necessario." Dean tirò fuori un sacchetto bianco da sotto la veste e lo mise sul tavolo.

"È quello che penso che sia?"

"Se pensi che siano i panini freschi alla cannella di Mabel, allora hai ragione." Le fece l'occhiolino, mentre lei afferrava il sacchetto, gemendo alla vista di quelle bontà appiccicose.

"Ti ringrazio. Sono i migliori."

"So che quello che faccio sarebbe difficile da accettare quasi per chiunque, ma forse questo ti aiuterà a farti cambiare idea. Se scegli di non rivedermi mai più, io lascerò la città. Naturalmente, spero che non sia questo il caso."

Dean spinse la cartellina sul tavolo verso di lei. Stette a fissarla, come se fosse incerto di dovergliela mostrare, e poi ritrasse le mani dal tavolo.

"Questo cos'è?"

"Qui dentro c'è ogni singola persona che ho punito o a cui sto dando la caccia da quando ho completato i miei giri oltreoceano e mi sono unito ai Giusti. Ognuna di loro era un soggetto terribile, come l'uomo che ha fatto del male a tua sorella. Mi assicuro che le informazioni siano approfondite e complete prima di decidere la punizione per il loro crimine..."

"Non sono sicuro di volerlo vedere."

"È una tua scelta, ma voglio che tu comprenda chi sono. Ho anche incluso un dossier su mio padre e alcune cose che mi ha fatto. Non amo parlarne, ma..." Dean smise di parlare e distolse lo sguardo dagli occhi di Yasmine.

"Chi sono i Giusti? Pensavo che fosse un termine che avessi usato per riferirti ai superiori nella gerarchia ecclesiastica, ma adesso so che non è quello il vero significato. Allora, chi o che cosa sono?"

"Sono le persone per cui lavoro. Formano un'organizzazione segreta, una sorta di braccio armato del governo. Stiamo dalla stessa parte ma noi lavoriamo dietro le quinte della legge, occupandoci di quelli che hanno eluso la legalità o si sono completamente nascosti ai suoi occhi."

"Quindi ci sono altri come te che fanno la stessa cosa che fai tu?"

"Sì. Non so esattamente quanti, ma non siamo molti. Sono scelti soltanto coloro che costituiscono una sorte di élite nel loro campo, e ci viene data una nuova identità."

"È tanto da accettare." Yasmine si massaggiò il viso, con la mente in subbuglio.

Dean si allungò dall'altra parte del tavolo e aprì i palmi per lei. Lei colse l'invito e mise le mani tra le sue.

"Voglio un futuro con te. Se riesci a convivere con quello che devo e ho giurato di fare, allora lo renderò possibile per noi. Dico davvero, Yasmine. Sono innamorato di te."

Lei non riusciva a credere a quelle parole. Dean si alzò in piedi e se ne andò, prima che lei potesse formulare una frase. Fece un respiro stabilizzante. Lui l'amava e voleva una vita con lei. Poteva vivere con un assassino, un killer dei Giusti?

Le sue mani tremavano mentre aprì la cartellina e iniziò a leggere. *Simon Harris:* quello era il nome dell'uomo che aveva sottratto Raquel a questo mondo. Fotografie di videoregistrazioni, l'auto, la prova del DNA, ogni cosa era accuratamente etichettata. Lei si morse il labbro inferiore, prese un sorso di caffè e iniziò a sondare che cosa potesse davvero significare una vita con Dean.

Capitolo Trentanove

Whitney era al lavoro e anche Dean. Era riuscito a procurarsi tutto il necessario in modo relativamente facile; trasportare tutti gli oggetti senza farsi vedere vicino al suo cortile posteriore, invece, era stata un'impresa un po' difficoltosa.

Era nascosto nella boscaglia circostante, che si estendeva fino alla riserva, munito di binocoli. Su sue istruzioni, Sexy aveva già hackerato il calendario della donna, informandolo sulla destinazione che avrebbe raggiunto quella sera. Il che gli forniva ampio margine temporale per impostare la sua trappola.

La berlina argentata uscì fuori dal vialetto, e lui la osservò sparire in fondo alla strada. Dean aspettò altri venti minuti per assicurarsi che non tornasse per aver dimenticato qualcosa, prima di fare la sua mossa.

Usando la zona alberata come copertura, corse sul retro della casa e verso il nascondiglio segreto. Gli ci volle più tempo di quanto avrebbe voluto, ma assicurarsi di non essere visto era più importante.

Com'era successo la volta precedente, disabilitò il sistema di sicurezza e accedette alla cantina: nulla era cambiato. Quello era un buon segno. Il primo obiettivo consisteva nell'aprire la cassaforte. Con tutti gli strumenti e istruzioni ricevute da Morry, s'inginocchiò e aggredì la grande cassaforte. Si asciugò il sopracciglio, mentre l'ultimo meccanismo di chiusura cedette quasi trenta minuti più tardi.

Doveva davvero migliorare in questo genere di operazione.

Girando e tirando, la porta si aprì e l'angolo della sua bocca si sollevò. Whitney aveva un piano di fuga, ma era anche una collezionista. Sul ripiano superiore, c'erano delle boccette con un assortimento di piccoli souvenir, ognuna con un anello o un altro gioiello, e una piccola ciocca di capelli. Lasciando le boccette, afferrò le cartelline spesse, ognuna delle quali etichettata con un numero.

Aprì la prima, e una foto del matrimonio di Whitney quando era molto più giovane gli sorrise. Frugò tra i documenti, finché non s'imbatté nel certificato di morte che si aspettava di trovare, in grassetto c'era scritto che la causa di morte del marito era un infarto. La seconda cartellina era uguale, così come la terza. Il quarto marito lo aveva trovato quando si era trasferita in questa città, e aveva scelto un uomo che non era coinvolto con la comunità, non aveva amici o familiari in vita, e aveva un lavoro senza prospettive.

Questo che cosa le comportava? Un uomo di cui non si sarebbe sentita la mancanza. C'erano persone a caso che non erano i suoi mariti, ma era chiaro che cosa lei fosse.

Dean diede un'occhiata alla teca di vedove nere che la donna possedeva — *adeguate.*

S'infilò i documenti nello zaino e si mise a cercare ciò di cui tra poco avrebbe avuto bisogno. Sul retro della casa, notò che la donna aveva grandi lastre di vetro, che assomigliavano al materiale per costruire una serra. Ne sollevò lentamente una dall'angolo e sorrise.

Sì, sarebbe servita perfettamente allo scopo.

Dean era come una statua nella casa ormai avvolta nel buio, e osservava con aspettativa la sua preda. Sexy aveva già annunciato che stava svoltando l'angolo, e gli venne l'acquolina in bocca, gonfiandolo di eccitazione. I suoi muscoli si contorcevano per l'ulteriore scarica di adrenalina. Quando le luci lampeggiarono attraverso le tende del soggiorno, salì silenziosamente le scale, e i guanti in cuoio scricchiolavano mentre girava la maniglia della stanza della donna, richiudendola altrettanto silenziosamente.

Dean ascoltò il piccolo segnale acustico mentre la padrona di casa disattivava il sistema di sicurezza, per poi riattivarlo. Beh, almeno così credeva lei.

Dean s'infilò facilmente sotto il letto. Il battito cardiaco riecheggiava ritmicamente nelle sue orecchie, mentre ascoltava Whitney spostarsi nella cucina.

Gli si drizzarono le orecchie, quando lei iniziò a parlare, ma poi comprese che era al telefono.

"Sì, sono appena rientrata. Pensano che prenderanno la casa. Hanno provato a nascondere la loro eccitazione, ma credo sia così." La sua voce si avvicinava sempre di più, e lui visualizzava ogni passo che lei faceva. "Ti invierò i documenti al mattino, una volta che li avrò avuti. Sì, d'accordo. Ok, buonanotte."

La porta della camera da letto si aprì, e il centimetro di spazio tra il copriletto e il tappeto era tutto quello che gli serviva per osservare i piedi avvolti nelle calze che vagavano nel suo spazio personale. C'era qualcosa di alquanto soddisfacente nel giacere in attesa in quel modo, restando completamente invisibile. La preda non si rivelava mai saggia in sua presenza.

Articoli d'abbigliamento iniziarono a piovere sulla moquette. Prima una camicetta, poi una gonna, calze e biancheria, davanti alla porta del bagno chiusa, e si sentì il rumore della doccia in funzione. Whitney cominciò a cantare e, a differenza di Tim, aveva una bella voce. Era un peccato che sarebbe stata l'ultima volta che avrebbe cantato. Poteva essere trascorso un minuto o un'ora, quando Whitney riemerse e s'infilò a letto, spostando il peso, mentre il materasso sprofondava leggermente.

Non esisteva pazienza come quella di un predatore a caccia. Mentre lui era disteso lì sotto, la ascoltava girare le pagine di un libro, respirava lentamente, restando perfettamente immobile. Roteò poi gli occhi, quando iniziò a sentire dei lievi gemiti, e il letto si mosse un po', mentre Whitney si masturbava sopra di lui.

"Oh cazzo sì, padre! Scopami proprio così."

Dean si morse il labbro per impedirsi di scoppiare a ridere per la situazione ironica. I gemiti cessarono, e presto la donna spense la luce. L'orologio sul cellulare di Dean mostrava che era passata un'ora da quando aveva spento la luce. Strisciò dunque da sotto il letto e si mise a fissare il volto di quella serial killer. Sembrava innocente, persino angelica con i boccoli tutti intorno al volto da cherubino.

Dean estrasse l'ago dal suo gilet, si abbassò sulla preda e aspettò. Il cuore gli martellava forte in petto, mentre aspettava che il corpo della donna riconoscesse che non era più sola. Lo colpiva sempre come il corpo fosse capace di riconoscere il pericolo.

Gli occhi le si spalancarono, puntandoli verso i suoi.

"Salve, Whitney." Le infilò l'ago nel collo, il pistone spinse fino in fondo, prima che lei sussultasse, e la schiena le si inarcò fuori dal letto.

"Padre? Che cosa... sta... faaacendo?"

Estraendo l'ago, Dean si alzò e le sorrise.

"Non preoccuparti. Ora riposa. Molto presto andrà tutto bene."

Gli occhi le si socchiusero e, in quel momento, perse conoscenza. Sollevando il suo corpo nudo, Dean se la caricò sulla spalla e scese per le scale, fino alla sua meravigliosa piccola gabbia. Depose Whitney sulla sedia all'interno della gabbia, con il corpo afflosciato come quello di una bambola di pezza. Usò le affidabili fascette per legarle le gambe a quelle della sedia, e poi, le mise le braccia dietro alla schiena, riservando loro il medesimo trattamento. Una volta in posizione, fissò la donna e sorrise.

Chiuse la porta e canticchiò la canzone "Get Your Freak On," mentre richiudeva la porta in vetro. Afferrò la pistola per silicone e passò ai ritocchi finali intorno alla porta, per sigillarla completamente.

Un ultimo tocco e Dean procedette a ispezionare le teche che contenevano le armi in miniatura che Whitney aveva usato per uccidere le sue vittime. Occorreva una persona speciale per raccogliere veleno e usarlo per uccidere la presunta persona amata.

La donna disponeva di una gran varietà di ragni, ognuno dei quali etichettato in maniera professionale: il Brazilian Wandering, il Ragno Eremita Marrone, e naturalmente, il famosissimo Ragno dal Dorso Rosso, meglio conosciuto come Vedova Nera.

Prendendo la prima teca, gli ci volle un momento per scegliere la musica adatta, e poi andò sul retro della teca. Mise la zona d'apertura in corrispondenza del foro rettangolare che aveva realizzato e sorrise, mentre sollevava lo schermo che teneva le creature mortali all'interno. Occorsero alcuni minuti, ma tutti uscirono, seguendo il primo, vagando nel santuario molto più grande. Lui sentiva che questa era una scena di Jurassic Park in miniatura, mentre metteva il pezzo mancante al suo posto e passò alla teca successiva.

Whitney borbottò qualcosa d'incomprensibile, iniziando a rinvenire mentre l'ultimo dei suoi animaletti entrava nella nuova teca di vetro con lei. Rimettendo a posto la porta di vetro, Dean prese la pistola per silicone e la sigillò completamente. Lui non avrebbe voluto che uno di quei giovanotti finisse nella casa dei vicini, perché era stato incauto.

Dean estrasse una barretta di granola dallo zaino, e si appoggiò a uno dei pilastri della cantina ad aspettare. Uno dei ragni eremiti marroni stava lottando con un brazilian wandering. Lui osservava affascinato, mentre combattevano e rotolavano sul pavimento in cemento. Questo era di gran lunga più divertente di quanto avesse sperato che fosse.

"Padddddrrre," farfugliò Whitney. Scuotendo la testa da un lato all'altro, stava iniziando a comprendere l'esperienza che da lì a poco avrebbe vissuto. Probabilmente avrebbe desiderato restare ancora incosciente, ma questo era molto più divertente. Alzò lentamente la testa, e lui rabbrividì appena una delle vedove nere scese dal filo della ragnatela. Sembrava che le zampe nuotassero, mentre si avvicinava alla massa di boccoli neri sulla testa di Whitney.

"Padre?" Whitney sollevò abbastanza la testa da guardarlo. Aveva ancora gli occhi semichiusi per il cocktail che le aveva somministrato.

"Ma salve di nuovo, bentornata tra noi."

"Dove sono?" Lei lottò contro le fascette, trovandole davvero salde.

"Vuoi dire che non riconosci la tua stessa cantina? E, per dovere di cronaca, ho inchiodato la sedia al pavimento." Dean la osservò guardare da un lato all'altro, con gli occhi sgranati, mentre il cervello registrava ciò che lo sguardo stava cogliendo.

"Che diavolo! Che cosa sta facendo?"

La donna emise un urlo e poi s'immobilizzò, mentre la vedova nera le camminava tra i capelli, strisciandole sulla fronte. Gli occhi di Whitney erano fissi sul ragno nero dalle zampe filiformi. Sollevò il petto e lo riabbassò rapidamente, mentre provava a contenere il panico.

Dean si avvicinò alla sua lavagna degli omicidi e guardò tutti i volti delle persone che la donna pianificava di uccidere. Estraendo gli spilli dai volti di Yasmine e di se stesso, li rimise a posto e raggiunse la teca improvvisata.

"Sai, Whitney, sapevo che non sei ciò che sembri, ma devo dirti che non mi aspettavo di scoprire che sei una serial killer. Voglio dire, ci vuole tanto per impressionarmi, perciò dovresti darti una pacca sulla spalla. A dire il vero, non lo farei neppure se tu potessi. So che a loro..." Dean indicò i ragni all'interno della teca, "beh, a loro non piacciono i movimenti aggressivi."

"Non sono ciò che lei pensa. Sono stata costretta. Sono innocente. Quella è stata tutta opera di mio marito. Sapevo che era coinvolto in qualcosa di terribile. Avevo solo paura di farmi avanti," sussurrò Whitney.

Dean sorrise e appoggiò l'immagine di Yasmine sul vetro.

"Devo concedertelo, mentire su qualcun altro sembrerebbe incredibile."

"Sto dicendo la verità."

"Whitney, pensi che mi sarei preso tutto questo disturbo se non conoscessi già la verità? Vedo attraverso di te," disse calmo, Dean.

La donna emise un altro piccolo lamento, mentre un brazilian le strisciava sulla gamba e iniziava a dirigersi verso la sua figa esposta.

"Ooo, a quanto pare, non finirà bene."

"Ti prego, farò tutto quello che vuoi. Fammi uscire di qui."

Whitney chiuse gli occhi, mentre una vedova nera le strisciava in testa, scendendole in mezzo agli occhi. Dean esplose in una fragorosa risata. Era come se la creatura la stesse torturando di proposito, mentre si puliva le gambe. Un piccolo vaffanculo magari per il modo in cui le stava usando?

"Sono sicuro che non fosse esattamente questo ciò che avevi in mente quando pensavi a restare sola con me. Certamente non era a questo che stavi pensando prima di addormentarti." Inclinò il capo, lasciando che la donna assimilasse quelle informazioni. "Sì, io ero lì."

Dean raggiunse lo zaino e mise la foto di Yasmine e di se stesso all'interno. Non voleva che niente di tutto ciò fosse collegato a loro.

"Ti prego, padre." Le lacrime le rigavano le guance, e il labbro inferiore le tremava mentre provava a restare ferma.

Dean si mise lo zaino sulla spalla.

"Oh, giusto. Questo sarebbe un buon momento per informarti che non sono un vero prete." Poi, allargò il sorriso. "Una degna conclusione, direi. Una vedova nera che uccide un'altra vedova nera. C'è qualcosa di molto karmico in questo. Beh, farei meglio ad andare. Quanto tempo credi ci vorrà prima che inizino ad aver fame e decidano di farsi un boccone?"

"Ti odio," sussurrò lei, con gli occhi severi mentre lo guardava.

Dean si mise le mani sul petto vicino al cuore.

"Oh, tu mi ferisci, Whitney, e io che credevo ci fosse qualcosa di speciale tra noi."

Poi, raggiunse la base delle scale e si voltò a guardare l'impressionante teca della morte. "Ti consiglierei una cosa, però, non addormentarti con la bocca aperta."

Scoppiò a ridere mentre saliva in cima alle scale, i sussurri imploranti di Whitney lo accompagnarono tutto il tempo.

Dean fece un respiro profondo una volta raggiunta la cima, e uscì dall'abitazione per poi spegnere la luce. Attese un istante, e non appena il primo urlo raggiunse le sue orecchie, sorrise. Dean indietreggiò per chiudere la porta sul capitolo della Cantina degli Orrori di Whitney.

Capitolo Quaranta

In stato confusionale, Yasmine zoppicava nella strada diretta al ristorante di Mabel. Non riusciva più a sopportare il silenzio della sua casa né poteva leggere un ulteriore caso terribile, in cui un essere umano ne aveva ferito un altro. Negli ultimi tre giorni aveva passato la maggior parte del tempo a leggere un dettaglio orribile dopo l'altro. I contenuti di quella cartellina avrebbero fatto girare la testa a chiunque: stupratori, serial killer, pedofili, aggressori. La lista dei crimini era infinita, e alcuni erano stati commessi da persone che credeva di conoscere, persone a cui aveva portato conforto nel momento del bisogno.

Il campanello suonò, mentre apriva la porta del vecchio diner.

"Ehi ciao, cara! Mi fa piacere vederti fuori di casa. Stasera ti avrei portato della zuppa, ma così è ancora meglio," disse Mabel.

L'anziana le sorrise.

"Sì, a quanto pare sarà un lungo processo di guarigione. Ma, guardati, sembri rimessa a nuovo!" la prese in giro Yasmine.

"Sei dolce, sono più che rimessa a nuovo. Niente può abbattermi." Mabel si asciugò le mani sul grembiule. "Vai a sederti. Ti porto la zuppa e del caffè."

Yasmine scelse il tavolo più grande, mettendo le noiose e ingombranti stampelle accanto a sé. Si mise a guardare la neve che all'esterno e le persone che passavano davanti al finestrone. La vita andava avanti a prescindere dagli eventi. Il mondo non aveva smesso di girare solo perché sua sorella era morta, anche se era proprio così per lei, e, alla fine, era tornata a imparare a mettere un piede dietro l'altro. Una risata attirò la sua attenzione, e sollevò la testa per vedere una famiglia a pranzo. Il bambino aveva un cucchiaio infilato nel naso, mentre faceva una boccaccia. Lei sorrise alla scena buffa.

"Un penny per i tuoi pensieri!" Mabel s'infilò al tavolo di fronte a lei, e le mise la tazza di caffè e una ciotola di zuppa davanti.

"Sei mai stata così indecisa sulla cosa giusta da fare da essere..." Incapace di trovare il termine corretto, Yasmine agitò la mano, facendo ridere Mabel.

"Tesoro, non vivi quanto ho vissuto io senza sentirti così una volta o due."

"Mi sembra giusto." Yasmine sorrise all'anziana amica.

"Questo non ha per caso qualcosa a che fare con un certo prete alto, scuro e bello, vero?" Mabel pronunciò la frase a bassa voce, ma ciò nonostante, Yasmine sentì il calore diffondersi in tutto il corpo. "Tranquilla. Non devi rispondere. Posso dire dall'espressione sul tuo volto che non mi sbaglio. E, poi, l'aria sfrigola di tensione quando voi due siete nella stessa stanza." Gli occhi di Mabel sprizzavano di malizia. "Devi sapere che ho sperato che voi due ci deste dentro."

"Mabel!" Yasmine si guardò intorno, sperando che nessuno avesse sentito, mentre Mabel scoppiava a ridere.

"Cosa c'è? Sto solo dicendo la verità."

Yasmine sospirò.

"Lui non è chi pensavo che fosse, e non so come fare ad accettarlo," ammise Yasmine.

"Tesoro, meriti molto meglio di quanto il buon Dio ti abbia dato. Quello che hai passato, beh, nessun bambino dovrebbe viverlo. Se lui ti porta una fetta di felicità, allora seguila. Per quanto mi riguarda, penso che sia la persona giusta per te."

"Ma è un prete," sussurrò Yasmine.

"Posso essere vecchia, ma non sono cieca. Se quel ragazzo è un prete, allora io sono la prossima venuta di Cristo." Yasmine guardò l'anziana con gli occhi spalancati, incerta su che cosa dire.

"Non preoccuparti, il suo segreto è al sicuro con me. Ho capito, fin dal primo istante in cui ha messo piede in questa città, che non è chi dice di essere, ma posso dirti questo: lui è stato un bene per tutti noi."

Mabel si appoggiò all'indietro alla sedia e Yasmine dovette domandarsi quanto ancora sapesse l'amica.

"Il punto è, ti rende felice? Ti fa alzare al mattino con un sorriso e ululare alla luna di notte per il piacere?"

Yasmine quasi si strozzò con la zuppa, e scoppiò a ridere, la prima vera risata da quando era finita nel bosco.

"Puoi ben dirlo," disse Yasmine, mentre arrossiva.

"Allora non fartelo scappare. Questa è la scelta, prendere o lasciare. Ti mando a casa con la cena, niente discussioni. Te lo devo per esserti presa cura di queste vecchie ossa." Yasmine aprì la bocca per obiettare, ma Mabel alzò un dito. "Ho detto non discutere, non osare contraddire una donna anziana."

Sorridendo, Yasmine richiuse la bocca e guardò la scaltra donna anziana allontanarsi. Dopodiché, tornò a osservare i passanti fuori dal locale.

Quando aveva preso una decisione unicamente per se stessa perché era ciò che voleva?

Non le veniva mente una sola volta.

Quando era stata certa di qualcosa, così com'era certa dei suoi sentimenti per lui?

Mai.

Una soluzione si consolidò nel suo petto, mentre prese la sua decisione. Sapeva che cosa doveva fare. Trangugiò il suo caffè, e tanto velocemente quanto le stampelle le consentivano di andare, si diresse alla porta.

"Scusa, la zuppa era strepitosa, ma devo andare. Passerò a prendere la cena più tardi," gridò.

Mabel sorrise e le fece l'occhiolino. "Va' a prendere il tuo uomo, ragazza."

Arrivare a destinazione richiese un'eternità, per via delle strade scivolose, che era costretta a percorrere con le stampelle. Quando raggiunse il portone della chiesa, era completamente sudata e ansimante. Trovò la porta d'ingresso chiusa, e fu colta da un timore alla bocca dello stomaco. Forse lui aveva deciso di andarsene. Trovando il pannello del citofono, premette il pulsante come se fosse in preda a una forte isteria.

"Dean, sei lì? Dean?"

"Yasmine?"

Lei si voltò, e Dean la afferrò per la vita, mentre inciampava sulle stupide stampelle. Il calore della sua mano cantava nel corpo di Yasmine, e il battito accelerò all'istante.

"Spero non sia qui per chiedermi di andarmene." La voce rauca di Dean le generò un brivido lungo la schiena.

"E se fosse così?"

"Allora dovrei trovare una motivazione convincente per farti cambiare idea. La teneva ad altezza del braccio, ma la sua voce era come ricevere una carezza alle sue parti intime. "Perché sei qui, Yasmine?"

La donna aprì la bocca per rispondere, ma non riuscì ad emettere neanche un suono.

"Metteremo fine ai pettegolezzi che girano in città se continui a fissarmi in quel modo, perché ti spingerò contro questa porta e ti divorerò la bocca," disse Dean.

Il calore s'impossessò del suo corpo. Lei cercò il suo volto e, per quanto si sforzasse, non riusciva a immaginarlo come uomo da temere per qualche motivo.

"Allora come dovremmo farla funzionare? Tu crei i corpi, e io li abbellisco?" lo stuzzicò. Dean esplose in una fragorosa risata, la sua voce un gioioso fragore che rotolava su di lei.

"Innanzitutto, mi serve una degradazione."

"Una degradazione, perché?"

"Immagino sia il momento di lasciare il sacerdozio e sposarmi, magari. Avere una dozzina di figli." Abbassò un sopracciglio, e Yasmine arrossì.

"Ti andrebbe bene?"

"Doveva essere solo un ingaggio a breve termine. Incontrarti e innamorarti di te è ciò che mi ha fatto restare più a lungo. E poi, non mi serve fingermi prete per fare il mio lavoro.”

Lei scosse il capo. Lo avrebbe fatto davvero.

“Che cosa diavolo sto facendo?” borbottò Yasmine.

“Beh, mia dolce Yasmine, ti scoperò finché non mi pregherai di fermarmi e, poi, ci occuperemo del resto.”

“Padre?” Lo sceriffo gridò, mentre percorreva il sentiero verso di loro.

Yasmine fece per spostarsi, ma lui la tenne al suo fianco.

“Sceriffo, che cosa posso fare per lei?”

Lo sceriffo Daniels fissò la mano di Dean sulla vita di Yasmine. Si schiarì la gola, sembrando completamente a disagio. “Si è verificato... un episodio molto strano con la signora Wilson.”

“Whitney? Che cos’è successo?” chiese Yasmine. Non amava quella donna, ma non la disprezzava nemmeno.

“Non posso dirlo al momento. C’è un’indagine in corso.”

“Oh giusto, certamente. Le chiedo scusa,” farfugliò Yasmine.

“Padre, dovrebbe venire con me. Quella casa ha bisogno di ogni benedizione che riuscirà a darle.”

Dean le rilasciò la vita, e si mise una mano dietro il collo. Passò il colletto bianco allo sceriffo, che lo fissò, sbattendo le palpebre.

“Io lascio. Mi dispiace, dovrà trovare qualcun altro.”

Lo sceriffo Daniels estrasse la grande Stetson e la sbatté contro la sua gamba.

“Che diavolo prende a questa città? Sono troppo vecchio per questa merda. Penso di dover smettere anch’io.” Poi, continuò a brontolare con se stesso, girandosi e tornando nella direzione da cui era arrivato.

Yasmine guardò Dean: non riusciva a credere a quanto gli aveva appena visto fare.

“Per caso hai qualcosa a che fare con...”

Dean le poggiò le dita sulle labbra. “Non completare la domanda. Non vuoi conoscere la risposta.”

In un battito di ciglia, lui la sollevò e la baciò come se nessuno potesse vederli. Il mondo svanì intorno a loro, mentre tutte le emozioni e i sentimenti che lei aveva soppresso tornavano in superficie.

Interrompendo il bacio, Dean la trascinò all'interno della chiesa e chiuse la porta. Sarebbe bruciata all'inferno per la sua scelta, ma almeno ci sarebbe entrata, felice.

Epilogo

Dean era seduto sul prato e guardava i suoi due figli litigare su chi dovesse spingere la sorellina sull'altalena. Desiderava una famiglia numerosa, e sorrise ai tre sapendo che il quarto figlio sarebbe arrivato tra sette mesi. Dean non era certo di riuscire a convincere Yasmine ad arrivare al settimo, ma ci avrebbe provato, altrimenti... fare sesso selvaggio per puro divertimento sarebbe stato comunque piacevole.

I primi due anni di Dean e Yasmine insieme erano stati faticosi. Dean aveva intravisto la battaglia interiore che la moglie aveva ogni volta che lui lasciava la casa per andare a fare ciò che doveva, ma, infine, avevano trovato un compromesso. Non le forniva più dettagli in merito a chi dava la caccia o perché. Non le menzionava più cosa facesse loro, purché promettesse di tornare a casa sano e salvo.

Aveva aperto una ditta di giardinaggio specializzata in progettazione di giardini, e l'attività stava crescendo più in fretta di quante ore ci fossero in un giorno. Aveva sempre dimostrato talento per la progettazione, ed era riuscito a ottenere alcuni grossi contratti per la città, dandogli anche un'ottima motivazione per acquistare strumenti per le sue attività extracurricolari. I Giusti sembravano contenti del cambio di copertura, dopo aver subito un'opera di convincimento.

Dean non aveva sempre immaginato questi scenari per la sua vita, ma ormai non poteva visualizzarla in un altro modo. Aveva tutto, una bella moglie, dei figli e il suo dovere: insomma, aveva vinto alla lotteria.

"Ragazzi, non litigate, fate a turno," gridò, e le loro splendide faccine identiche si voltarono verso di lui, bronci identici sulle loro labbra.

Amava che avessero gli stessi occhi verdi della madre.

Sentì poi il cancello aprirsi.

"Tesoro, ti spiacerebbe prendere una brocca d'acqua?"

"Buona idea, figliolo. Berrei volentieri dell'acqua."

Dean saltò su da terra e andò a estrarre la pistola che normalmente teneva infilata nel retro dei pantaloni, ma finì per afferrare l'aria.

"Merda," mormorò.

Era diventato troppo compiacente, troppo a suo agio con l'idea che il diavolo non l'avrebbe mai trovato. Si girò verso l'intruso. La paura, come acqua ghiacciata, gli corse lungo la schiena, mentre guardava negli occhi dell'uomo da cui era fuggito negli ultimi quattordici anni. Strinse i pugni, mentre il corpo gli urlava di balzare oltre la distanza, e osservare la vita fuoriuscire dal suo corpo.

"Come mi hai trovato?" chiese Dean. L'uomo che disprezzava gli stava di fronte, con un completo nero accuratamente stirato, lenti scure gli coprivano gli occhi, ma il suo caratteristico sorriso arrogante diceva tutto.

"È questo il modo di accogliere tuo padre? Specialmente dopo tutto questo tempo?"

"Te lo chiederò un'altra volta. Come mi hai trovato?"

Il padre si avvicinò al grosso tavolo da picnic e si sedette al bordo della panca. Sembrava più vecchio e si muoveva più lentamente, ma Dean non era uno sciocco. Sapeva che dentro di lui c'era ancora il diavolo.

"Mercurio, sulla tua strada lasci una scia di morte. Persino coprendo accuratamente le tracce, hai attirato l'attenzione di certi tipi. Conosco l'odore delle morti che ti lasci alle spalle, figliolo, te l'ho insegnato io. Naturalmente, ho riconosciuto il tuo lavoro. E poi, nessun nome mi impedirebbe di trovare il mio ragazzo."

"Tu non mi hai insegnato niente, e non chiamarmi mai più così," ringhiò Dean, mentre il padre sorrideva.

"Yasmine?" gridò, posizionandosi tra suo padre e i suoi figli.

"La bellissima rossa che hai scelto è al sicuro, figliolo, o lo sarà se ci metteremo d'accordo." Si rivolse a uno dei suoi uomini.

"Porta la bella fattrice!"

Dean strinse forte i pugni, mentre tre scagnozzi del padre sbucarono da dietro l'angolo, uno di loro teneva leggermente premuta la pistola contro la testa di Yasmine. Riconobbe la paura nei suoi occhi, e odiò vederla. Odiava che il padre stesse rovinando l'equilibrio della sua casa amorevole e serena.

Calcolò mentalmente gli ostacoli, e sebbene potesse sbarazzarsi dei tre uomini prima che il padre prendesse la mira sui suoi figli, lui non avrebbe vinto.

"Che cosa vuoi?"

"Sai cosa voglio, Mercurio."

Dalla sua gola, emerse un suono simile a un ringhio, mentre fece un passo minaccioso verso il padre. "Chiamami così ancora una volta e vedi che cosa succede."

Il genitore sollevò le mani in segno di resa.

"Mi piace questo nuovo te, questo nuovo Dean. Sei l'uomo che ho sempre sognato saresti diventato."

"Non sono affatto come volevi che fossi."

"Sai, figliolo, mi permetto di dissentire. Penso che tu sia diventato esattamente come volevo che diventassi, e sei il prossimo El Chapo. È ora di tornare a casa e prendere in mano le redini."

"Non voglio gestire il cartello. Perché vorresti che fosse qualcuno senza alcun interesse a farlo?" chiese il figlio.

"Perché sei mio figlio!"

I figli di Dean si misero accanto alla sorellina, mentre fissavano l'uomo che urlava.

"Non urlare davanti ai miei figli."

Il genitore fece un respiro profondo. "Sempre così testardo. Sei sempre stato difficile. È quello che ti renderà un grande leader, ma ne discuteremo dopo. Per adesso, voglio stare un po' con i miei bei nipoti. Non proveresti a uccidere il nonno davanti a loro, vero?"

Dean gli lanciò un'occhiataccia, restando in silenzio.

"Sì, beh, non vorremmo che un proiettile vagante esploso da una delle guardie colpisse un bersaglio innocente, vero?"

Dean digrignò i denti, mentre fantasticava di avvolgere le mani intorno alla gola dell'anziano genitore. Il padre aveva pianificato tutto alla perfezione. Sapeva che non avrebbe messo a rischio le vite dei suoi figli o di Yasmine. Conoscendo il vecchio uomo guardingo, aveva sicuramente pianificato la cosa da molto tempo, aspettando il momento giusto per entrare in azione. Dean rabbrividì mentre guardava il padre accovacciarsi di fronte ai bambini. I ricordi di ciò che aveva subito per mano suo iniziarono a scorrergli nella mente. Non poteva permettere che quest'uomo mettesse le mani sui suoi figli. Non avrebbe mai lasciato che subissero ciò che lui stesso aveva subito.

Dean non si mosse per fermare il genitore, che fece un cenno con la mano: gli scagnozzi lasciarono andare Yasmine. La donna si voltò e diede un calcio all'uomo che la teneva per la gamba prima di dargli una ginocchiata nell'inguine.

Dean sorrise, mentre l'uomo cadeva a terra come un sasso.

"Mi piace lei. Ha spirito." Il padre gli sorrise, e Dean immaginò un proiettile che gli oltrepassava la fronte, macchiando di sangue il suo prato curato.

Yasmine si riunì a Dean.

"Chi diavolo è lui?" sussurrò la donna.

"Mio padre." Dean serrò la mascella, mentre il padre si offriva di spingere i bambini sull'altalena.

Yasmine lo guardò e sollevò un sopracciglio, prima di fissare il vecchio, rivolgendogli una delle sue occhiate materne più spietate. "Non m'importa chi sia. Uccidilo quando ne hai l'occasione. Nessuno minaccia i miei figli."

Dean guardò il volto della sua dolce moglie.

"Allora immagino sia il momento di farlo pentire della sua decisione di essere venuto a cercarmi," le sussurrò.

Senza titolo

TRA LE BRACCIA DELLE TENEBRE

LA SAGA DEI GIUSTI - LIBRO 2

Arek bloccò il cane in posizione, la revolver fece il caratteristico scatto, mentre il proiettile veniva inserito nella canna. Dall'alto scendeva una pioggia battente, nubi scure s'imbattevano nei fulmini a malapena contenuti. L'acqua scorreva dalla canna della pistola, rammentando ad Arek di un luogo molto diverso, pieno di cascate e acque azzurre e cristalline.

I tre uomini inginocchiati davanti a lui tremavano contro le corde che li stringevano nella loro morsa, in parte per la paura e in parte perché erano bagnati fradici dalla pioggia.

"Un'ultima parola?" chiese, senza preoccuparsi di ricevere risposta, ma era il suo modo di fare. L'uomo al centro lo guardò con gli occhi spalancati e iniettati di sangue, colmi di terrore, ma la sua voce risultò ferma.

"Perché cazzo lo stai facendo, amico?"

Arek sorrise sotto il cappuccio nero, con il volto completamente velato come il Mietitore in persona.

"Per far mangiare le volpi."

Il giovane aggrottò le sopracciglia, confuso. Sarebbe stato l'ultima cosa su cui avrebbe riflettuto. Un forte scoppio riecheggiò, mentre Arek sparava alla tempia dell'uomo. Altri due spari riecheggiarono in rapida successione, prima che gli altri due potessero pensare di muoversi.

Tutti e tre i corpi crollarono con la faccia nel fango che arrivava fino alle caviglie, con un forte tonfo soffocato. Arek si accese una sigaretta e prese una lunga boccata, l'essenza entrò nei polmoni mentre la vita fuoriusciva da quegli individui di fronte a sé. Prese un'altra boccata soddisfacente, la punta della sigaretta brillava nell'oscurità. Questo era l'unico momento in cui era in completa pace con la sua vita. Era fottuto, e lo sapeva, i suoi fratelli lo sapevano, ma il resto del mondo pensava che fosse il fottuto Principe Azzurro.

Altri tre spacciatori in meno, altri ancora da eliminare. Infilandosi la mano in tasca, estrasse una lattina di vernice rossa spray, e usò il retro delle loro giacche di pelle come tavole per creare un simbolo di una gang rivale. Il modo migliore per sbarazzarsi dei membri di una gang... iniziare una guerra.

Alzandosi, posizionò la pistola al centro del simbolo. Indietreggiando, valutò il suo lavoro.

"Quanto cazzo amo il mio lavoro!"

Arek si diresse verso il suo Hummer nero che lo stava aspettando con i fari accesi puntati sui tre cadaveri. Il suo lavoro era finito qui. Adesso era solo una questione di attesa. Dovette ammettere che amava il senso d'aspettativa nei confronti di quanto sarebbe inevitabilmente accaduto.

"Sweet Delilah, metti qualcosa di rilassante," disse Arek, mentre scivolava dietro al volante della sua piccola. Odiava la pioggia, e odiava il fango, sebbene gli fornisse una scusa per passare più tempo con la sua ragazza. Un po' di TLC in più non avrebbe fatto male a un gran pezzo di bambola, umana o auto.

"Riproduzione album rilassante in corso."

"Save Your Tears" di The Weekend iniziò a risuonare attraverso gli altoparlanti, mentre il motore ruggiva tornando in vita. Tamburellava con le dita sul volante, mentre l'Hummer faceva retromarcia in quella che ora era una zona fangosa. Gli abbaglianti puntavano sulla distante area residenziale, e si domandò brevemente se chi avesse sentito gli spari avrebbe attribuito il rumore ai tuoni.

"Sweet Delilah, invia i messaggi salvati e aggiungi le mie ultime foto."

"Invio dei messaggi non rintracciabili in corso."

"Sei la stronza più dolce che conosca."

"Mi dispiace non capisco questo comando. Vorresti provarne un altro?"

Esplose in una fragorosa risata. Ogni volta che riceveva una risposta simile da lei, si ammazzava dal ridere.

"No, va bene così, tesoro."

Agitò la testa a tempo e sorrise, mentre il social network che stava seguendo mostrava le immagini dei tre uomini morti.

Porca miseria!

Pigiò il pulsante del telecomando d'apertura del garage e tamburellò con il dito sul volante, mentre scendeva dalla rampa. Il garage sotterraneo che Trev aveva costruito nella sua casa era una figata e conteneva tutto il necessario per il loro lavoro su quella bellezza nera.

Arek entrò in casa, occupando lo spazio designato del parcheggio. Si sentiva sempre come Batman quando tornava, penetrando nella 'caverna segreta' del sicuro spazio sotterraneo. Impostò la pulizia del veicolo, tramite lo spruzzo sovrastante, una meravigliosa piccola modifica che aveva installato lui stesso.

Perché rischiare che la sua piccola fosse riconosciuta, o peggio, danneggiata in un autolavaggio pubblico? Poggiò la mano sullo scanner, e la porta pesante fece un rumore sordo e le serrature si aprirono. Fece un rapido pit stop in lavanderia, inserendo tutti i suoi vestiti nella lavatrice, e poi inserì gli stivali nella nuova sofisticata macchina addetta al loro lavaggio.

Arek colse il suo riflesso nello specchio sopra il lavandino e vi si avvicinò per darsi un'occhiata più da vicino. Niente sangue, niente tagli e solo un livido, che si fondeva con i suoi tatuaggi. Fece scorrere le punte delle dita sulle piastrine appese al petto, prima di distogliere lo sguardo dallo specchio. Afferrò un paio di jeans puliti e salì per le scale.

"Ehi, buonasera Sally, sei incredibilmente bella stasera. Hai cambiato pettinatura?" Arek si allungò verso la scrivania dell'anziana segretaria e amò vedere arrossire le sue guance. Per una donna della sua età, era ancora bella, nonostante le rughe.

"Sei cretino, ragazzino! Va' a metterti qualcosa addosso, non sai che è maleducato stuzzicare qualcuno della mia età? Potresti causare un infarto se parli in quel modo."

Arek scoppiò a ridere e si precipitò per seguire Sally, mentre spostava i documenti dalla scrivania nello schedario. Lui le avvolse le braccia intorno alla vita, appoggiandole il capo sulla spalla.

"Dai, non fare così, Sally. Sai di essere ancora sexy."

"Oh, per l'amor del cielo, ragazzo," disse Sally, nervosa e gli diede un buffetto sul braccio.

Arek la rilasciò, ridacchiando allo sguardo che aveva sul viso. Stuzzicava Sally da quando aveva iniziato a lavorare per suo fratello ben cinque anni prima, ed era sempre lo stesso botta e risposta tra loro.

Lui sapeva che a lei piaceva segretamente sentire il suo corpo, quella vecchia sporcacciona, ma farla sorridere gli riempiva sempre il cuore di calore. Aveva avuto una vita difficile: era stata a lungo malata di cancro, aveva subito la morte del marito, e poi era stata licenziata per via della malattia e dell'età avanzata.

Quando si era candidata per il posto, persino suo fratello era scettico sull'assumere una persona sulla settantina, ma si era dimostrata una forte risorsa, furba come una volpe e organizzata secondo le loro richieste. Questo lavoro era l'unica cosa che le impediva di finire in mezzo alla strada da sola, e quando Trevor l'aveva incontrata, non era riuscito a dirle di no. E Trev sosteneva di non avere un cuore.

"Sally, lo sai che ti amo," esclamò Arek, mentre sbatteva le palpebre.

"Sì, sì, ora vai da tuo fratello. Ti sta aspettando. Sebbene sia sicura che preferirebbe vederti con più vestiti addosso."

I suoi occhi dolci brillavano di malizia dietro gli occhiali, mentre prendeva sciarpa e giacca. Lui le fece l'occhiolino di congedo e rise, mentre lei sbuffava passandogli davanti, prima di uscire. Arek aprì la porta dell'ufficio e andò a stravaccarsi sul lungo divano di pelle. Meglio mettersi comodi prima della fregatura che stava per ricevere.

BookBub: www.bookbub.com/profile/brooklyn-cross

Goodreads: Brooklyn Cross (Author of Dark Side of the Cloth) | Goodreads

TikTok: Author Brooklyn Cross (@authorbrooklyncross) TikTok | Guarda gli ultimi video dell'Autrice Brooklyn Cross su TikTok

IG: Brooklyn Cross (@author_brooklyncross) - foto e video Instagram

Gruppo FB: Crossfire- A Brooklyn Cross Reader Group |Facebook

Senza titolo

L'AUTRICE

Brooklyn Cross ha sempre avuto una profonda passione per la scrittura, generata dalla sua grande immaginazione. Quando le hanno chiesto che cos'amasse della scrittura, questa è stata la sua risposta.

"Desidero solo essere me stessa e, soprattutto, conferire autenticità ai miei personaggi. Raccontare una storia in cui gli altri possano immergersi e immedesimarsi. È quello che ho sempre voluto fare."

Prima di diventare scrittrice, Brooklyn era molto competitiva nella disciplina del dressage equestre. Aveva aspirazioni olimpiche ma, più di ogni altra cosa, amava stare a contatto con i cavalli. E, quando non era impegnata ad esercitarsi, si dedicava all'addestramento e insegnamento dell'equitazione, destinandolo a veri appassionati di tale sport. Oltre a questa grande passione per i cavalli, Brooklyn si è laureata in Economia, acquisendo competenze che ha sfruttato nel corso degli anni nelle sue attività imprenditoriali. Tuttavia, è sempre stata attirata dalla scrittura.

Adesso, quando non è impegnata nella creazione di personaggi o nella scrittura, è possibile trovarla a passeggio con i cani della sua fattoria, oppure a sorseggiare una tazza di caffè fumante.

Se avete amato questa storia, Brooklyn vi sarà davvero grata se vorrete scrivere una recensione, così che altri lettori possano scoprirla e goderne appieno proprio come avete fatto voi.

Brooklyn Cross (Author of Dark Side of the Cloth) | Goodreads